AU PAYS DES KANGUROOS

—

2me SÉRIE IN-4°

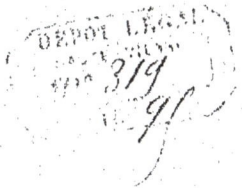

Son cheval avait deux dards à moitié brisés dans les flancs (page 105)

AU
PAYS DES KANGUROOS

SOUVENIRS D'UN COLON

IMITÉ DE L'ANGLAIS

DE

Charles ROWCROFT

Par

ANDRÉ TALMONT

Vingt-cinq gravures

LIMOGES

EUGÈNE ARDANT & Cie

ÉDITEURS

N'ayez pas peur, notre maître. Si vous voulez de l'eau, approchez-vous et buvez (page 15)

AU PAYS DES KANGUROOS

CHAPITRE PREMIER

E ne sais si ces pages seront jamais exposées au grand jour de la publicité.
Je ne dois cependant pas dissimuler
que si je donne tous mes soins à ce
travail, c'est avec un secret désir de le
voir quelque jour parvenir, d'une manière ou d'une autre, sous les yeux du
public. Mais soit que cet écrit reçoive
ou non les honneurs de l'impression, j'ai du moins la
douce satisfaction de penser que lorsque mes restes re-
poseront sous le sol de ce beau pays, que j'ai appris à

7

aimer si tendrement, il ne sera pas sans quelque utilité pour les enfants de mes enfants, de rechercher de temps à autre, dans les feuillets vieillis de ce manuscrit, les anciens souvenirs de leur aïeul.

Il y a aujourd'hui vingt-deux ans que j'ai quitté Londres pour venir m'établir dans la terre de Van Diémen. Aussitôt que je fus à bord du vaisseau qui devait m'y transporter, je remarquai que la plupart des passagers tenaient un journal de leur voyage. L'esprit d'imitation me porta à faire comme eux, bien que, dans les commencements, l'uniformité du voyage sur mer fournit bien peu de matière à mes observations. Mais, de ce moment, l'habitude de tenir un journal prit racine chez moi, et je la conservai quand je fus à terre. Je m'applaudis maintenant de ma résolution à cet égard : j'en ai tiré l'avantage de pouvoir jeter un regard utile sur le passé, et de laisser à ceux qui viendront après moi de profitables instructions.

Je commencerai donc par exposer les motifs qui m'ont déterminé à émigrer, et ensuite, j'extrairai purement et simplement de mon journal divers fragments, parmi lesquels chacun de mes lecteurs choisira, à sa fantaisie, ce qu'il croira pouvoir lui être de quelque utilité.

C'est dans les premiers jours de 1816 que je commençai à éprouver quelques embarras dans mes affaires en Angleterre. La guerre continentale venait de finir. Le pays était en proie à une grande misère, et tout semblait aller de mal en pis. Beaucoup de malheureux mouraient de faim : ce n'était partout que troubles et confusion.

J'avais fait pendant plusieurs années d'assez bonnes affaires à Croydon, dans le commerce des grains.

Je me souviens encore, qu'un beau matin, où je me trouvais à la halle au blé, je vis une réunion de fermiers qui entouraient un de mes voisins, occupé à leur donner lecture d'une lettre qu'il avait reçue de son fils, espèce de vaurien, qui s'était embarqué sur un vaisseau pour Sidney, ou, comme on le disait alors, pour Botany-Bay, bien que Botany-Bay et Sidney fussent deux endroits tout à fait différents.

La lecture de la lettre excitait au plus haut point l'intérêt et la curiosité de l'assistance, il y était question des kanguroos, des indigènes et des *Bush-rangers* (1). Mais ce qui excitait surtout la surprise de l'auditoire, c'était la prodigieuse facilité avec laquelle le jeune aventurier avait été métamorphosé en fermier, car lorsqu'il avait quitté l'Angleterre, il n'avait pas la moindre idée de culture.

Les tableaux séduisants qu'il faisait, dans sa lettre, de la beauté du pays, de la fertilité du sol, de l'abondance des moissons, produisirent une impression profonde sur mon esprit. De ce moment, je me sentis assiégé d'idées vagues et de projets de toute espèce, et je me mis à prendre de plus sérieuses informations. Cependant je ne dis rien chez moi du trouble qui m'agitait, et en attendant des renseignements plus positifs, je continuai à me livrer à mes affaires ; mais mes affaires étaient loin d'aller aussi bien que par le passé.

Enfin un soir, après une journée du plus pénible travail, qui ne m'avait donné que de la perte, je résolus de couper court à une situation si fâcheuse.

J'étais marié depuis onze ans, et j'avais cinq enfants.

Ma femme était seule dans son parloir : je m'approchai d'elle et je lui dis :

« Mary, les choses prennent une mauvaise tournure.

— Cela ira mieux avec le temps, mon ami.

— Les affaires ont été de mal en pis depuis six mois, repartis-je, et je n'ai pas la plus petite espérance d'amélioration.

---

(1) On appelle *Bush-rangers* les condamnés à la déportation qui s'échappent des établissements du gouvernement et se cachent dans les bois, où ils forment des bandes de brigands, aussi dangereux que redoutés.

— Eh bien, il faudra redoubler d'efforts, me dit-elle.

— Mary, répliquai-je, je travaille autant qu'un homme peut humainement le faire ; nous dépensons aussi peu qu'il est possible, et cependant nous attaquons notre capital. Nous ne pouvons résister longtemps, moi à travailler comme je le fais, et toute la famille à vivre au milieu des privations qu'elle s'impose. Dans trois ans, il ne nous restera rien.

— Que faire alors? dit ma femme ; essayerons-nous de prendre une ferme?

— Oui, repartis-je, oui, mais pas en ce pays. Comment voulez-vous que l'exploitation d'une ferme soit une chose avantageuse avec le prix élevé des fermages, les impôts, les taxes, qui nous accablent, et cela en présence de l'ébranlement général des affaires? Non, Mary, continuai-je, l'exploitation d'une ferme, en ce pays, serait encore une déception. Il faut que nous sachions prendre une résolution énergique, et puisqu'il y a en Angleterre trop de monde, luttant les uns contre les autres, il faut aller là où les rangs sont moins serrés et où la terre ne manque pas à l'homme ; il faut émigrer, Mary.

— Émigrer! s'écria-t-elle ; mais où?

— Je n'ai pas encore arrêté mes idées sur ce point, continuai-je, et comme jusqu'ici je ne m'étais pas consulté avec vous, je n'ai pris aucune résolution définitive ; mais voilà déjà longtemps que je réfléchis sur ce sujet, et plus j'y pense, plus je suis convaincu que le seul parti que nous ayons à prendre est de sauver ce qui nous reste et de chercher une nouvelle patrie. J'entrai dans le détail de notre position et de toutes les circonstances qui l'aggravaient. Notre entretien fut long, la raison reprit peu à peu son empire sur l'esprit de ma femme, et son vif attachement pour ses enfants l'emporta sur toutes les autres considérations. Elle finit par entrer complétement dans mes vues, et il fut convenu que, puisque nous avions résolu d'en venir à ce parti extrême, le plus tôt serait le mieux.

Le consentement et le concours sincère de ma femme une fois obtenus, tout le reste alla de soi-même.

Je pourrais en écrire bien long sur les espérances et les craintes que nous éprouvions successivement, sur les petits tourments ou les grandes inquiétudes qui nous agitaient tour à tour; mais je suis impatient d'en arriver à mon journal. Je passerai rapidement sur les circonstances de notre traversée, sur les requins que nous vîmes et sur les poissons volants que nous mangeâmes sur le gril, parce que toutes ces choses ont été redites mille fois. Tous les voyages sur mer se ressemblent à peu de chose près. Il faut toujours s'attendre à un peu de gêne à bord d'un bâtiment, où l'on n'a pas toute la place que l'on peut souhaiter. Le passage à la Nouvelle-Galles du Sud est une affaire souvent très désagréable, mais toutes les petites incommodités qui l'accompagnent s'adoucissent pour les gens d'un caractère facile et gai. J'ai observé que, dans la vie, le bonheur ou le malheur de bien des gens dépend de la manière dont ils prennent les événements.

Mais j'abrégerai le plus possible. Nous partîmes de Gravesend le 7 septembre 1816. Nous relâchâmes au cap de Bonne-Espérance; et après un voyage d'environ cinq mois, nous abordâmes à Hobart Town le 3 février 1817. Hobart Town est la ville principale, ou, si l'on veut, la capitale de la terre de Van Diémen : elle se trouve au sud de l'île.

Les idées que l'on attache dans ces contrées aux mots *nord* et *sud* jetèrent d'abord quelque confusion dans mon esprit; car, au rebours des idées que nous prenons en Europe, le vent du nord, dans la partie méridionale du globe, est le vent qui apporte la chaleur; tandis que le vent du sud est celui qui accompagne le froid. Les mots : *vents chauds du nord et vents froids du sud*, choquèrent longtemps mon oreille : je ne m'accoutumai pas tout de suite à en faire usage.

L'aspect de la nouvelle patrie dont j'avais fait choix n'était pas très séduisant, et j'éprouvai d'abord quelque abattement, en promenant mes regards sur ses côtes. Tout le pays, en remontant la rivière, depuis la passe de Storm-Bay jusqu'à Hobart Town, me parut triste et désolé. La campagne présentait plutôt les teintes qui caractérisent la fin de l'automne que le milieu de l'été, dans lequel nous étions pourtant, puisque nous étions arrivés au 3 février, et que les mois de l'hiver et de l'été sont en opposition directe avec les nôtres, dans ce pays où, pour nous autres Européens, tout est sens dessus dessous.

Toute la nature semblait avoir revêtu les sombres et mélancoliques couleurs de l'automne. Un silence profond, une inaction universelle, régnaient sur toute la contrée, et tout, dans ces sites d'une effrayante immobilité, semblait attendre la présence de l'homme pour prendre du mouvement et de la vie.

Les maisons de la ville, disséminées çà et là, ne s'élevaient point sur un plan régulier. Ce n'est que de loin en loin que l'on en trouvait quelques-unes de bonne apparence. L'intervalle qui les séparait était sans constructions aucunes, ou occupé par quelques habitations dont l'extérieur ne différait pas beaucoup des huttes les plus grossières.

Il ne faut pas perdre de vue que je parle de Hobart Town tel qu'il était autrefois. Depuis cette époque, il s'y est opéré de grands changements.

En somme je n'étais pas très satisfait de l'aspect sous lequel les choses se présentaient au premier abord ; mais je savais que l'intérieur du pays était plus attrayant, et je reçus l'avis de m'occuper promptement du choix de mes terres. Je fis contre fortune bon cœur et me mis à marcher droit à mon but.

Ma première occupation fut de faire débarquer tout
ce qui nous appartenait et de le placer en sûreté dans les
magasins d'un négociant de la ville, ce qui ne laissa pas
que de me coûter cher. L'embarras que j'éprouvai ensuite,
fut de savoir ce que je ferais de mon argent, dans un pays
peuplé de bandits; heureusement que le gouverneur me
permit de le déposer au trésor. Toutes mes dépenses de
passage et de débarquement payées, je restais possesseur
de 720 livr. sterl (18,000 f.). C'était là tout ce que je possédais pour m'établir au milieu du désert.

J'avais maintenant à porter toute mon attention sur le
choix de ma résidence. La manière d'obtenir une concession de terres était très différente alors de ce qu'elle est
aujourd'hui, et voici les formalités que l'on suivait à cette
époque.

Avant de quitter l'Angleterre, je m'étais adressé par
lettre au bureau du secrétaire d'État au département de
l'intérieur. J'exposais dans ma lettre que mon intention
était d'émigrer avec ma famille à la terre de Van Diémen,
et je demandais une autorisation pour obtenir une concession de terrain à mon arrivée. Le gouverneur que je trouvai plein de bienveillance dans les renseignements et
dans les conseils qu'il me donna, prit note de ma situation; il me dit que ses instructions lui permettaient de
m'accorder douze cents acres. La concession obtenue, il
me restait sur d'autres points de nombreuses difficultés
à vaincre. La première était de choisir mes terres. J'avais
entendu tant de rapports contradictoires sur les différentes parties du pays, que j'étais plongé dans la perplexité
la plus embarrassante. Mais enfin, comme il fallait que
ce choix fût fait et le plus tôt possible, j'en pris mon
parti. Je laissai à la ville ma femme, ses enfants et la
mère de ma femme, qui, malgré son grand âge, était
pleine de résolution. Je les établis le moins mal qu'il
me fut possible dans leur logement. Je priai une famille

résidente de veiller à leur sécurité, pendant mon absence ; puis je mis mon fusil sur mon épaule et partis pour m'enfoncer dans les terres.

Il était cinq heures du matin quand je quittai Hobart Town. La ville était encore plongée dans le calme le plus profond, quoique le soleil brillât déjà avec éclat au-dessus de ses toits. Je jetai un dernier regard sur la maison où reposaient ma femme et mes enfants ; j'examinai si les batteries de mon fusil étaient en bon état et je me mis en marche.

Je ne fis pas la moindre rencontre entre le *Camp* — c'est ainsi que l'on appelait alors Hobart Town, — et New Town, qui est à trois mille de distance. Je me souviens que cet isolement me causa la plus pénible impression. Je ne savais en effet de quel côté me porter de préférence, et j'attendais de ma bonne étoile les renseignements qui pourraient m'indiquer vers quel point je devais diriger mes recherches. En même temps, d'après l'expérience que j'avais acquise en ville, mon esprit était prévenu que chacun chercherait à me tromper, soit sur les lieux où je trouverais encore des terres vacantes, soit sur la contrée où j'aurais le plus d'avantage à m'établir. Je poursuivis ma route au milieu de ces inquiétantes pensées ; et, après avoir rencontré seulement une ou deux misérables cabanes, j'arrivai à un bac, qui se trouvait sur la droite, à environ dix milles (4 lieues) du Camp.

Cependant le soleil commençait à se faire vivement sentir. Ma montre, que je consultai, marquait dix heures. Je pensai que, s'il faisait aussi chaud à dix heures, la chaleur serait accablante à midi. Mais comme il me fallait gagner New-Norfolk, je me mis à doubler le pas et à poursuivre courageusement ma route. Cependant, au bout d'une demi-heure, les rayons du soleil devinrent si brûlants, que je commençai à ralentir ma marche et à regarder si je ne trouverais point une place commode pour me re-

poser. En promenant ainsi mes regards autour de moi,
j'avisai un homme de l'aspect le plus singulier, qui était
assis par terre, à peu de distance de la route, et adossé à
un monticule formé de petits rochers. Il se désaltérait
dans l'eau d'une fontaine, remplissant une espèce de bassin que la nature avait creusé dans la pierre.

— Celui-là, me dis-je, a l'air d'un étrange original.

C'était la première fois que je rencontrais un homme
dans un pareil accoutrement. Ses pieds étaient envelop-
pés dans des espèces de vieux brodequins, connus sous
le nom de *mocassins,* et faits avec une peau de mouton,
dont la laine était à l'extérieur. Ses jambes étaient nues.
Une paire de vieilles culottes, ceignait tant bien que
mal la partie inférieure de son corps. Enfin la pièce principale de son habillement se composait d'un surtout fait
avec une peau de kanguroo, ou plutôt était formé de l'assemblage de plusieurs peaux desséchées et garnies de
leur poil.

J'avais fixé sur ce velu personnage des yeux aussi curieux que vigilants, et je ne m'approchai de lui qu'avec
hésitation. Cependant je ne sus pas tellement dissimuler
mes précautions qu'elles fussent inaperçues par l'homme-
kanguroo, qui tournant sa face de mon côté, me dit avec
l'accent bien prononcé d'un paysan anglais :

— N'ayez pas peur, notre maître. Si vous voulez de
l'eau, approchez-vous et buvez. Grâce à Dieu, l'eau ne
manque pas dans ce pays; il y en a beaucoup et de la
douce encore... sauf qu'elle est un peu saumâtre.

Et voyant que j'hésitais, il ajouta : « Buvez à votre aise,
je m'en vais m'éloigner. Il n'est pas étonnant que vous
soyez un peu défiant. S'il vous était arrivé ce qui m'est arrivé à moi-même, dans ce pays de malheur, vous ne man-
queriez pas de motifs pour l'être encore plus. »

Quoique les traits de cet homme fussent grossiers, il
y avait dans sa physionomie quelque chose qui respirait

la bonté ; aussi n'hésitai-je pas plus longtemps à me pencher vers la source. Je m'y désaltérai avec un plaisir que je crois n'avoir jamais aussi vivement éprouvé.

Ces libations, prises à la même fontaine, établirent entre l'homme aux habits de peaux et moi une sorte de fraternité. Nous nous assîmes, l'un à côté de l'autre, au bord de la source. Je ne pouvais m'empêcher de regarder ma nouvelle connaissance avec une sorte de surprise.

— Vous me regardez avec étonnement, dit mon compagnon. Savez-vous comment je me trouve affublé de ce bizarre costume ?... Eh bien, je m'en vais vous le dire : C'est le produit d'une contribution volontaire !

— D'une contribution volontaire ! Et comment cela ?

— Voici comment : il y a dix jours, je suis tombé dans un parti de Bush-rangers, de l'autre côté de l'île, et ils m'ont mis nu comme un ver.

— Les enragés ! m'écriai-je en saisissant mon fusil.

— Oh ! n'ayez pas peur, il n'y en a pas de ce côté-ci, et j'espère que vous aurez le bonheur de ne pas en rencontrer dans cet horrible pays. Dieu me pardonne ; mais je me donnerais à tous les diables pour en être hors. Imbécile que j'ai été d'abandonner mon bon vieux maître dans le Shropshire, pour venir ici essayer à être propriétaire. Ces maudits Bush-rangers m'ont enlevé tout ce que j'avais sur le corps, et ils m'ont fait porter leurs bagages pendant trois jours. Celui qui a pris ma redingote, m'a dit, en me jetant sa casaque de kanguroo sur le corps :

— Tiens, mon ami, accepte cela comme un souvenir ; j'espère que tu ne te plaindras pas que nous ayons manqué de procédés à ton égard ; nous nous dépouillons pour toi, et de plus nous t'avons fait voir la contrée.

— Puisse le ciel me tirer de cet abominable pays ! reprit-il. D'abord on n'y trouve rien comme ailleurs, et ce qu'il y a de pis, c'est qu'il n'y a pas la plus petite chose à manger.

— Rien à manger, dites-vous ; mais c'est une plaisanterie! Comment vivent donc les gens qui l'habitent ?

— C'est une façon de parler ; je ne prétends pas qu'il n'y ait absolument rien, quoique, si on en exempte les côtelettes de mouton, je ne vois pas ce qu'on peut y trouver. Mais je veux dire que cette île damnée ne produit rien par elle-même : elle n'a ni animaux, ni fruits, ni légumes. En un mot, c'est le plus détestable pays du monde, la plus abominable contrée où l'homme ait jamais résidé ; et tout ce que je souhaite, c'est d'en être bien loin.

—Je suis fâché de vous voir avec une si mauvaise opinion sur un pays dans lequel je viens m'établir, monsieur ; mais, à propos, vous ne m'avez pas dit votre nom?

— Crab... Samuel Crab. C'est notre nom, de père en fils. Je suis, voyez-vous, originaire du Shropshire. J'ai été pendant trente-cinq ans valet de charrue chez sir Dampier, à Dampier Hall. Mon pauvre bon maître ! faut-il que j'aie été assez insensé pour le quitter !

Je me sentais un peu découragé en entendant un pareil langage dans la bouche d'un homme qui avait habité longtemps la colonie. Cependant, ma nouvelle connaissance me parut être une de ces natures bornées et opiniâtres, telles que l'on en trouve parmi les cultivateurs des comtés du centre de l'Angleterre. Il me sembla tout naturel qu'après sa fâcheuse rencontre avec les Bush-rangers, maître Crab eût quelques préjugés contre le pays qu'ils parcouraient. Mais je pensai que, néanmoins, il pourrait me rendre un compte fidèle de ce qu'il avait vu, et je profitai du penchant que je lui trouvais à parler pour en tirer quelques renseignements que je désirais avoir.

— Quel système de culture, lui dis-je, suit-on dans ce pays?— Un système! vous êtes bien bon de croire que l'on suit ici un système quelconque. Ils ne savent pas faire pousser la moindre chose. — Pas même du blé?— Oui, ils font pousser du blé, mais en le laissant venir comme il

2

peut. — De l'orge? — Oui, de l'orge aussi. — De l'avoine?
— Je n'ai pas vu beaucoup d'avoine; cependant je crois
qu'ils en font un peu. — Des pommes de terre? — Oh !
des pommes de terre, ils en produisent énormément. —
Et des légumes : des choux, des pois, des fèves? . . . . .

— Ils en produisent aussi; mais on ne peut pas dire
qu'ils fassent pousser tout cela; cela vient de soi-même;
et puis, selon moi, cela vient trop gros et cela pousse trop
vite. D'ailleurs, comment voulez-vous que les choses
viennent bien dans une terre travaillée à leur mode ? Un
homme, dans mon pays, serait honteux d'appeler labour
la préparation qu'ils donnent à la terre. Ils se contentent
de retourner le gazon, en laissant l'herbe qui la couvrait;
et puis après, quelque escroc de Londres vient avec de la
semence dans un sac, et alors ces cultivateurs d'une nouvelle espèce vous sèment le grain comme s'ils donnaient
à manger à des poules. Ensuite, un autre misérable arrive
avec une énorme branche d'arbre, traînée par une paire
de bœufs; il éparpille le grain à droite et à gauche, en
disant qu'il herse. Puis, quand ce beau travail est fait,
ils abandonnent le reste à la grâce de Dieu.

— Et qu'arrive-t-il alors ?

— Oh! d'abord les kakatoès se garnissent l'estomac
avec leur semence. Les perroquets et les pies en prennent
ensuite leur part; et enfin, ce qui reste lève.

— Eh bien! c'est toujours quelque chose.

— Oui; mais vraiment, du blé si mal cultivé ne devrait
pas pousser du tout. C'est une honte de gaspiller ainsi de
bonne semence

Nous aperçûmes un homme à cheval, qui galopait de toutes ses forces (page 21)

CHAPITRE II

Cette bizarre sortie commença à me faire comprendre à quelle espèce d'homme j'avais affaire. Maître Crab était un de ces laboureurs obstinés qui ne peuvent pas concevoir que l'on cultive la terre d'une autre manière que celle à laquelle ils ont été eux-mêmes accoutumés. Cependant je pensai que l'expérience qu'il avait acquise dans les affaires de la colonie, et que la connaissance qu'il avait du pays, devaient en faire pour moi un utile compagnon, malgré l'excentricité de son accoutrement, et je lui dis :

— Eh bien, maître Crab, qu'avez-vous l'intention de faire maintenant ?

— Maintenant je veux m'en aller droit à bord d'un bâtiment pour quitter, sans retour, ce misérable pays.

— C'est fort bien ; mais aucun vaisseau ne fera voile d'ici à six semaines, j'en ai la certitude. Vous proposez-vous de passer tout ce temps-là en ville ?

19

— Ah! vous me rappelez là un de mes autres griefs contre cet horrible pays. Quand un pauvre hon... a été enlacé, comme moi, par tous les mensonges des capitaines, des armateurs et des courtiers de navires, il faut qu'il reste ici jusqu'à ce qu'il se trouve un capitaine aussi dégoûté de ce beau séjour qu'il l'est lui-même; un étranger est vraiment fort embarrassé de savoir quel parti il doit prendre. Vous êtes fermier, je le suppose à votre extérieur, dit tout à coup maître Crab, en m'examinant de la tête aux pieds.

— Je n'ose pas me dire cultivateur comme vous, répliquai-je; car vous me paraissez avoir été élevé derrière une charrue; mais je ne suis pas étranger à la culture.

— Voilà qui est sagement parlé, répondit maître Crab; mais, permettez-moi de vous demander votre nom?

— Thornley, William Thornley, de Croydon dans le comté de Surrey, et aujourd'hui fermier dans la terre de Van Diémen.

— Oui, mais peut-être fermier à la mode de Londres. Après tout, notre maître, je pense que, si cela vous convient, rien ne m'empêche de battre la campagne pendant quelque temps avec vous. Tout ce que je souhaite, c'est de parvenir à vous persuader de ne pas rester dans ce vilain pays. Je suppose que vous ne m'en voulez pas, pour vous parler avec cette franchise.

— Pas le moins du monde, répondis-je: je me fie à votre physionomie, qui respire la probité. Eh bien! si vous vous êtes assez reposé, nous nous mettrons en marche.

— Partons, dit maître Crab. Je vais vous indiquer un chemin qui est moins uni que la grande route, mais dans lequel nous serons à l'abri des rayons du soleil.

Le grondeur Crab et moi, nous fûmes bientôt accoutumés l'un à l'autre. Nous marchions, sans nous presser, dans l'épaisseur du bois, et nous approchions déjà de New-Norfolk, quand nos oreilles furent tout à coup frappées par un mélange confus de sons, qui troublèrent le silence de la solitude qui nous entourait. Nous ne pouvions nous imaginer ce qui occasionnait tant de bruit et de cris divers.

Tout à coup nous aperçûmes un homme à cheval, qui galopait de toutes ses forces, à travers les arbres. Heureux et habile à éviter tous les dangers semés sur sa route, il soutenait avec vigueur le galop de son cheval, qui semblait aussi animé que lui.

Nous entendîmes ensuite le bruit d'une innombrable quantité de coups de fouet, qui éclataient aux environs comme autant de coups de pistolet; et enfin, nous nous trouvâmes cernés par une multitude de personnes qui s'avancèrent, en formant un cercle autour de nous.

Tout ce que nous voyions, tout ce que nous entendions, excitait au plus haut point notre surprise.

Cependant le tumulte allait toujours croissant. Les cris des hommes et le claquement des fouets, qui s'approchaient de plus en plus de nous, annonçaient le dénoûment de cette scène, que mon ami à la peau de kanguroo, semblait regarder avec une dédaigneuse satisfaction. Ses traits, naturellement peu gracieux, prirent une expression plus maussade, dans laquelle se confondait à la fois un dédain profond et une maligne joie.

— Maître, me dit-il, vous allez voir comment on mène les choses dans ce beau pays!

— Je ne devine pas de quoi il s'agit, lui répondis-je.

A peine avais-je achevé ces mots, qu'un bruit soudain me fit craindre l'approche de quelque danger. Je me retournai, par un mouvement instinctif, et je tins mon fusil prêt à tout évènement. Cette précaution fit sourire maître Crab. Je me sentais disposé à en faire autant, quand j'aperçus un bœuf en furie — ou ce que je crus en être un, — qui venait droit sur nous. L'animal paraissait dans un grand état d'excitation. Sa bouche était écumante, ses naseaux dilatés et ses yeux en feux; sa queue, tordue en tire-bouchon, était l'indice certain de ses mauvaises intentions. Je fis un saut de côté, au moment où il se ruait sur moi, tête baissée, et je fus assez heureux pour l'éviter.

— C'est une vache en furie! m'écriai-je. Je suppose que, dans ce pays, la chaleur du climat doit ajouter encore à la fureur des animaux sauvages, quand on les maltraite.

— Ah! les gens y sont encore plus enragés que les bêtes, me dit Crab; mais attendez un peu et vous allez voir la fin.

Aussitôt nous nous trouvâmes au milieu des personnes qui donnaient la chasse à cette vache.

— Que voulez-vous faire de cet animal? dis-je à un grand homme sec, qui avait cessé pour un instant de faire résonner son fouet; il paraît bien sauvage.

— Ah! tous les animaux sont sauvages, me répondit-il; mais cette vache est une des meilleures laitières qu'on puisse trouver. Je ferais une bonne journée si je pouvais parvenir à l'enfermer dans ma cour.

— Je ne demanderais pas mieux que de vous aider; mais, dans mon ignorance des usages de ce pays-ci, je craindrais de faire plus de mal que de bien.

Mon secours, au reste, serait arrivé trop tard, car un hourra général, nous annonça que la victoire était gagnée. Nous nous dirigeâmes vers le lieu du triomphe. Le grand homme sec, qui était le propriétaire de la vache poursuivie, nous accompagna. Il y avait une trentaine de personnes, parmi lesquelles ne se trouvaient qu'une ou deux femmes. Je remarquai que les hommes étaient munis de liens faits avec des lanières de peau de bœuf. J'en étais toujours à savoir ce qu'ils voulaient faire, quand un fermier s'avança avec une écuelle en étain et une sellette qui n'avait qu'un seul pied. La sellette à un pied me fit supposer qu'on voulait traire l'animal.

Je continuai à observer avec un grand intérêt tout ce qui se faisait. Je vis s'avancer un homme, armé d'une espèce de perche, à l'extrémité de laquelle était attachée une des cordes de cuir dont j'ai parlé tout à l'heure. Cette

corde formait un nœud coulant. Le porteur de la corde
en tenait l'autre extrémité roulée dans une main. Il grimpa
par-dessus les palissades de la cour, qui étaient composées
de troncs d'arbres. La vache jeta les yeux sur son adversaire, comme si elle eût été accoutumée à ce jeu et, sans
attendre qu'il l'attaquât, fondit avec impétuosité sur lui.
L'homme au nœud coulant n'en parut nullement déconcer-
ter. Il se jeta de côté avec autant de sang-froid que d'agilité, et laissa l'animal aller donner de la tête contre les
palissades, qui en furent ébranlées.

Cette manœuvre fut répétée plusieurs fois, au grand
amusement des spectateurs.

— Vous l'avez échappé belle, dit un des assistants
dans un moment où, la bête en s'élançant contre son
ennemi, avait enlevé avec sa corne un morceau de sa
casaque; la prochaine fois, Jem, elle vous embrochera.

— Je n'en ai pas peur, dit Jem. C'est une méchante ver-
mine; mais j'en viendrai encore à bout.

— Est-ce que vous auriez l'intention de la tuer?

— La tuer! s'écria de son côté le grand homme sec.
Tuer la bête la meilleure et la plus douce de tout mon
troupeau! Elle est si apprivoisée qu'elle vous laisserait
la toucher partout. Seulement, elle ne veut pas se laisser
traire : cela la met hors d'elle-même. Allons, Jemmy,
jette promptement ta corde, tiens-la ferme, ne lâche
pas, et la bête est à nous. Où est la corde pour les
pieds?

En effet, l'homme à la perche avait saisi le moment op-
portun, et jeté le nœud coulant sur les cornes de l'animal.
Deux ou trois hommes, placés en dehors de l'enclos, s'é-
taient en même temps emparés de l'extrémité de la corde
et tiraient dessus en l'enroulant autour d'un tronc d'arbre.
En ce moment mes yeux s'arrêtèrent sur Crab, et je ne
pus m'empêcher d'admirer l'expression de raillerie sar-
castique qui animait ses traits. Il me lança un regard qui

me disait, mieux que la parole : « voilà comme on trait les vaches dans ce pays-ci ! »

Cependant l'opération n'était pas encore consommée. Pour l'achever, il restait plus d'une précaution à prendre. L'animal avait les pieds de devant tendus en arc-boutant, le cou allongé, et il ruait sans cesse avec ses pieds de derrière. Tous ses membres étaient enlacés dans la corde, où l'on avait adroitement engagé ses cornes. Une demi-douzaine d'hommes en serraient l'extrémité, tiraient dessus et la tenaient bien raide, pour empêcher l'animal de donner des coups de tête. On crut alors la pauvre bête en état convenable, pour qu'on pût la traire. Crab me lança un second regard non moins significatif que le premier.

L'homme, qui portait la sellette à un pied et l'écuelle d'étain, s'avança alors, en parlant doucement à l'animal, et en employant force précautions pour l'approcher. Il saisit le moment favorable et parvint à faire jaillir quelques gouttes de lait dans son vase ; mais la vache irascible, indignée de cet outrage, donna un effroyable coup de tête, qui renversa les hommes qui tenaient la corde, et, recouvrant l'usage de ses jambes, elle culbuta l'un sur l'autre celui qui avait voulu la traire, la sellette et le pot au lait.

L'amusement de l'assistance se manifesta en longs éclats de rire. Les plaisanteries et les quolibets pleuvaient de toutes parts. L'amour-propre des gens de la ferme en fut piqué, et ils se mirent de nouveau à garrotter l'animal presque épuisé. L'homme à l'écuelle d'étain, jetant de côté sa sellette se mit à genoux, et il parvint à enlever à sa victime à peu près une demi-pinte de lait. Après ce triomphe, la vache fut rendue à la liberté, et elle alla se perdre dans la profondeur des bois.

— Eh bien ! maître, me dit Crab, aviez-vous jamais vu traire une vache de cette façon-là ?

— Certainement, lui répondis-je, on pourrait s'y prendre mieux.

— Ah! poursuivit Crab, c'est une histoire qui mériterait d'être racontée dans le Shopshire. On devrait y retourner quand ce ne serait que pour publier une si belle aventure.

— Suivez-moi, me dit le propriétaire de la vache : je serai bien aise de vous faire voir ma maison, et de vous présenter ma femme et mes enfants. Vous paraissez étranger, poursuivit-il, en s'adressant à moi. Pour vous, l'ami, ajouta-t-il, en jetant sur Crab un regard qui trahissait la perplexité de ses conjectures, vous semblez plus familiarisé avec les habitudes de ce pays, du moins si j'en juge par votre costume. Puis-je savoir d'où vous venez, messieurs?

— Moi je viens du Camp, répondis-je, avec l'intention de choisir des terres. Quant à ce... — j'allais dire gentleman ; mais l'aspect de Crab, sur lequel mes regards tombèrent en ce moment, arrêta ce mot au passage de ma gorge — quant à ce... colon...

— Ne m'appelez pas colon! s'écria Crab, je ne viens pas ici pour m'établir, moi, car les Bush-rangers, les condamnés et les voleurs d'habitants ont pris soin de mettre bon ordre à mon établissement.

— J'ai rencontré ce brave homme sur ma route, interrompis-je, et il a eu l'obligeance de s'offrir pour me guider dans le pays.

— Vous êtes venu dans un mauvais district pour trouver des bonnes terres, me dit l'homme du New Norfolk. Il n'y en a plus du tout maintenant. La terre est assez pauvre dans ces environs, et on s'établit ici plutôt à cause des avantages qu'offrent les transports par eau, qu'à cause de la fertilité du sol. Mais voici ma maison précisément en face de nous, de l'autre côté de la rivière. Passons ; vous pouvez compter sur une cordiale hospitalité.

Je ne saurais exprimer les sentiments d'intérêt et de curiosité que je sentis naître en moi en m'approchant de cette résidence. Il me semblait que j'allais y voir se réfléchir, comme dans un miroir, l'image de tout ce qui allait m'arriver d'ici à peu de temps. Les songes dorés auxquels je m'étais livré pendant la traversée, commençaient à s'é-vanouir en face des sérieuses difficultés qui accompagnent un établissement dans un pays nouveau.

Nous étions sur le point de franchir le seuil de la porte, quand un essaim de jeunes enfants vint nous barrer le passage. Il y en avait six : le plus âgé avait tout au plus sept ans. Chacun d'eux était muni d'un énorme morceau de l'espèce de gâteau qu'on appelle ici *damper,* qui leur avait été donné pour s'amuser, en attendant un repas plus substantiel. Le vêtement de toute cette petite marmaille était aussi léger que la décence pouvait le comporter.

— Y a-t-il du lait, père? balbutia une petite fille, qui commençait à peine à parler.

— Tout juste une goutte pour votre mère et son marmot, chère petite. Où est votre frère?

A cette question, un jeune garçon fluet, de dix ans environ, s'avança d'un air grave et un peu nonchalant. Il embrassa son père, qui lui dit :

— Eh bien! Ned, le troupeau est-il en bon ordre?

— Oui, père. Nous l'aurions bien laissé toute la nuit sur la colline de Green-hill: mais Dick a vu ce matin deux hommes rôder aux environs. Il les a encore rencontrés cet après-midi. Ils ont un air qui ne lui plaît pas trop, et il a pensé qu'il valait mieux mettre le troupeau en sûreté dans la petite cour.

— Eh bien! monsieur, me dit l'homme du New Norfolk, si vous vous sentez en humeur de souper, allons nous mettre à table.

Nous entrâmes dans l'habitation ; une pièce spacieuse, dont la porte ouvrait en plein air, se présentait la première. La partie de la maison, opposée au pignon qui portait la cheminée, était divisée en deux chambres à coucher. Vis-à-vis la porte d'entrée, était une porte intérieure conduisant à une arrière-pièce, servant de cuisine. Il y avait, au milieu de l'appartement principal, une table faite de planches informes, sur laquelle étaient rangées plusieurs écuelles d'étain, quelques assiettes, ainsi que des fourchettes et des couteaux dépareillés. Une gigantesque bouteille verte, pleine de rhum, ornait un des coins de la table. A la place du milieu se trouvait, comme une marque d'honneur, l'écuelle de lait, qui était le produit des efforts réunis de tous les habitants du voisinage,

L'hôtesse sortit alors de son sanctuaire; elle portait dans ses mains un énorme plat de côtelettes de mouton, qui fut bientôt suivi d'un autre plat, sur lequel reposait une espèce de gâteau pâteux.

— Je pense, dit la maîtresse du logis, que vous préférerez un gâteau en terrine à un simple damper. En voici un: Edward, servez ces messieurs. Ils ont fait une longue route : ils doivent avoir faim.

Le mari répondit à cette hospitalière invitation en tirant du grand plat trois ou quatre côtelettes de mouton, qu'il me présent. .

— Servez-vous vous-même, dit-il à mon compagnon. Vous connaissez les usages du pays.

Pendant que nous engloutissions à la grande table les innombrables côtelettes de mouton, la maîtresse du logis servait aux enfants du thé qu'elle puisait dans un chaudron à trois pieds, qui bouillait au foyer. Après avoir jeté une poignée de thé dans ce vase grossier, elle avait plongé successivement dans la décoction l'écuelle de chacun des enfants, en y ajoutant quelques morceaux d'un sucre brun; quelques gouttes de lait, délicatesse inaccoutumée, nuancèrent, ce jour-là, le bouillant liquide. Tout en buvant leur thé, les enfants faisaient de fréquentes attaques et de nombreux larcins à notre pyramide de côtelettes, sans préjudice du gâteau en terrine et de l'éternel damper, qui faisait alors la base de tous les repas dans une ferme.

Des symptômes d'assoupissement commencèrent alors
à se manifester dans l'assemblée, et notre digne hôtesse
s'agitait pour trouver dans quel endroit elle m'installerait
ainsi que mon compagnon. Pour y parvenir, elle dut déloger son mari d'une espèce de lit de camp en bois, et elle
appela Dick pour l'aider à préparer ma couche.

— Les peaux de kanguroo ont elles été envoyées au
Camp? lui demanda-t-elle.

— Non, maîtresse, elles sont dans la hutte. On en peut
faire de fameux lits pour ces gentlemen : elles seront ici
dans une minute.

Un tas de peaux sèches fut en effet apporté, et Dick se
mit en devoir d'en dresser un lit à mon usage. Crab
s'était contenté d'une certaine quantité de sacs qu'il
avait accumulés sur le plancher. Tout ainsi disposé, on
se prépara au repos.

Malheureusement, notre sommeil ne devait pas être
d'une bien longue durée. Je rêvais que j'étais à Hobart
Town avec ma femme et mes enfants, et que nous nous
plaignions de l'ennui que nous causaient les aboiements
incessants des chiens. Ces aboiements allaient toujours
croissant et il me semblait entendre crier mes enfants, que
ce bruit épouvantable effrayait. Je m'imaginai que je me
levais pour les rassurer, et en ce moment je m'éveillai. Il
était environ trois heures du matin. Les chiens de mon
hôte aboyaient avec violence, et les cris de ses enfants
faisaient chorus avec eux. Bientôt le berger Dick frappa
à coups redoublés à la porte de la maison. Mon hôte, tiré
de son sommeil, fut promptement sur pied.

— Maître! s'écria Dick du dehors, le troupeau est sorti
de la cour. Il se passe quelque chose de mauvais : venez-y
voir le plus tôt que vous pourrez. Le gentleman qui est
arrivé hier a un fusil ; est-il éveillé?

— Oui! m'écriai-je, en sautant de mon lit; mon fusil

et moi sommes à votre disposition. Mais de quoi s'agit-
il ! Sommes-nous attaqués par les Bush-rangers?

— Probablement, exclama Crab d'un autre côté, en se
dégageant de ses sacs. Voilà votre joli pays ! Mais j'espère,
continua-t-il, en s'adressant à notre hôte, que vous ne les
laisserez pas entrer sans nous chamailler un peu.

— Je l'espère, répondit le fermier ; mais la partie n'est
pas égale avec les Bush-rangers, quand on a une femme et
des enfants à défendre. Du reste, ce ne sont probablement
que quelques maraudeurs qui en veulent au troupeau ;
mais il faut s'en défier, car ils ne se font pas scrupule de
vous lâcher un coup de fusil.

— Quelle heure est-il?

— Trois heures un quart.

— Il va bientôt faire jour. Fais lever tout le monde,
Dick, et appelle les chiens. Cela ne nous servira pas à
grand'chose de nous mettre en quête avant que le jour ne
nous permette de suivre la trace des voleurs. Quant à vous,
ma chère amie, dit-il à sa femme, qui s'était habillée en
toute hâte, tenez-vous bien enfermée ici pendant mon absence, et ne laissez pas sortir les enfants. Dick et moi
nous allons suivre les pas des voleurs ; donnez-moi mon
fusil. Où sont les cartouches? c'est bien. Donnez-moi un
morceau de damper : nous pourrons bien en avoir besoin
avant de revenir. Dick, nous prendrons Hector et Fly
avec nous et tu laisseras les autres chiens. Pourvu que la
jument ne se soit pas échappée dans le bois... quoique
nous serons peut-être mieux à pied, car nous n'avons
que des moutons à suivre. Allons, messieurs, bonjour.

— Bonjour ! s'écria Crab. Je n'en veux pas de votre bonjour. Est-ce que vous vous êtes imaginé que je vais manger votre pain, boire votre rhum, et vous laisser dans
l'embarras. Non, non, s'il vous plaît ; donnez-moi un bon
bâton ; c'est ce dont je sais le mieux me servir, et je vais
vous accompagner. Et vous, maître, vous allez venir

aussi, n'est-ce pas? dit-il en se tournant vers moi. Votre
fusil peut nous être d'un grand secours.

— Je vous accompagnerai avec le plus grand plaisir,
répondis-je. Je ne sais pas trop comment il faut se conduire dans les bois; mais je ferai de mon mieux.

— Je vous remercie, messieurs, dit le fermier. De cette
façon nous serons quatre homme et deux fusils aux trousses des voleurs, et il restera trois hommes pour garder la
ferme. Nous aurons probablement du chemin à faire, ainsi
préparez-vous pour cela. Femme, donne-nous une bouteille de rhum : Dick, j'en suis sûr, ne demandera pas
mieux que de s'en charger.

— Il sera bon de prendre aussi deux tasses.

— Tu as raison, dit notre hôte. Prends aussi de la petite
corde, nous pourrons en avoir besoin. Maintenant, que
personne ne dise plus un mot, et surtout que rien ne fasse
soupçonner combien il restera d'hommes à la ferme.

— Je crois, dit le berger, que nous ferons bien de nous
partager en deux bandes, et de marcher, deux sur la droite,
et deux sur la gauche, jusqu'à Green-hill, où nous nous
réunirons. De cette façon nous ne pouvons manquer de
rencontrer la trace du troupeau.

— Dick, prends avec toi notre ami à la peau de kanguroo,
dit le fermier; vous irez à gauche, tandis que monsieur et
moi nous marcherons sur la droite. Tiens, prends mon fusil,
il faut qu'il y en ait un de chaque côté. Ne perdons pas de
temps, car nous laisserions échapper nos voleurs.

Les indigènes se levèrent vivement à notre approche (page 31)

CHAPITRE III

L'aube commençait à paraître, et il faisait assez clair pour voir où placer ses pieds. Chaque bande se mit en devoir de suivre la direction convenue; et je me trouvai bientôt, avec le fermier, à une grande distance de son habitation.

Nous suivîmes les bords de la rivière, pendant un demi-mille environ, et nous tournâmes ensuite à gauche. Mon hôte commença alors à chercher attentivement les traces de son troupeau. Je l'aidai du mieux qu'il me fut possible. Nous étions tous deux tellement absorbés dans notre recherche, que nous n'aperçûmes une réunion d'indigènes assis autour d'un grand feu, qu'au détour d'une petite éminence, et quand nous nous trouvâmes en quelque sorte au milieu d'eux. Ils se levèrent vivement à notre approche, et le fermier, alarmé par leur présence, mit la main sur mon fusil et fit halte pour les reconnaître.

— Ils n'ont pas de mauvaises intentions, me dit l'homme
de New-Norfolk, après avoir observé quelque temps les
indigènes. C'est une troupe de ville. On les reconnaît aux
couvertures que portent quelques-uns d'entre eux ; mais il
est toujours bon de se tenir sur ses gardes. Ne vous des-
saisissez pas de votre fusil, et ne montrez aucune inquiétude. Maintenant abordons-les. Si je puis parvenir à leur
faire comprendre que je suis à la recherche d'un troupeau
égaré, ils me seront d'un grand secours pour le retrouver.

Pendant que mon compagnon parlait ainsi, nous nous
approchâmes du feu. Les indigènes se tenaient debout çà
et là, en nous regardant d'un air impassible, nonchalant
et un peu hébété. Près du feu, il y avait un tronc d'arbre sur
lequel mon ami du New-Norfolk m'engagea à m'asseoir.

— Mettez-vous là, me dit-il, tout vis-à-vis de moi, de
façon que chacun de nous puisse voir ce qui se passe derrière le dos de l'autre, sans que cela semble concerté. Pour
moi, je m'en vais essayer si je ne pourrais pas tirer parti de
ces gens-là.

Trois ou quatre indigènes reprirent leur place auprès
du feu, et continuèrent les préparatifs d'un repas que notre
arrivée semblait avoir interrompu.

J'étais curieux de voir le cérémonial du déjeûner de ces
noirs et graves personnages. Mes désirs ne tardèrent pas à
être satisfaits. Rassurés sur la nature de nos intentions,
les indigènes poursuivirent les préparatifs de leur cuisine.
Nous vîmes s'avancer d'abord une jeune femme, revêtue
d'une couverture en lambeaux, drapée avec une certaine
prétention autour de sa personne. Un filet, rempli d'un
gros morceau de gomme, était suspendu à son cou. Elle
donna à l'un des hommes de la troupe ce morceau de gomme,
qui était à peu près gros comme une noix de cacao. Cependant une autre femme présenta un opossum, espèce d'animal qui me parut tenir le milieu entre un chat et un écu-
reuil. Le morceau de gomme et l'opossum furent jetés

ensemble dans le feu. La peau de l'animal et tout ce qu'il avait dans le corps fut respecté, sans doute pour mieux assaisonner ce rôti. Après que la gomme et l'opossum eurent grillé, pétillé, et fumé pendant quelque temps, un des hommes de la bande tira la bête du feu, et, plongeant sa face dans ses entrailles, savoura quelque temps ce mets délicat, puis rejeta dans le feu ce qui restait de l'animal. Un autre indigène l'en retira à son tour, en dépeça les membres, dévora ceux qu'il choisit comme les meilleurs et en jeta les os à demi rongés aux dames de la troupe.

Le repas que je viens de décrire avait été fait dans le plus profond silence. Les indigènes avaient mangé l'opossum rôti et les morceaux de gomme avec une effroyable voracité, sans proférer une parole et sans s'occuper de nous le moins du monde. C'est un sage principe de ne point troubler le repas d'un homme affamé. Aussi le fermier s'était-il abstenu de rien dire et de parler de son troupeau jusqu'à ce que les indigènes eussent achevé leur festin ; mais, en ce moment, il avisa le chef de la bande, et le dialogue suivant s'établit entre eux.

— Vous avoir beaucoup de kanguroo ? dit le fermier, en se conformant à la manière de parler des sauvages.

— Pas de kanguroo, répondit l'indigène.

— L'opossum être bon ? reprit son interlocuteur.

— Bon, répliqua le chef.

Je fus surpris de l'excellent accent avec lequel l'homme noir prononça ces laconiques réponses.

— Est-ce que les indigènes parlent anglais ? dis-je à mon compagnon.

— Ils n'en savent que quelques mots ; mais ce sont des mimes de première force, et quand ils saisissent un mot, ils en reproduisent le son avec une parfaite exactitude.

— Moi, avoir beaucoup de moutons, continua mon compagnon en s'adressant au chef.

— Beaucoup de moutons !

3

— Les moutons être partis, ajouta-t-il, en montrant une colline, qui était à quelque distance.

L'homme noir secoua la tête.

— Vous, pouvoir trouver mes moutons, poursuivit le fermier, en accompagnant ces mots des gestes d'un homme qui cherche des traces sur la terre.

L'homme noir se retourna vers les gens de sa suite et leur dit quelques mots que nous ne comprîmes pas; la troupe se réunit et chuchota, comme des gens indécis de ce qu'ils doivent faire.

— Ils n'ont pas rencontré mon troupeau sur leur route, me dit le fermier. Cela ne m'étonne pas, car c'est cette nuit qu'on m'a joué le mauvais tour de me l'enlever, et les indigènes ne marchent jamais la nuit. Mais je crois qu'ils ont compris ce que je voulais leur dire, et qu'ils délibèrent sur le parti qu'ils doivent prendre. Voyez-vous; le chef, que distingue la cravate de coton rouge qu'il porte autour de son cou, confère avec sa suite. Je suppose que c'est pour arrêter les conditions du marché.

— Troupeau être parti? dit l'homme noir, en se rapprochant du fermier.

— Oui, être parti, répliqua mon ami, et moi ne pouvoir le retrouver. Et il recommença la pantomine d'un homme qui cherche à reconnaître des empreintes sur le sol.

— Et vous, que donner? répondit l'indigène.

— Qu'offrirai-je à ces fripons-là? dit le fermier. Ils sont déjà bien rusés. Je ne sais vraiment à qui il vaut mieux avoir affaire ou à ceux qui sont tout à fait sauvages ou à ceux qui sont à moitié apprivoisés. Je vois à la face de ce vilain noir qu'il est résolu à me rançonner.

— J'ai quelques dollars dans ma poche, lui dis-je, ils sont à votre service.

Ce ne sont pas des dollars qu'il leur faut; ils ne connaissent pas encore l'emploi de l'argent.

— Moi, dit-il au chef, moi donner une bouteille de rhum.

Ces mots parurent admirablement compris de toute la
bande noire. Le chef regarda son monde, comme un
homme qui semblait calculer en lui-même ce qui lui res-
terait d'une bouteille de rhum, quand il en aurait donné
une part à chacune des vingt personnes qui l'accompagnaient ; puis il fit un signe de tête négatif.

— Une bouteille ? dit-il, en montrant le groupe ; trop peu !

— Le vieux fripon ! s'écria le fermier, il est aussi difficile à manier qu'un marchand du Camp ; mais comme il
est très capable de réussir à ce que je souhaite, il faut que
je lui lâche encore une bouteille !

— Deux, reprit-il donc, en levant deux doigts ; deux
bouteilles de rhum !

— Deux ! répéta le chef à sa bande, en prononçant parfaitement ce mot.

Les indigènes parurent ébranlés ; mais le chef répliqua
d'un ton résolu : Deux ? Trop peu.

— Il faut faire semblant de nous en aller, dit le fermier ;
peut-être se décideront-ils ?... Deux bouteilles, assez !
adieu.

Tous les indigènes répétèrent ensemble : adieu !

— On dirait en vérité, m'écriai-je, que ce sont des Anglais, tant ils prononcent bien.

— Oui, ils ont tous attrapé ce mot au vol... Mais j'ai
besoin de mettre ce vieux drôle dans mes intérêts. Après
tout, je pourrai bien baptiser un peu le rhum.

En nous retournant, nous aperçûmes les indigènes qui
nous suivaient des yeux, comme des gens dont le dernier
mot n'était pas dit.

— Trois bouteilles, dit l'homme du New Norfolk, en
levant trois doigts   trois grosses bouteilles de rhum.

Nous tournâmes alors les talons, en gens bien déterminés à poursuivre leur route. Le négociateur noir, pensant
alors être arrivé à l'apogée de ses prétentions, nous rappela en disant :

— Trois bouteilles ? Bon !

Nous nous arrêtâmes, et trois ou quatre des hommes de la bande nous rejoignirent. Ils se consultèrent entre eux et, après une courte délibération, le chef nous envoya un jeune indigène, à la taille élancée, en disant :

— Lui trouver troupeau.

Cette substitution ne plaisait pas au fermier, qui secoua la tête, en s'écriant :

— Pickanniny, n'être pas bon pour trouver le troupeau. Vous, vous, ajouta-t-il en montrant le chef.

— Non, moi rester ici...

— Ah! me dit mon ami, il faudra se contenter de ce jeune garçon ; allons.

Le jeune indigène se mit aussitôt à marcher devant nous. Sa chevelure de laine était crêpue. Ses membres sains et bien faits; mais l'ensemble de sa personne était un peu grêle. Sans essayer de nous faire comprendre ses intentions, il se dirigea vers une petite colline située à notre gauche.

— Nous marchons vers le rendez-vous où nous devons rencontrer mon berger et votre compagnon de voyage, me dit le fermier. Ils ne doivent vraiment pas savoir ce que nous sommes devenus.

Il parlait encore quand nous entendîmes dans le lointain une voix qui semblait un cri de rappel, mais cadencé d'une façon tout à fait nouvelle pour moi. Je ne sais si cette manière de lancer sa voix est le résultat du hasard ou de quelque combinaison harmonique. Quoiqu'elle me parût fort étrange, j'en reproduirais aisément les sons que l'on peut écrire à peu près ainsi : *cou... ou... ie!...*

— C'est Dick et votre ami, me dit l'homme du New Norfolk; ils s'imaginent que nous nous sommes égarés. Je vais leur répondre sur le même ton.

Aussitôt il mit ses doigts dans sa bouche et répondit par un vigoureux et perçant *cou... ou... ie.* La réplique ne se fit pas attendre. Cependant l'indigène, qui paraissait comprendre parfaitement la raison de tout ce qui se passait, s'était arrêté et demeurait immobile. Bientôt deux chiens s'élancèrent vers nous, et peu de temps après, nous aperçûmes la taille informe de mon ami à la peau de kanguroo, et la casaque bleue du berger.

— Eh bien! il y a-t-il quelque chose de nouveau? dit le fermier.

— Je crois être sur la trace, répondit le berger; mais nous ne tarderons pas à être sûrs de notre fait, puisque vous avez pris avec vous un indigène pour nous servir de guide. J'ai aperçu de la fumée au-dessus des collines, et je me suis douté qu'il devait y avoir là une de leurs bandes. Eh bien! maître, il faut placer ce jeune noir sur la trace que j'ai trouvée et le laisser aller en avant.

Mais l'indigène refusa de suivre une autre route que celle qu'il avait en tête, et il continua à nous conduire droit à une place qu'il semblait avoir déterminée en lui-même pour son point de départ.

— Ce que nous avons de mieux à faire, c'est de le suivre, dit le berger.

— En venant dans le New Norfolk, dis-je à ma nouvelle connaissance, j'étais loin de m'attendre à une pareille équipée. Je venais pour visiter des terres, et me voilà maintenant chassant des moutons. Je suppose que c'est là une des nombreuses aventures qui animent la vie d'un colon?

— Vous avez raison, me dit le fermier; pour moi, je suis très reconnaissant de l'assistance que vous me donnez dans cette expédition, surtout à cause de la spontanéité et du bon vouloir que vous m'avez montrés; mais si vous désirez voir le pays, soyez bien convaincu que vous n'en aurez jamais une meilleure occasion.

— Eh bien! soit, répondis-je. On m'avait bien prévenu, avant de m'embarquer, que la vie d'un colon était une vie d'aventures; en voici un bon commencement.

En devisant ainsi, nous étions parvenus sur les bords d'un petit ruisseau, comme on en voit beaucoup dans ce pays, qui ont un ou deux pieds de large et quelques pouces de profondeur seulement. L'indigène s'arrêta tout à coup en cet endroit et sembla réfléchir pendant quelque temps. Il regarda en arrière et secoua la tête comme pour nous dire que le troupeau n'était pas dans cette direction. Puis il continua sa marche, en prenant la gauche et en suivant les bords du ruisseau. On pouvait s'apercevoir à ses regards qu'il cherchait attentivement la trace des moutons.

Nous continuâmes à le suivre, pendant plusieurs milles, dans cette direction, jusqu'à ce qu'enfin la fatigue commença à se faire sentir. Crab fut le premier à réclamer une halte.

— Nous avons vraiment l'air de faire une chasse aux canards sauvages! s'écria-t-il. Nous avons suivi jusqu'ici ce misérable négrillon, pendant je ne sais combien de milles, et nous en sommes encore à voir la queue d'un mouton. Eh bien, maître! que pensez-vous de tout cela? Pour moi, mon avis est de nous en aller avant que les choses n'aillent plus loin.

— Nous en aller! dit le berger, peut-on faire une pareille proposition? Comment! vous oseriez retourner sans avoir trouvé le troupeau? Trois cent cinquante bêtes ne peuvent pas disparaître sans avoir laissé de traces après elles.

— Il paraît cependant qu'elles n'en ont pas laissé, dit Crab.

— Allons en avant, dit le fermier en faisant signe à l'indigène de marcher à notre tête. Il serait vraiment curieux que l'on nous vît revenir sans ramener un seul mouton!... Ah! notre guide a rencontré quelque chose; voyez, il nous engage à regarder à terre.

Nous nous précipitâmes sur les pas de l'indigène, qui, après avoir suivi quelque temps des traces qu'il venait d'apercevoir, s'arrêta tout à coup. Il semblait avoir besoin de quelque renseignement qu'il ne savait comment nous demander.

— Va à lui, Dick, dit le fermier. Tu connais mieux les allures de ces gens-là que nous ; tâche de savoir ce qu'il veut.

Le berger s'approcha de l'indigène, qui lui montra les traces.

— Moutons, moutons ! dit-il.

— Oui, ce sont bien des traces de moutons, dit le berger, mais il désire savoir encore quelque chose.

Alors l'indigène, étendant les bras en rond, sembla décrire un large cercle autour de lui, et il dit avec le ton d'un homme qui interroge :

— Moutons, beaucoup ?

— Ah ! s'écria Dick, je devine maintenant ce qu'il veut. Il désire savoir si le troupeau est considérable. Les traces qu'il vient de trouver ne sont pas nombreuses, et il craint de faire fausse route.

— Beaucoup, beaucoup ! dit alors le berger au guide ; et là, ajouta-t-il en secouant la tête et en lui montrant les traces : peu, peu !

L'indigène parut le comprendre parfaitement, car il tourna immédiatement sur la gauche. Nous n'avions pas fait deux milles que nous rencontrâmes de nombreuses traces de moutons. Nous acquîmes la certitude que l'on avait conduit le troupeau parallèlement à la rivière. Ensuite les voleurs, tournant brusquement à gauche, l'avaient traversée dans un lieu où elle était guéable. De l'autre côté de la rivière, les traces étaient profondes et nouvelles. Nous les suivîmes à grands pas.

Nous continuâmes ainsi notre marche pendant plusieurs milles, jusqu'à un endroit où les traces du troupeau se divisaient en deux branches, l'une se dirigeant sur la droite et l'autre sur la gauche.

Pour résoudre ce dilemme, il fut arrêté que le fermier, avec le berger et le guide, prendraient à gauche, et que Crab et moi nous suivrions la droite, nous réservant d'agir suivant les circonstances. Crab ne fit aucune objection à cet arrangement, car il y avait, dit-il, autant de chances de trouver les moutons d'un côté que de l'autre. Pour lui, il ne doutait pas qu'au moment où nous parlions, ils ne fussent déjà dans quelque retraite où on ne les retrouverait pas. Sur ces réflexions, nous nous séparâmes et chaque parti suivit sa direction respective.

J'ai appris, depuis, que le fermier de New Norfolk avait recouvré la presque totalité de son troupeau; mais je ne m'amuserai pas à décrire ici les heureuses circonstances qui concoururent à son succès. Je suis plus préoccupé du désir de faire connaître comment je pris possession de ma ferme.

— Eh bien, maître, me dit Crab, vous venez de voir une partie du pays : qu'en pensez-vous?

— C'est un très beau pays à voir, lui répondis-je; mais en ce moment, par exemple, mon cher Crab, je vous avoue que la chose dont je m'accommoderais le mieux, ce serait un bon déjeûner.

— En ce cas, dit Crab, en s'arrêtant et en baissant la voix, voilà une bonne occasion pour en faire un excellent. Regardez : sur ce tronc d'arbre, voyez-vous la tête de ce kanguroo? il va sauter; c'est le moment de lui lâcher votre coup de fusil.

Je tirai, l'animal fit un saut en avant.

— Vous l'avez touché, me dit Crab; et nous nous mîmes à courir après l'animal blessé, qui s'enfuit en faisant des bonds prodigieux, et ne tomba qu'après avoir parcouru près d'un mille.

Crab dépeça promptement notre gibier et fit un grand

feu avec du bois mort. Nous déjeûnâmes et dînâmes tout
à la fois. L'eau d'une fontaine voisine servit à nous désaltérer, et Crab, qui ne voulait pas être pris au dépourvu,
se chargea de la queue de notre proie.

La chasse du kanguroo nous avait fait perdre la trace du
troupeau de notre hôte, à la grande satisfaction de Crab,
qui me proposa d'aller à travers champs, jusqu'à ce que
nous eussions regagné la grande route qui unit les deux
extrémités de l'île. J'acquiesçai à cet avis, et, après une
marche longue et fatigante, nous arrivâmes sur la
route. Heureusement nous y rencontrâmes un chariot, attelé de bœufs, que conduisait un colon qui se rendait aux
plaines de Norfolk, dans la partie septentrionale de l'île.
Nous profitâmes de cette circonstance favorable : et alternativement montés sur le chariot, ou marchant à pied,
nous gagnâmes les plaines. De là, nous nous rendîmes à
Launceston ; puis, revenant sur nos pas le long de la
grande route, nous arrivâmes à un endroit appelé les Marais-Verts, dans le district de Murray.

Là j'appris,—dans une petite auberge nouvellement établie,—qu'il y avait, dans la partie occidentale du pays, sur
les bords de la Clyde, une portion de terre très convenable
pour élever des bestiaux et des moutons, industrie à laquelle j'avais toujours eu le projet de donner la préférence. Je traversai donc la rivière, et, suivi de mon insépa-
rable Crab, j'abordai à la place indiquée, qui me plut, à
cause du vaste parcours qu'elle offrait pour les troupeaux.

Le choix de mes terres une fois bien arrêté, je me hâtai
de revenir à Hobart Town, afin de n'être devancé par personne dans la demande que j'en devais faire. J'avais été
absent pendant dix-sept jours, qui m'avaient paru bien
longs ; et ce ne fut pas sans un vif plaisir que je revis ma
femme et mes enfants.

Le lendemain, j'adressai au gouverneur la demande
d'un ordre pour prendre possession de mes terres. Je fus

informé, en réponse, qu'elles seraient régulièrement ar-
pentées et bornées aussitôt que les occupations du géo.
mètre du gouvernement le lui permettraient, mais que je
pouvais en prendre provisoirement possession et commencer à y bâtir.

Mon premier soin fut alors de me procurer deux chariots
et deux attelages de quatre bœufs chacun pour transporter
mon mobilier et toutes les choses de première nécessité.

Je voulais d'abord me rendre seul sur mes terres pour y
faire les premiers préparatifs de notre établissement; mais
ma femme, que je consultai, préféra y venir de suite avec
ses enfants. Nous avions, eu par bonheur, la précaution
d'apporter avec nous deux tentes, qui nous furent de la
plus grande utilité. Les préparatifs de notre voyage ne se
firent pas, comme on le pense bien, sans embarras et sans
trouble. Il y avait à peu près cinquante milles de la ville
à la place que j'avais choisie pour ma résidence. Cette distance exigeait des soins dans le transport de tout ce que
nous possédions.

On m'assigna deux hommes du gouvernement que je
pris, l'un comme conducteur de bœufs et l'autre comme
valet de ferme. Je plaçai sur l'un des chariots ma femme,
sa mère, nos enfants, la servante et tout ce qui dépendait
du coucher et des ustensiles de ménage. Sur l'autre chariot, je mis les instruments aratoires, les outils et les
provisions.

Tel fut l'état dans lequel nous commençâmes notre
voyage vers les bords de la Clyde, le 26 février 1817.

Il nous fallut deux heures pour parvenir au sommet de la terrible colline (page 44)

CHAPITRE IV

Vingt et un ans se sont écoulés depuis ce mémorable voyage; mais toutes les circonstances en sont aussi présentes à ma pensée que si je l'avais fait hier. Je me rappelle encore toutes les sensations que j'éprouvai en voyant ma femme perchée sur un lit de plumes, au sommet de son chariot à bœufs; sa vieille mère était à ses côtés, et pêle-mêle, autour d'elles, étaient nos enfants, charmés de la nouveauté de tout ce qu'ils voyaient, et s'abandonnant, avec l'insouciance de leur âge, au plaisir d'être traînés par des bœufs dans un grand chariot. Il y avait quelque chose de si burlesque dans la marche de notre caravane; et, en même temps, notre départ était un évènement si sérieux dans notre vie, que ma pauvre femme ne savait si elle devait rire ou pleurer. Les cahots, que les aspérités de la route communiquaient aux chariots, rendirent bientôt les enfants si joyeux que leur joie gagna le reste de la

43

bande, en sorte que notre voyage fut très gai, au moins dans le commencement.

Nous arrivâmes heureusement jusqu'au Bac, connu pendant bien des années sous le nom de Stocker's Ferry, à neuf milles d'Hobart Town. Nos bœufs se comportaient admirablement bien. C'étaient de très beaux animaux ; j'avais donné 1,000 fr. pour chacune des deux premières paires, et 875 fr. pour chacune des deux autres paires.

Bob, qui a vécu chez moi pendant bien des années après ce voyage, avait l'honneur de diriger le principal attelage ; celui de devant était confié aux soins de mon autre domestique. Pour moi, accompagné de Will, l'aîné de mes fils, qui était sur le point d'atteindre sa dixième année, j'allais de l'un à l'autre chariot, tout prêt à donner de l'aide suivant que les circonstances l'exigeaient.

Nous étions à peine à un mille de la ville que nous entendîmes quelqu'un qui appelait à grands cris après nous.

C'était Crab, qui nous rejoignit hors d'haleine. Son extérieur n'avait rien perdu de son originalité, mais son air habituel de mécontentement semblait tempéré par une espèce d'intérêt affectueux qui me détermina à arrêter, pour un moment, toute la caravane, inhabile que j'étais à deviner de quoi il s'agissait.

— Qui donc vous amène, lui dis-je, maître Crab ? Ce n'est rien de fâcheux, je l'espère.

— Absolument rien, me répondit-il ; mais j'ai pensé, ajouta-t il en hésitant, que vous n'aviez pas assez de bras pour le voyage que vous faites. Si un de vos chariots venait à verser, avec si peu de monde, il vous serait impossible de le remettre sur pied.

— O ciel ! maître Crab, s'écria ma femme, ne faites pas les choses pires qu'elles ne sont. Vous avez la triste habitude de ne les envisager jamais que du mauvais côté.

— Madame, répliqua Crab, en prenant l'air le plus gracieux qu'il était possible à sa physionomie d'exprimer, je n'aime pas à effrayer les dames ; mais il est sage de se préparer à tout événement ; c'est le moyen de se tirer plus facilement des mauvais pas. J'ai pensé que l'habitude que j'ai des routes de ce pays pourrait vous être de quelque utilité, et je voudrais vous voir arriver tous sains et saufs dans vos terres. Je ne mets pas en doute qu'aussitôt que vous les aurez vues, vous ne soyez bien aise d'en revenir. Alors j'aurai le plaisir de vous ramener de nouveau à la ville et de m'embarquer avec vous à bord de quelque bon vaisseau, qui nous reportera ensemble dans notre chère patrie, loin de ce maudit pays. D'ailleurs, je me regarde comme engagé envers votre excellent mari. Enfin, pour vous dire d'un mot toute ma pensée, mon intention est, si cela peut vous être agréable, de vous accompagner jusqu'à vos terres et de vous offrir mes services. Vous en aurez certainement besoin, tout médiocres qu'ils sont. Qu'en dites-vous, maître? ajouta-t-il en se tournant vers moi.

Sous la rude enveloppe de cet homme, il y avait des sentiments de probité et de dévouement qui m'avaient donné une sorte d'entraînement vers lui. J'acceptai donc ses propositions en lui disant que j'étais enchanté de l'excellent renfort que notre petite troupe trouvait dans sa personne. Il manifesta, par un signe de tête, qu'il regardait notre arrangement comme conclu, et aussitôt il commença par se plaindre du mauvais état des routes, de la profondeur de leurs ornières et de leur mauvais nivellement.

Cette conversation nous amena jusqu'au passage appelé Stocker's Ferry.

— Qu'avez-vous l'intention de faire maintenant? me dit Crab.

— Mon intention est de franchir le passage.

— Et comment?

— Comment? Mais dans le bac, je suppose.

— Il chavirera certainement; et alors adieu, bœufs, chariots et tout ce qui s'ensuit.

— Que voulez-vous? il faut bien en prendre son parti.

A ces mots, nous nous mîmes en devoir de passer le bac, ce que nous fîmes heureusement, mais non pas sans beaucoup de travail et de peine.

— Eh bien! Crab, lui dis-je, voilà une difficulté dont nous nous sommes assez bien tirés?

— Je crois que l'autre route aurait été préférable, dit Crab, et qu'en la suivant nous nous serions épargné bien des embarras; mais enfin, puisque nous voilà de ce côté de la rivière, que Dieu nous conduise!

Enfin, nous arrivâmes dans les plaines de Brighton, où nous fîmes halte dans un endroit ombragé. Tout près, il y avait un petit ruisseau sur les bords duquel nous laissâmes nos bœufs paître en liberté.

Nous tînmes alors une espèce de conseil de guerre, dans lequel il fut décidé que nous attendrions la fraîcheur du soir, et que nous ferions ensuite un vigoureux effort pour gagner les Marais-Verts, où il y avait une petite auberge. Nous y arrivâmes, en effet, à la nuit tombante; mais comme la maison était petite et la nuit belle et chaude, nous résolûmes de la passer sous nos tentes, qui furent dressées en un instant.

Nous mîmes nos bœufs en sûreté dans une petite cour attenante à l'auberge, et toute la bande fut bientôt plongée dans un profond sommeil, à l'exception de Crab. Cet infatigable original prétendit que nous pourrions bien être attaqués par les Bush-rangers, et il passa toute la nuit en sentinelle, prêt à donner l'éveil au besoin.

Il ne vint pas de Bush-rangers, et, à quatre heures du matin, nous étions tous sur pied, prêts à partir. Nous suivîmes la grande route, en bon ordre.

Après une marche de quelques milles, nous arrivâmes au pied d'une colline que l'on appelle Den Hill, laquelle

fait partie d'une chaîne de monticules qui s'étendent vers
la gauche. A droite, nous avions une riante vallée qu'ar-
rosait un petit ruisseau. Mais l'escarpement de la colline
qui se dressait devant nous et les arbres morts qui la jon-
chaient nous contraignirent bientôt à suspendre notre
marche. Nous plaçâmes des morceaux de bois derrière les
roues des chariots pour les empêcher de descendre en arrière, et nous nous mîmes à nous regarder comme pour
nous interroger les uns les autres. L'entreprise semblait
désespérée, Crab ne disait rien, et les hommes regardaient
leurs bœufs d'un œil découragé.

Le soir approchait, et quoiqu'à cette époque de l'année
les nuits ne soient jamais absolument sombres dans la
terre de Van Diémen, la vive clarté du jour allait bientôt
nous manquer. Dans cette extrémité, un expédient que
suggéra ma femme nous tira d'embarras.

— Puisque quatre bœufs ne suffisent pas pour faire
monter un chariot, dit-elle, pourquoi n'en mettrait-on
pas huit, et ne ferait-on pas monter chaque chariot l'un
après l'autre?

C'était l'histoire renouvelée de l'œuf de Christophe
Colomb; c'était la chose du monde la plus simple à
faire après qu'elle avait été énoncée. En un instant les
bœufs du chariot qui portait les provisions furent déte-
lés : Crab aida à cette opération avec autant de promptitude que de zèle. Il nous fallut deux heures des efforts
les plus pénibles et le concours de nos forces à tous pour
faire parvenir, jusqu'au sommet de la terrible colline, le
chariot qui portait ma femme et mes enfants. Il faisait
presque nuit quand nous y arrivâmes. Notre chariot de
provisions était resté à peu près à un mille derrière nous;
mais nos bœufs étaient trop épuisés de fatigue pour que
nous puissions songer à l'aller chercher. Il nous fallut
donc passer la nuit sous les armes là où nous étions.

A la première lueur du jour, nous nous mîmes en mou-

vement. Nous eûmes recours au même moyen que la
veille pour faire monter notre chariot de provisions. Il
ne fut pas plus tôt arrivé que nous nous empressâmes de
déjeûner. Ce repas fut d'autant mieux accueilli que nous
avions dû nous passer de souper la veille.

Pour arriver à notre destination, nous n'avions plus
qu'à descendre le revers de la colline, qui se prolongeait
en pente douce. Il nous fallut frayer notre route, tantôt
en suivant quelques clairières, tantôt en nous guidant
sur des arbres qui portaient des signes de reconnaissance,
tantôt enfin en pénétrant à travers l'encombrement formé
par des arbres morts ou par l'épaisseur de la forêt. Ce ne
fut qu'au bout de deux heures d'une marche pénible que
nous parvînmes au lieu que j'avais choisi pour établir ma
résidence.

Il était midi. Le soleil était brûlant. Nous étions tous
fatigués, bêtes et gens ; mais, comme nous étions arrivés
sains et saufs, nous nous sentions dans la meilleure disposition d'esprit possible. Notre caravane était là, seule
au milieu du désert. A l'ouest il n'y avait pas un être
humain entre nous et la mer. La résidence la plus voisine
était à dix-huit milles. Nous étions entourés, jusqu'à des
distances considérables, de vastes pâturages, convenables
pour la nourriture des troupeaux et du gros bétail. Dans
cet immense parcours, nous n'avions rien à démêler avec
personne. Mais en fait de troupeaux, je ne possédais encore que les huit bœufs de travail qui nous avaient ame-
nés. Nous les laissâmes paître en toute liberté dans la
plaine qui s'étendait devant nous et qu'arrose la Clyde,
plus connue alors sous le nom de Fat-Doë River. Nous
n'avions pas à craindre qu'ils s'éloignassent, tant ils
étaient fatigués du voyage. Mes deux domestiques se
mirent d'eux-mêmes en devoir de dresser les tentes.

Ma femme, se livrant sans hésitation et sans retard à
l'accomplissement des devoirs d'une femme de colon,

donna l'ordre de décharger les chariots et de préparer
nos habitations provisoires. Elle destina la plus petite
tente à servir de magasin pour le mobilier de toute nature que nous avions apporté, et elle y ménagea une place
pour mon lit; quand à la plus grande, elle la convertit en
chambre à coucher pour elle, pour sa mère et pour ses enfants. Elle fit dresser une table au dehors, à l'aide de
deux malles, et on approcha quelques troncs d'arbres autour pour servir de sièges. Elle ordonna ensuite d'allumer du feu à quelque distance, et se mit à préparer le
dîner. C'était un vrai repas de colon primitif. Il se composait de porc salé bouilli, de damper, de thé, de sucre
brun et de riz pour les enfants. Crab, qui était revenu
après deux heures d'exploration dans la forêt, nous montra une paire de canards sauvages, qui devinrent l'objet
de la curiosité générale. Sans s'amuser à répondre à toutes
nos questions, il se mit à les préparer à sa manière, pour
les mettre à la broche. Mais de broche à rôtir, nous n'en
avions pas; il fallut donc nous contenter de faire griller
notre gibier sur la braise, à la façon des indigènes. La baguette d'un de nos fusils nous servit à le retourner; puis,
j'en fis une équitable répartition entre tous les convives.

J'avais apporté avec moi un petit baril de rhum, de
vingt-cinq bouteilles environ. Je pensai que c'était le cas
d'en user; et, pour arroser le premier gibier de Crab, j'en
fis à tout mon monde une distribution modérée. Cette
largesse inattendue fut reçue avec la plus vive satisfaction,
surtout par les hommes. La gaieté circula autour de notre
table.

Nous étions tous dispos et bien reposés.

Chacun se leva alors pour se mettre au travail. Will,
mon fils aîné, fut chargé de surveiller les bœufs et de les
empêcher de s'écarter. Mes deux domestiques s'occupèrent à élever, à cent pas de nos tentes, une hutte en gazon
pour leur usage. Crab déballa notre moulin à blé, qu'il

4

fixa contre un fort tronc d'arbre, parfaitement approprié à cette destination, puis il prépara les haches. Pour moi, mon premier soin fut de mettre en état mes armes à feu, afin de les avoir prêtes en cas de besoin.

Le grondeur, mais actif Crab, prit une des plus lourdes haches de notre mobilier, et nous nous dirigeâmes ensemble vers l'entrée de la forêt, car nous nous étions établis au milieu d'une espèce de clairière où il y avait peu d'arbres. Nous passâmes pendant quelque temps en revue plusieurs arbres à gomme vigoureux, pour faire choix de ceux qui nous paraissaient les plus propres à la bâtisse que nous projetions.

— Allons! dit Crab, qui est-ce qui va porter le premier coup?

— Moi! lui répondis-je.

Et aussitôt je portai un coup de hache sur un arbre à gomme qui se trouvait devant moi. Ma hache s'enfonça dans l'écorce.

— Voilà un bon début, dit Crab; à mon tour!

Et il porta un coup terrible sur le côté opposé de l'arbre.

Nous redoublâmes nos coups avec ardeur; bientôt l'arbre chancela et tomba sur la terre avec un bruit épouvantable.

— Voici le numéro un, dit Crab. C'est un terrible travail, il faut en convenir; et voilà pourtant pourquoi nous sommes venus de l'autre bout du monde : pour abattre des arbres à gomme! Cela ne laisse pas que de faire un emploi bien convenable pour un gentleman dans la force de l'âge. C'est un plaisir que nous aurions pu nous procurer dans notre pays, sans venir si loin! Enfin, chacun a sa manière de voir... Allons! maître, à un autre. En voici un qui a tout à fait bon air; il faut l'attaquer.

— Si nous essayions de la scie, lui dis-je, en voici une, peut-être serait-ce plus facile?

— Il ne peut pas y avoir de moyen plus long que celui

auquel nous venons de passer notre temps, répondit Crab;
et si nous continuons de ce train-là, il faudra bien six
mois pour abattre assez de bois pour faire une simple hutte.

Nous fîmes tomber de cette manière huit arbres successivement, ce qui nettoya un peu la place où nous tra-
vaillions.

Cependant le soir était arrivé, et les ombres de la nuit
nous enveloppèrent bientôt. De leur côté, mes deux hommes avaient élevé les murs de leur hutte de gazon. Ils les
couvrirent provisoirement avec des branches d'arbres, et
s'y établirent gaiement pour y passer la nuit. Mes bœufs
n'annonçaient aucune disposition à s'éloigner de notre résidence, en sorte que, voyant tout en aussi bon ordre que les
circonstances le permettaient, nous nous disposâmes au
repos. Le seul Crab insista pour faire le guet, armé d'un
fusil, muni de sa baïonnette, et portant une giberne en
bandoulière, ce qui lui donnait le plus redoutable aspect.

Tout était calme autour de nous. Le ciel scintillait d'é-
toiles et on n'entrevoyait plus à l'horizon que les ondula-
tions vaporeuses des collines; et, je cherchai dans un
sommeil réparateur les forces nouvelles dont j'avais besoin
pour le lendemain. . . . .

Jeudi, 28 *février* 1817. — Je me lève au point du jour.
J'envoie mes hommes débiter le bois que j'avais jeté bas
la veille. Crab les aide; ils scient et abattent alternativement. Crab prétend que c'est un minutieux tatillonnage.
Lorsque les hommes étaient fatigués d'abattre les arbres à
gomme, ils se mettaient à scier et parfois à se reposer. . . .

Je parcours les terres environnantes, dans un espace
que je présume égale à douze cents acres, en prenant pour
base quatre cents acres le long de la rivière. J'établis la
ligne de démarcation où doit commencer ma propriété.
Après avoir vu et revu plusieurs positions, j'arrête la
place où je bâtirai ma maison de bois. Je pense déjà au

temps où je pourrai en construire une meilleure; la place
choisie pour ma maison provisoire est voisine de celle où
je me propose de bâtir ma maison définitive. Je coordonne
tout d'après un plan général. Je détermine, dans ma pensée, où sera le jardin et l'entrée. Ceci achevé, je vais aider
Crab et les hommes à fendre des pièces de bois pour notre
hutte.

Nous avons jeté bas douze arbres aujourd'hui. Mon fils
aîné Will, qui a gardé les bœufs dans le voisinage des
tentes, m'a dit au dîner qu'il avait vu un kanguroo portant
un de ses petits dans la poche dont cet animal est pourvu
près de l'estomac. Il paissait tout près de lui. Il faudra que
je me procure des chiens, non seulement pour chasser à
l'occasion, mais aussi pour la garde. Ils sont nécessaires
pour donner l'éveil dans la nuit et même pendant le jour.
Le temps est magnifique. Nous passons la journée en
plein air. Il me semble que nous pourrions bien y passer
également la nuit. Mais nous avons nos tentes. Nous n'a-
vons vu personne de tout le jour.

Vendredi, 1ᵉʳ mars. — J'ai été occupé toute la journée
avec Crab et mes hommes, à fendre et à scier le bois,
abattu, à la longueur convenable pour l'employer. Crab
a fendu du bois en feuillet pour remplacer la tuile dans
la couverture de la maison. Bob m'a dit qu'il y avait beaucoup de huttes couvertes avec une espèce de roseau qui
croît dans les marais, et dont on se sert en guise de
chaume. Je répugne à l'idée d'avoir un toit si combustible,
dans un pays où l'on a à craindre le feu de la part des indigènes, et quelquefois aussi celui que communiquent les
étincelles jaillissant des incendies qui dévorent les gazons
secs pendant l'été. Malgré l'augmentation de travail et de
dépense qui en résultera, je me prononce contre le toit en
roseaux. Le feuillet que nous fendons a dix pouces de
long sur quatre de large. Nous n'avons jeté bas que quatre
arbres. Nous n'avons pas vu plus de monde que la veille.

Samedi, 2 *mars*. — Nous avons fait un abattis considérable. Nous avons consacré toute notre journée à cette
besogne. Nous avons mis bas vingt-huit arbres, et nous
en avons en tout cinquante-deux. Ma femme dit qu'il faut
nous procurer quelques volailles pour former une basse-
cour. Will prétend que les bœufs ont besoin d'aller paître
un peu plus loin. Le temps est toujours beau. Si nous nous
en exceptons les uns les autres, nous n'avons vu aucune
créature humaine de toute la journée.

Jeudi, 7 *mars*. — Crab demande si je veux bâtir une
ville. Il dit que c'est pitié de se donner tant de peine pour
un établissement que je quitterai peut-être demain. Ma
manière de voir diffère tout à fait de la sienne sur ce dernier point.

Vendredi, 8 *mars*. — Nous commençons à mettre debout les pièces de bois qui doivent former les murs de la
maison. Notre maison aura soixante pieds de long, sur
seize de large. Les pieux composant les murs ont neuf
pieds de hauteur, à partir du sol. La maison se composera
d'une grande pièce de vingt pieds de façade, d'un corridor,
de quatre pièces dont trois chambres à coucher et un magasin. Au fond du corridor, en face de la porte d'entrée,
on ménagera un cabinet pour serrer divers objets. On
adossera à la grande pièce de vingt pieds une espèce de
laverie qui servira de cuisine, etc.

Mardi, 19 *mars*. — Notre chaumière commence à avoir
une apparence respectable. La couverture est achevée
sur toute la grande pièce, mais nous sommes arrêtés par
le manque de clous à lattes. Nous n'avons pas eu de viande
fraîche depuis notre arrivée. Ma femme s'imagine que
cela empêche les enfants de grandir. Il est convenu que
l'on enverra au camp un chariot à bœufs pour en rapporter des provisions nouvelles de farine et de clous. On rap-
portera en même temps une partie du mobilier que nous y

avons laissé en dépôt. C'est Crab et l'un des hommes qui feront le voyage.

Jeudi, 21 mars. — Je prends mon fusil pour voir si je ne pourrais pas tuer quelques canards sauvages, afin de procurer un repas de viande fraîche aux enfants. Je voulais ne pas perdre de vue nos tentes ni la maison en construction, mais je me suis trouvé entraîné plus loin que je ne pensais. J'ai rencontré une bande de canards, nageant paisiblement dans un endroit où la rivière était très profonde, mais où le courant était moins rapide que dans les parties basses de son cours. Il y en avait une vingtaine. J'étais sur le point de les tirer quand un coup de fusil, dirigé sur la bande, partit tout à coup à mes côtés. Ma frayeur a été vive. Ce coup de feu soudain et imprévu m'a inspiré, dans le premier moment, des alarmes de plus d'un genre. Mon premier mouvement a été de courir, vers les tentes, pour rejoindre ma femme et mes enfants. Mais j'ai réfléchi que, pendant le trajet, je serais sans défense et exposé à recevoir un coup de fusil, si quelqu'un avait l'intention de m'en donner un.

Ces pensées ont traversé mon cerveau avec la rapidité de l'éclair. Cependant l'homme qui avait tiré s'est avancé rapidement, à travers les broussailles, pour ramasser son gibier. Il s'est aperçu dans sa course que mon fusil était armé et que je le couchais en joue. Il m'a été facile de reconnaître à ses gestes qu'il n'était pas plus rassuré que moi. L'étranger était sur une rive et moi sur l'autre. Nous restâmes quelque temps, lui immobile et m'épiant, moi toujours dans l'attitude d'un homme prêt à faire feu.

Le kanguroo sautait en s'élançant à l'aide de ses pattes de derrière (page 62)

CHAPITRE V

Je ne sais combien de temps, mon adversaire et moi, nous serions demeurés dans notre position respective et dans cette crainte mutuelle l'un de l'autre, si une bande de canards ne fût venue, fort à propos, à passer entre nous, en volant sur nos têtes. Ils étaient si tassés, je les voyais tellement à ma portée, et j'avais un si grand désir d'en avoir quelques-uns, que je ne pus résister à la tentation. Je fis feu : trois canards tombèrent.

« Bravo ! cria l'étranger. Je vois que vous n'avez pas de mauvais dessein, car vous n'auriez pas fait feu dans cette direction ; mais si vous n'y prenez garde, vous allez perdre vos canards. Il y en a deux tombés dans l'eau, qui s'en vont à la dérive ! »

Je me procurai promptement une longue baguette, à l'aide de laquelle j'attirai à moi mon gibier, tandis que l'étranger descendit le long de la rivière pour recueillir, un peu plus loin, les quatre canards qu'il avait tués avant moi.

— Je suppose que vous m'avez pris pour un Bush-ranger, criai-je au chasseur, tandis qu'il ramassait son gibier sur l'autre rive, et qu'il tenait par les pattes ses canards encore tout mouillés.

— Je n'étais pas très satisfait d'être l'objet de vos regards, me répondit-il, pendant que vous teniez votre fusil dirigé vers moi. C'est précisément de cette façon-là qu'en agissent les Bush-rangers. Je présume que vous cherchez des terres ?

— J'en ai choisi, lui dis-je, et je suis même établi dessus, à sept ou huit cents pas d'ici. Et vous, que faites-vous ?

— J'ai la surveillance d'une étable, à quinze milles d'ici environ. Je suis en train de faire ma ronde pour m'assurer dans quel état sont les bestiaux.

— Des bestiaux ? répliquai-je. J'ignorais qu'il y en eût dans les environs. Je suis bien aise d'apprendre que nous pouvons nous procurer un peu de viande fraîche si près de nous. Il est vrai que, jusqu'à ce jour, je n'ai pas quitté mes tentes et que je ne me suis jamais avancé aussi loin qu'aujourd'hui. Mais nous allons causer en nous rendant chez moi. Ma famille m'attend et recevra ce que je lui apporte avec beaucoup de plaisir.

A ces mots nous nous dirigeâmes vers mon établissement, en suivant chacun notre rive, jusqu'à un endroit où un arbre, qui était tombé en travers de la rivière, pouvait servir de pont. Le gardien de bestiaux en profita pour passer de mon côté. Quand nous fûmes arrivés à mes tentes, il alla droit à la hutte de gazon de mes hommes. Bob lui en fit les honneurs, ce qui me tira du petit embarras que j'éprouvais, de savoir sur quel pied je devais traiter cet homme. Au bout d'un instant, Bob parut avec les quatre canards de l'étranger à la main, en me disant qu'il les échangerait volontiers contre du porc salé, ce qui serait un régal pour lui.

Vendredi, 22 *mars*. — Le gardien de bestiaux à couché dans la hutte de Bob. Il se trouve qu'il a deux chiens kanguroos à vendre : un chien et une chienne. Il veut douze dollars (60 francs) de chacun. Cela me paraît une somme bien considérable ; mais, après quelques pourparlers, je suis convenu de la lui donner. Il amènera les chiens mardi.

Samedi, 23 *mars*. — Je me suis essayé avec Bob à faire une table. En prenant les morceaux de bois les mieux fendus, en les fendant encore, en les taillant et les dolant à la hache du mieux possible, nous sommes parvenus à produire une surface à peu près plane. Ma femme a vanté mon habileté, et sa mère dit que c'est un meuble de luxe. Les enfants ont été ravis à son aspect. Betsy, ma fille aînée, a renchéri encore sur sa grand'mère, elle l'a recouverte d'un vieux drap vert qui a servi à emballer divers objets, ce qui lui a donné un air tout à fait coquet.

Nous étions tous au lit et endormis, quand nous avons été réveillés par un bruit confus de coups de fouet et de voix qui retentissaient dans le lointain. Nous avons été agréablement surpris par l'arrivée du chariot ramené par Crab et celui de mes gens qui l'avait accompagné. Il nous rapportent des provisions fraîches et une partie de notre mobilier. Nous ne les attendions que demain.

Crab m'a dit qu'il avait vu un beau troupeau, composé de cent quatre-vingts brebis avec leurs agneaux et de quarante moutons. On l'obtiendrait à bon marché, en payant comptant. Il est du côté des Marais-Verts. J'ai rêvé moutons toute la nuit. Pour garder un troupeau il me faudrait un domestique de plus. Il se trouve que John Bond, un des hommes du gouvernement qui sont à mon service, a été berger en Angleterre. Je suis résolu à aller voir le troupeau demain.

Mardi, 26. — Crab et Bob continuent à couvrir la maison. Après avoir réfléchi à la nécessité de commencer mon établissement, je suis parti au point du jour avec

John Bond pour les Marais-Verts. Nous y sommes arrivés
à midi. J'ai examiné le troupeau, et j'en ai traité, à raison
de 13 francs par tête, en comptant pour une seule tête une
mère et son agneau. Les agneaux ont six mois. Le tout me
revient à quatre cent soixante-deux dollars (2,340 francs).

Les cent quatre-vingts brebis serviront de base à mes
troupeaux à venir. J'ai payé mon troupeau au moyen d'un
mandat tiré sur Hobard Town, où j'avais laissé mes fonds.
Le marché conclu, j'ai dû songer à conduire mon troupeau
chez moi. Mon berger et moi, nous avons pu l'amener,
dans l'après-midi, jusqu'au pied de la côte de Den-Hill.
Nous l'avons laissé paître dans la vallée. A la chute du
jour, il reposait paisiblement à l'endroit où nous étions
campés.

Jeudi, 28 mars. — Nous avons achevé aujourd'hui la
couverture de la maison. Je songe maintenant à la cheminée, que je veux construire contre l'un des pignons. Je
cherche de la pierre à chaux dans les environs de la maison,
car j'évite toujours, autant que je le puis, de m'en éloigner.
Il n'y a rien qui ressemble à ce que je cherche. Je trouve
cependant une bonne veine d'argile qui conviendra parfaitement pour faire les enduits.

A la nuit tombante, mon fils Will rentre à la maison
avec son nouvel ami le gardien de troupeaux. Il apporte
en triomphe avec lui la queue d'un énorme kanguroo. De
son côté, le gardien de troupeaux apporte sur ses épaules
le train de derrière d'un autre kanguroo. Il tient les pattes devant lui, tandis que la queue pend sur son dos et
traîne presque jusqu'à terre. Je demande à nos deux chasseurs ce qu'ils ont fait du corps du kanguroo dont Will
apporte la queue. Ils me répondent qu'ils ont jeté le train
de devant et qu'ils ont suspendu à un arbre le train de
derrière et la peau. Les femmes s'emploient à préparer une
partie de la venaison pour souper. Le gardien de troupeaux, qui paraît un épicurien consommé en fait de cui-

sine de kanguroo, surveille et dirige les préparatifs. Les
parties de la chair les plus tendres, celles qui sont le
moins chargées des tendons et des fibres dont abonde le
kanguroo, sont coupées, mises soigneusement à part et
hachées très fin; on y mêle quelques tranches de porc
salé, et le tout est exposé sur le feu à l'action d'une douce
vapeur.

Ce mets classique de la cuisine du Van Diémen est appelé *steamer* (étuvée). Je crois n'avoir jamais mangé rien
de plus délicieux. Nous avions tous bon appétit. La grand-
mère a insisté pour que je verse un verre de rhum. Elle
veut qu'il serve à célébrer le premier exploit de chasse de
son petit-fils. La queue du kanguroo a été mise dans une
marmite à la Papin, pour faire de la soupe pour le jour
suivant. La soupe était encore meilleure que le *steamer*;
mais n'anticipons pas.

A la suite du repas, nous nous sommes rangés tous autour du feu, chacun assis sur un tronc d'arbre. J'avais mon
fusil à la main, selon ma coutume, de crainte de surprise.
Cependant, il me semblait que nous étions plus en sûreté
depuis l'arrivée des chiens, qui sont d'admirables et vigilants gardiens. Ma femme et sa mère se montrent curieuses
de savoir comment Will est parvenu à tuer son kanguroo,
et de quelle manière se fait la chasse de cet animal. Will,
qui a recouvré ses forces, grâce à l'étuvée de kanguroo,
prend feu à cette idée et nous fait le récit de ce qui lui est
arrivé. Comme c'est son premier exploit en ce genre, j'ai
reproduit son récit qui n'est pas sans intérêt.

« Le gardien de bestiaux, dit Will, m'a appelé dès les
premières lueurs du jour. J'ai été habillé promptement.
Je me suis emparé d'un des pistolets de gros calibre, que
mon père m'avait permis de prendre. Mon compagnon
s'est armé d'un fusil. Nous nous sommes munis en outre
de la moitié d'un damper et de sel. J'avais encore sur moi
un couteau de cuisine; enfin nous sommes partis. On au-

rait dit qu'Hector devinait que nous allions nous mettre en chasse; il paraissait tout joyeux et se léchait les barbes. Fly, de son côté, témoignait sa satisfaction en agitant vivement sa queue.

» La matinée était superbe. L'oiseau que ma mère aime tant à entendre chanter faisait résonner les échos. Je l'ai vu, cet oiseau. Croiriez-vous bien, mon père, que c'est une pie, mais une vraie pie, comme celles d'Angleterre, seulement son chant est délicieux.

» Nous avons traversé la plaine jusqu'au pied des collines. Nos chiens nous suivaient paisiblement.

» Nous avons continué notre marche jusqu'à quatre ou cinq milles des tentes. Nous gardions le plus profond silence, car les kanguroos sont comme les lièvres; ils partent au moindre bruit. Arrivé à cette distance, le gardien de bestiaux s'arrêta court, en disant aux chiens : « Cherche! cherche! » Les chiens se mirent à courir autour de nous, tantôt dans une direction, tantôt dans une autre, jusqu'à ce qu'enfin nous reconnûmes, à l'ardeur avec laquelle Hector flairait, qu'il avait rencontré.

» — Il est sur une voie me dit mon compagnon de chasse ; et c'est probablement quelque gros kanguroo, car les chiens paraissent bien animés à sa poursuite.

» Je me mis à courir après eux, aussi vite que je le pus.

» — Arrêtez! s'écria mon compagnon, il est inutile de courir ainsi, vous ne les suivriez jamais.

» — Que faut-il donc faire? répliquai-je; si les chiens tuent un kanguroo, il faut être en mesure de le trouver.

» — Prenez patience, répondit-il, chaque chose a son temps. Si les chiens tuent un kanguroo, nous saurons bien nous en emparer, je vous en réponds.

» Nous attendîmes si longtemps que l'ennui commençait à s'emparer de moi, quand nous vîmes revenir Hector, que suivait Fly. Ils marchaient lentement tous deux, comme s'ils eussent été fatigués. Le gardien de troupeaux examina la gueule d'Hector; je lui en demandai la raison

» — C'est pour voir, me dit-il, s'il a tué un kanguroo. Tenez, regardez : sa gueule est ensanglantée; il en a tué un certainement.

» Aussitôt il se leva, en disant au chien : « Allons, Hector, apporte ! »

» Et Hector de trotter devant, assez bon train pour que j'eusse quelque peine à le suivre. Nous marchâmes assez longtemps de ce pas de course et nous ne fîmes pas moins de trois milles ainsi. Hector marchant toujours en avant, et nous le suivant, jusqu'à ce qu'il nous eût conduits sur les rives d'un petit marais en face d'un kanguroo mort. La bête était monstrueuse; ses pattes de derrière étaient armées de griffes capables de lacérer un chien et même un homme.

» — Viens, mon bon chien, dit le gardien de troupeaux à Hector, qui semblait tout fier.

» Puis il se mit à dépecer le kanguroo. Il abandonna les intestins aux chiens, dépouilla la partie supérieure du corps jusqu'aux reins, la sépara de l'arrière-train et la suspendit à un arbre, autour duquel il plaça quelques signes de reconnaissance. Quant à l'autre moitié de la bête, il la laissa par terre, en surveillant les chiens jusqu'au moment où nous quittâmes la place, parce qu'il ne voulait que leur donner le goût du sang, sans les en rassasier.

» — Que faut-il faire maintenant? dis-je à mon compagnon.

» — Il faut tuer un autre kanguroo, si vous n'êtes pas trop fatigué.

» Je lui répondis que je ne l'étais pas du tout. Après nous être reposés quelques instants, nous nous remîmes en marche. Nous rencontrâmes une grande quantité de petits kanguroos que nous dédaignâmes de suivre. Quand nous eûmes fait un mille ou deux, mon compagnon, qui avait toujours eu les yeux dirigés vers la terre, me dit :

» — Je crois que nous en avons enfin trouvé un qui vaut
la peine d'être chassé, si j'en juge par sa trace.

» Alors il dit aux chiens :

» — Allons, cherche! cherche!

» Et presque aussitôt nous aperçûmes un énorme kanguroo, qui n'avait pas moins de six pieds de haut, j'en suis
sûr. Il nous regarda un moment ainsi que les chiens et partit. Mais, grand Dieu! quels bonds il se mit à faire! Il sautait, en s'élançant à l'aide de ses pattes de derrière, et en
tenant ses pattes de devant en l'air, et sa queue roide derrière lui. Je ne sais vraiment si on peut appeler ainsi cet
appendice, qui n'est pas moins gros qu'un des poteaux
qui soutiennent un ciel de lit. Hector et Fly ne quittaient
pas la piste. Le sol était uni, et nous pouvions voir assez
loin devant nous. L'ardeur de la chasse me fit oublier la
fatigue que je commençais à ressentir. Le kanguroo allait
toujours bondissant en avant, les chiens couraient après
lui, et nous, nous courions après les chiens. Le kanguroo
avait pris une bonne avance sur les chiens, quand il rencontra une colline sur sa route.

» — Il est à nous, me dit mon compagnon de chasse.
Les chiens vont le rattraper à la montée.

» Mais ce fut le kanguroo qui arriva le premier au sommet de la côte. Quand nous l'aperçûmes, il bondissait déjà
pour en descendre le revers. Il n'y avait aucune chance
pour les chiens de le joindre pendant la descente.

» — Il est tout à fait inutile de chercher à le rattraper,
me dit le gardien de bestiaux ; nous ferons mieux de rester là, car on ne peut savoir jusqu'où il va mener les
chiens : c'est un *boomah*, et un des plus forts animaux
de cette espèce que j'aie jamais rencontrés.

» Nous nous assîmes sous un arbre à gomme. Nous
y restâmes longtemps, mais à la fin, nous vîmes Hector
qui revenait vers nous. Mon compagnon de chasse visita
de nouveau sa gueule.

» — Il l'a tué, me dit-il, mais il a gagné une bonne égratignure sur le museau, et Fly aussi.

» — Allons, apporte! apporte! dit-il à Hector et à Fly, qui se dirigèrent droit vers la place où était le kanguroo, en franchissant tous les obstacles, comme si le chemin leur était connu.

» En effet, nous arrivâmes bientôt à un trou, où gisait sans vie le kanguroo qu'ils avaient chassé. Pendant que le gardien de bestiaux était occupé à le dépecer, j'en aperçus encore un qui n'était pas à cent pas de distance.

» — En voici un troisième, dis-je à mon compagnon.

» Quoique les chiens eussent eu un rude combat à soutenir avec celui que l'on dépouillait, ils n'hésitèrent pas un instant à se mettre à la poursuite de cette nouvelle proie. Nous étions près d'un étang si vaste qu'on aurait pu le prendre pour un petit lac. Le kanguroo ne sachant par où s'enfuir, s'en alla tout droit, en bondissant, se jeter dans la pièce d'eau. Il continua à sauter, en s'avançant toujours davantage dans le lac, jusqu'à ce que l'eau fût assez profonde pour contraindre les chiens à se mettre à la nage. Quand le kanguroo se trouva assez avant dans l'eau, il s'arrêta tout à coup, se retourna et attendit les chiens. Il ne pouvait faire usage de ses terribles griffes de derrière; mais quand un des chiens lui sauta à la gorge, il le saisit avec ses pattes de devant, et le plongea sous l'eau. Le second chien renouvela une attaque semblable et fut reçu de la même manière.

» — Bravo! dit mon compagnon, je n'avais encore rien vu de semblable. Voilà un combat d'un nouveau genre.

» En effet, autant de fois que les chiens voulurent sauter à la gorge du kanguroo, autant de fois le kanguroo s'en saisit et les enfonça dans l'eau; mais la partie n'était pas égale. Les chiens commençaient à perdre leurs forces, car après avoir subi un plongeon, il leur fallait recommencer à nager, tandis que le kanguroo, paisiblement assis sur ses pattes de derrière, avait la tête et les pattes de devant hors de l'eau.

» — Cela ne finira jamais, me dit le gardien de bestiaux, ou bien il va noyer les chiens à un pareil jeu.

» Il prit alors son fusil, et il y mit une balle et prenant bien son temps ; il fit feu et atteignit le kanguroo dans le cou. L'animal tomba dans l'eau. Mon compagnon rappela alors les chiens, qui revinrent à nous en nageant.

» — C'est une trop belle bête pour en perdre la peau, ajouta-t-il ; et au même instant il s'avança dans l'eau pour l'attirer sur le rivage.

» — C'est bien dommage, continua-t-il, de perdre une si belle pièce de gibier ; mais ses quartiers de derrière formeraient seuls une charge plus forte que vous ne pourriez porter. Je vais prendre sa peau ; et quant à vous, mon jeune camarade, je vous donnerai sa queue ; c'est, j'en suis convaincu, tout ce que vous pourrez porter d'ici au logis.

» Je me sentis piqué de ce qu'on me croyait, tout au plus, capable de porter une queue de kanguroo. Je dois pourtant à la vérité de dire que je fus obligé de me reposer de temps en temps et que le gardien de bestiaux porta la terrible queue, à ma place, pendant une bonne partie du chemin.

» — Que ferons-nous de la venaison ? dis-je alors.

» — Ce que nous en ferons ! répliqua le gardien. Est-ce que vous ne vous sentez pas quelque appétit ?

» — Je crois bien ! repartis-je.

» — Eh bien ! nous allons en dîner.

» Aussitôt nous nous mîmes à ramasser quelques morceaux de bois sec et à faire du feu. Mon compagnon prit la baguette de son fusil et, après avoir levé une tranche de viande maigre sur les reins de l'animal, où se trouve la partie la plus tendre de sa chair, il passa la baguette de son fusil à travers. Il leva ensuite un morceau de gras qu'il embrocha à côté du maigre ; puis il répéta la même opération sur plusieurs tranches de gras et de maigre alternativement, et quand il y en eut assez, il les mit griller sur le feu. Je fus chargé de tourner la broche. Cependant mon compagnon leva une large tranche d'écorce sur un arbre à gomme et en fit deux assiettes.

» Je vous ai dit que nous avions eu la précaution de prendre avec nous du sel et du damper. J'étais affamé, comme vous le pouvez croire ; aussi n'ai-je jamais fait un meilleur dîner de ma vie. Quand notre repas fut achevé, je me couchai sur le gazon. Hector et Fly vinrent s'étendre à mes côtés. Plein de sécurité entre ces deux gardiens et cédant à l'excès de la fatigue, je tombai dans le sommeil le plus profond. Je dormis longtemps, et je dormis si bien que mon compagnon de chasse se fit scrupule de troubler mon repos. Je finis cependant par m'éveiller après un bon somme. J'aurais volontiers recommencé à manger quelques tranches de kanguroo, mais le jour avançait et nous nous mîmes en route pour revenir vers les tentes. Nous passâmes par la place où nous avions laissé le premier kanguroo que nous avions tué. Le gardien de bestiaux en prit les quartiers de derrière qu'il a apportés jusqu'ici avec les trois peaux. Pour moi, je n'ai pu rapporter qu'une queue ! et j'en suis maintenant à savoir ce qui mérite la préférence, ou des grillades, ou de l'étuvée de kanguroo.»

Ce récit de mon fils nous amusa beaucoup. C'était un tableau fidèle de la manière dont on chasse le kanguroo.

Je remarquerai en passant que la quantité d'herbe que mange le kanguroo est énorme. Il ne se nourrit de rien autre chose dans l'état sauvage. Lorsque le kanguroo est pris jeune et qu'on l'apprivoise, il mange de toutes espèces de végétaux ; mais le sucre brun est de toutes choses celle dont il est le plus friand. Il suit son maître pour avoir du sucre, comme un mouton suit son berger pour lécher un morceau de sel. C'est un animal timide et craintif.

29 *mars*. — Les nuits commencent à être froides. Il faut

s'occuper activement de placer des portes et des contrevents à notre chaumière.

Crab qui était retourné à Hobart Town, avec le chariot
en est revenu vers le milieu de la journée. Il me dit qu'il
a vu, dans les environs des Marais-Verts, un lot de planches toutes sciées que je pourrais avoir à bon prix. C'est
précisément ce qu'il me faut pour faire les portes et les
contrevents de la maison. Je mets Bob à travailler à la cheminée de pierre. Je veux que la cheminée et le pignon de
la maison, contre lequel elle est adossée, soient bâtis tout
en pierre.

31 *mars*. — Je prends mes deux attelages pour aller
avec Bob aux Marais-Verts. Je conduis un des attelages
et Bob conduit l'autre. J'achète le lot de planches et je le
rapporte, le même jour, chez moi. Les nuits deviennent de
plus en plus froides.

1ᵉʳ *avril*. — Nous prenons possession de notre nouvelle
maison. On travaille sans relâche aux portes et aux contrevents. Il a gelé cette nuit. Tout le monde met la main à
la cheminée en pierre ; on y fait une rude corvée. La besogne va bien. La pierre est facile à tailler ; elle se divise
naturellement en lames, commodes pour le travail. Pour
liaison, nous employons une espèce de sable marneux,
mêlé à de l'argile, que nous fournit le lit de la rivière. Ce
mortier paraît assez convenable pour l'emploi que nous
en faisons.

3 *et* 4 *avril*. — Nous achevons la cheminée en pierre
et nous l'inaugurons par un bon feu. Notre salle de réunion, avec son nouveau foyer, sa table couverte du tapis
vert de Betsy et ses troncs d'arbres pour sièges, présente
un coup d'œil tout à fait agréable, nous y soupons
gaiement.

Je frappai le serpent de mon ouet, le plus vigoureusement que je pus (page 73)

CHAPITRE VI

5 *avril.* — Je me lève de bonne heure, selon ma coutume, et j'inspecte ma nouvelle habitation avec un vif sentiment de satisfaction intérieure.

On finit les portes et les contrevents et on les ferre avec de solides verrous et de bonnes serrures que j'ai apportés avec moi d'Angleterre.

6 *avril.* — Il me vient dans la pensée qu'il serait peut-être bon de donner un tour de charrue à une certaine étendue de terre, afin de la préparer pour les semailles de printemps, que l'on fait en septembre. Je me décide à faire un essai sur une pièce de terre d'environ douze acres, située à peu près à un quart de mille de mon habitation et favorable pour former un enclos. J'ai mis la charrue en terre ce matin. Il ne m'arrive pas souvent de retourner le sillon. Crab nous plaisante. A la fin l'impatience le gagne. Il prend pour prétexte l'irrégularité de nos sillons. Il me

pousse de côté, sans trop de cérémonie, et, saisissant les mancherons de la charrue, il s'écrie :

— Juste ciel ! vous appelez cela labourer, vous autres ! Voyons, qui est-ce qui m'aide ?

Son visage semble se détendre et s'épanouir, aussitôt qu'il sent le bois de la charrue dans ses mains. Il donne le signal et Bob fouette les bœufs. Crab ravi, hors de lui-même, entonne je ne sais quelle chanson nationale et extraordinaire du Shropshire. Tous les échos répondent à sa voix, et la besogne marche le plus gaiement du monde. De ce moment Crab n'entend plus que personne se permette de toucher à la charrue : c'est sa propriété exclusive. Il semble se livrer à sa nouvelle occupation avec tout le bonheur d'un homme rendu par une circonstance inespérée à des travaux de prédilection auxquels il avait été longtemps arraché.

1er *novembre.* — Les cent quatre-vingts brebis que j'ai achetées, en mars dernier, m'ont donné deux cent vingt agneaux. Je crois que la laine de cette nouvelle génération sera plus fine. L'ensemble de mon troupeau a maintenant un aspect tout à fait respectable.

J'ai acheté, ce mois-ci, six vaches, à raison de quatre livres sterling (100 fr.) chacune. J'ai fait au gouvernement la demande d'un nouveau condamné pour domestique. On m'en a assigné un d'un assez bon caractère, mais qui n'entend rien à la culture.

Nous avons maintenant beaucoup à faire. Ma femme est accablée de travail, car les femmes déportées sont difficile à conduire. La mère de ma femme l'aide de son mieux, elle partage avec elle les soins que réclament les enfants.

On vitre les croisées de notre habitation ; on met un plancher sur le sol. J'ai fait aussi établir un plafond en planches pour cacher le toit. Le berger a trouvé une terre blanchâtre qui a quelque analogie avec le blanc d'Espagne. La maison est recrépie depuis longtemps, à l'intérieur et à l'extérieur, d'un enduit de sable, mêlé d'argile de rivière; mais cette terre nouvelle me sert à lui donner à l'extérieur une couche blanche sous laquelle elle prend la plus agréable apparence. Quant à l'intérieur, je mêle à la terre blanche une espèce d'ocre rouge que l'on trouve en abondance dans plusieurs parties du pays. Ce mélange produit une couleur chair de saumon, qui, répandue sur l'enduit composé de sable très fin, lui donne une apparence de stuc. Cet embellissement ajoute à la propreté de notre intérieur.

Mon jardin est admirable. Les pois ont déjà besoin d'être ramés. Les choux-fleurs, qui ont été repiqués pendant le mois précédent poussent avec vigueur. Mes six vaches m'ont donné chacune un veau ce mois-ci; cette circonstance les attachera à la maison. Tout me réussit et tout prospère dans mon établissement. Puisse la fin répondre à un commencement si heureux.

Janvier 1818. — Le blé a atteint tout son développement. Les épis sont pleins et bien formés. Crab m'assure que la récolte sera superbe, mais il pense que j'aurais mieux fait de défricher une pièce de terre qui est assise plus bas. Celle que nous avons ensemencée lui paraît manquer d'un peu d'humidité.

— Eh bien, lui dis-je, nous réparerons notre faute l'an prochain.

— L'an prochain!... s'écrie-t-il, ah! ne vous flattez pas de m'enjôler au point de me faire rester ici une année de plus. Maintenant tout ce que je souhaite, c'est de voir comment tournera la pièce de terre que j'ai labourée. Mais, à la récolte, je prends une poignée du blé qu'elle donnera et je retourne dans le Shropshire pour montrer aux gens du pays un échantillon de ce qui pousse sur la terre de Van Diémen.

3 février. — C'est l'anniversaire du jour où nous sommes débarqués dans la terre de Van Diémen.

4 février. — Nous commençons la moisson. Crab se réjouit de la voir si belle.

« Trente-cinq boisseaux à l'acre ! s'écrie-t-il, ce n'est pas une bagatelle ! »

Du reste, il attribue cette abondance à son habileté et à la supériorité de son labour.

Mon intention, dès le principe, a été de me livrer entièrement à l'éducation des bêtes à laine. C'est l'industrie agricole la moins pénible et la plus lucrative dans la terre de Van Diémen ; je ne me mets donc point en peine de cultiver une grande étendue de terre ; je ne m'occupe de défrichement et de labour que précisément autant qu'il le faut pour que ma ferme produise ce qui est nécessaire à la consommation de ma famille.

Je prends le parti de semer un mois plus tôt cette année ; j'aurai une récolte plus précoce.

J'ai éprouvé quelque embarras au sujet de ma laine. Les frais de transport à la ville sont considérables. Un négociant d'Hobart Town m'a fait offrir, par un de ses agents, de la faire transporter à ses frais, à raison de trois pence (30 centimes) la livre. Toute réflexion faite, j'ai accepté sa proposition.

J'ai travaillé toute l'année avec ardeur à palissader mes enclos. C'est une des opérations les plus difficiles, les plus pénibles et les plus coûteuses dans un nouvel établissement ; mais quand on peut en venir à bout, on est amplement dédommagé de ses peines.

Je trouve sur mon journal de cette année, —octobre 1818,— que Michel Howe, fameux Bush-ranger qui s'était rendu redoutable par de nombreux actes d'atrocité, fut tué par un détachement envoyé à sa poursuite. Ce brigand avait été un cruel fléau pour la colonie, avant mon arrivée ; depuis, il s'était tenu constamment éloigné des habitations, dans la crainte d'être trahi et livré. Cette mort est un heureux évènement.

Je n'ai encore rien dit des serpents, que l'on rencontre assez souvent dans la colonie. Nous en avons tué une grande quantité et nous avons eu le bonheur de n'être jamais mordus. En général ils évitent l'homme, et paraissent bien aises de ne pas se trouver sur son passage. J'ai, à ce sujet, une ou deux anecdotes à raconter, auxquelles je donnerai place ici.

Un jour que j'étais à me promener avec mon berger pour inspecter mon troupeau, je me sentis fatigué vers la fin de ma course, et nous nous assîmes sur l'herbe. A peine étais-je étendu par terre, qu'en tournant la tête, j'aperçus tout près de moi un énorme serpent noir. Il avait au moins six pieds de long, et paraissait endormi. Je montrai le reptile au berger, sans proférer une parole, et, sortant de ma poche un pistolet que je portais toujours, je l'approchai avec précaution de la tête de l'animal, dans l'intention de la lui briser ; mais, au moment où je tirai la gâchette, l'amorce seule prit feu. La poudre qui formait la charge s'était échappée ; il n'en était resté dans le canon que tout juste ce qu'il en fallut pour pousser doucement la balle, qui alla tomber sur la tête du serpent et le réveilla. Je ne me souviens pas d'avoir jamais eu une plus grande frayeur. Je me croyais si sûr de tuer le serpent sur le coup, que je m'étais mis tout près de lui, un genou en terre. Par un bonheur inespéré, le serpent n'eut pas moins peur que moi. Il dressa la tête, me regarda un instant, et puis disparut en se glissant sous l'herbe.

Une autre fois j'étais à me promener aux environs de chez moi, en automne, à l'époque où les rivières sont très basses, lorsque j'aperçus un certain mouvement au milieu d'herbes qui s'élevaient sur les bords d'un petit étang, dans lequel il n'y avait presque plus d'eau. Un instant après, à l'endroit même où le mouvement s'était manifesté,

je vis surgir la tête d'un serpent qui semblait plonger dans
l'étang un œil investigateur. Je jugeai, d'après les mouvements de l'animal, qu'il avait l'habitude de venir boire
à cette pièce d'eau, et qu'il était très désappointé de la
trouver tellement diminuée, qu'il n'y pouvait atteindre.
Au bout de quelque temps, il tourna la tête vers des touffes de jonc qui étaient près de lui. Il en avisa une qui était
sur le bord extrême de la rive, et, l'entourant dans les re-
plis de sa queue, il s'y suspendit, et se laissa aller lentement jusqu'à ce que sa tête se trouvât au niveau de l'eau.
Il se mit alors en devoir de se désaltérer, en levant de
temps en temps le gosier, comme le font les volailles
quand elles boivent. J'observais ce manège avec la plus
vive curiosité ; mais en même temps je tenais mon fusil de
chasse tout prêt à faire feu sur la bête avant qu'elle se re-
tirât ; car les serpents sont toujours, et partout, au ban
dans la colonie. On leur fait une guerre à mort, et il n'y
a jamais de quartier pour ce dangereux et perfide ennemi.
Je tirai donc et tuai la bête : elle avait cinq pieds et demi
de long.

J'ai encore une histoire de serpent à raconter : ce sera la
dernière. Je parcourais un jour, à cheval, la partie de la
colonie opposée à mon habitation, lorsque j'aperçus tout
à coup un serpent qui traversait la route que je suivais. Il
n'était pas très grand, mais je fus frappé de la beauté et de
l'éclat de ses couleurs. J'avais mon fusil à deux coups suspendu derrière moi selon, ma coutume, et je portais à la
main un de ces petits fouets dont on se sert pour monter à
cheval. Le serpent traversait la route à la hauteur de la tête
de mon cheval, que j'arrêtai court. Aussitôt je mis pied à
terre avec l'intention de tuer l'animal. Le serpent se dirigea avec une grande rapidité vers des arbres qui étaient
à peu près à deux cents pas de là, en suivant une voie que
je reconnus parfaitement pour être sa trace ordinaire. J'eus
beaucoup de peine à déterminer mon cheval à m'accompa-

gner dans cette expédition. Lorsque je fus à portée du
reptile, je levai le bras et lui appliquai sur la queue un
vigoureux coup de fouet. A cette attaque imprévue, il s'arrêta, dressa la tête en sifflant, et parut prêt à s'élancer sur
moi. Je reculai de quelques pas, et le serpent continua sa
marche, jusqu'à ce que je le contraignisse à s'arrêter encore, en lui donnant un nouveau coup de fouet. Je ne
voyais autour de moi aucune branche d'arbre avec laquelle je pusse l'assommer, et je craignais de souiller mon
fusil en l'employant à cet usage.

Cette espèce d'escarmouche se prolongea quelque
temps; mais à la fin, le serpent irrité, se retourna de mon
côté, et s'arrêta court. Il se replia sur lui-même en anneaux serrés, de manière à donner un point d'appui solide aux élans qu'il méditait pour sa défense; et notre combat, à partir de ce moment, devint un véritable combat à
outrance. Je laissai aller les rênes de mon cheval, et je me
précipitai contre mon adversaire, mon fouet à la main. Je
l'en frappai le plus vigoureusement que je pus sur le cou
et sur le corps, et lui s'élança de toute sa force sur moi en
sifflant avec fureur, et en faisant briller des yeux aussi
étincelants que des diamants. Je dois avouer que ce combat était une folie de ma part; mais j'étais piqué au jeu, et
je ne pensais pas au danger que je courais. Je ne pus cependant parvenir à dompter mon ennemi avec l'arme légère que j'employais; je battis donc en retaite. Le serpent
s'éloigna de son côté. Mais je le suivis de loin, jusqu'à ce
que j'eusse rencontré sous ma main une branche d'arbre
brisée, avec laquelle je l'assommai en lui en portant un coup
sur le corps.

Je parcours mon journal, et, jusqu'en 1821, je n'y trouve
rien qui mérite une mention particulière. J'ai labouré, j'ai
semé, et j'ai récolté en temps normal. Mon troupeau et
mes bêtes à cornes se sont multipliés, sans que je me sois
donné beaucoup de peine. J'ai cultivé mon jardin avec un

soin extrême. Mes enfants n'ont pas eu la moindre indisposition depuis mon arrivée dans la colonie. En 1821, plusieurs nouveaux colons viennent se fixer sur les terres de ce district. Le pays prend un aspect un peu moins désert.

Un chirurgien, homme bien élevé et habile dans son art, forme un établissement près de nous. Il y a bien peu d'occasions pour lui d'exercer sa profession, excepté lorsqu'il arrive quelque accident. Vers la fin de l'année, un forgeron est venu s'établir sur les bords de la Clyde : c'est une grande commodité pour nous. Dans le cours de cette année, j'ai mis à profit une chute naturelle que présente la rivière, et j'ai ouvert un canal de dérivation sur lequel je me propose d'établir un moulin à blé : j'en ai le plus grand besoin. Le moulin le plus voisin que nous ayons, est au Camp, c'est-à-dire à cinquante milles d'ici. Il faut charrier le blé à la ville et en rapporter la farine, ce qui est aussi pénible que dispendieux. J'ai bien un moulin à bras pour mon usage particulier; mais il faut un temps considérable pour moudre du blé avec une pareille machine. Dans le cours de l'année suivante, j'ai construit un petit moulin à blé avec une roue en dessous qui marche très bien. Cette dépense sera bientôt payée par les avantages que j'en retirerai personnellement, et par les redevances que je percevrai de mes voisins à mesure que le pays se peuplera.

En 1821, on a dressé un état statistique fort exact de la colonie. Je trouve sur mon journal les détails suivants :

Habitants, 7,185; — acres de terre en culture, 14,940; — bêtes à laine, 170,000; — bêtes à cornes, 35,000; — chevaux, 350.

En 1822, on a nommé deux magistrats pour mon district; l'un d'eux est devenu mon ami.

Mai 1824. — Les choses ont suivi leur marche ordinaire jusqu'en mai 1824. C'est la septième année révolue depuis mon établissement dans la colonie, qui a pris, dans le cours de ces sept années, un aspect tout à fait nouveau. De nombreux émigrants y sont arrivés, et le pays est plus peuplé. Depuis 1821, le prix des moutons a augmenté. Cet état de choses est tout à fait avantageux pour les anciens colons qui ont été attentifs à leurs affaires.

J'étais allé à Hobart Town vers la fin de l'automne de 1821. A cette époque, on y comptait plusieurs excellents hôtels. En parcourant la ville j'aperçus, presque dans le centre, un morceau de terrain d'un demi-acre environ, qui était couvert en partie de décombres et en partie d'eaux stagnantes. Il avait le plus triste aspect, et semblait complètement abandonné. Les nouvelles bâtisses que l'on élevait alors s'étaient portées dans une autre direction, et l'on semblait avoir oublié ce coin de terre.

Pour moi, qui vivais loin de la ville, je devais être frappé plus qu'un autre de la prodigieuse rapidité de son accroissement. On avait bâti une église de belle apparence; un nouveau palais de justice était sur le point d'être terminé; on achevait d'importantes améliorations à l'Hôtel du gouvernement; on parlait d'établir une banque : tout était prospérité et progrès dans la colonie. En réfléchissant à cette brillante situation, je n'en fus que plus surpris de voir l'abandon dans lequel on avait laissé le terrain dont j'ai parlé. J'avais dans ce moment en réserve quelque argent; il me vint dans la pensée de le consacrer à l'achat de ce morceau de terre abandonné. Je pris des informations sur le propriétaire, sur le prix qu'on en voulait; bref, je l'achetai pour cent livres sterling. Mon acquisition une fois faite, je fus absorbé par le soin de mes autres affaires, et je restai plusieurs années sans m'en occuper. J'aurai l'occasion de dire ailleurs ce qui en advint.

Les vols de moutons sont devenus beaucoup plus fréquents, dans la colonie depuis deux ou trois ans. Un ou deux Bush-rangers battent aussi le pays. Me trouvant en ville dans le cours de la présente année (1824), j'appris qu'un établissement avait été attaqué par les Bush-rangers. Cette nouvelle me causa la plus pénible impression. En écoutant un pareil récit, je ne pouvais m'empêcher de penser que ma famille était exposée à un danger semblable.

Je ne pus fermer l'œil de toute la nuit qui suivit le jour où j'appris que les Bush-rangers étaient répandus dans le pays ; et je ne pus résister au désir de retourner immédiatement chez moi. Aussi, partis-je dès les premiers rayons du jour. Mon cheval était reposé, et je pus arriver sans peine, le jour même, sur les bords de la Clyde, avant deux heures de l'après-midi. Je remarquerai en passant qu'il y a peu de chevaux plus durs à la fatigue que les chevaux de la terre de Van Diémen. Ils sont petits, mais vigoureux et pleins de cœur.

Je fus enchanté de trouver tout sain et sauf chez moi ; mais j'inspirai d'assez vives inquiétudes à ma femme, en lui parlant des méfaits commis par les Bush-rangers à Pitt-Water. Je me rendis le soir même chez un des magistrats résiden's dans le district de la Clyde, pour l'en instruire également. Quand j'arrivai chez lui, il recevait la plainte d'un colon des environs, à qui on avait dérobé une partie d son troupeau. C'était un avertissement de redoubler de surveillance pour le mien.

Cette plainte d'un vol de moutons, ajouté à la nouvelle des excursions des Bush-rangers à Pitt-Water, augmenta mes inquiétudes et mes tourments ; mais l'aspect de ma famille et de ma maison ramena bientôt la sérénité et la confiance dans mon esprit.

J'exerce une surveillance encore plus attentive que par le passé. Toutes les chances m'ont été favorables jusqu'à présent. Je possède un nombreux troupeau de bêtes à laine ; j'en ai un assez beau de bêtes à cornes. J'ai mis quarante-cinq acres de terre en labour. La construction de la maison de pierre que je bâtis marche bien. J'ai une assez vaste étendue de terres closes de bonnes palissades. Mon jardin est devenu admirable. J'y récolte en abondance tous les genres de légumes et de fruits qui croissent en Angleterre. J'ai maintenant six enfants. La société de plusieurs d'entre eux commence à nous être agréable et leur assistance utile. Leur éducation n'est point négligée. Nos environs se peuplent. Quoique cela resserre un peu le parcours de mes troupeaux, c'est un désagrément bien compensé par la sécurité et par les relations qui en résultent. Mon fils aîné vient d'atteindre sa dix-septième année. C'est un appui précieux pour moi : tout annonce en lui la santé, l'intelligence et des sentiments d'honneur.

Nous avons reconnu, par expérience, que le climat est sain, quoique très variable; la température passe vite, et souvent, du chaud au froid. Ces variations de l'atmosphère ne portent aucune atteinte à notre santé; nous sentons qu'il fait froid, voilà tout.

Nous avons pu, cette année, ajouter du poisson au service ordinaire de notre table; nous avons tendu un filet à travers la rivière, dans un endroit où son lit est resserré, à un demi-mille environ de notre habitation. Nous y avons fait souvent de belles pêches d'anguilles; nous avons pris aussi dans notre filet un petit poisson qui a quelque analogie avec le goujon, mais qui est plus grand; nous l'avons appelé *bouquet d'eau vive*. Les rivières de la colonie, au moins dans les parties qui sont enfoncées dans l'intérieur des terres, sont peu abondantes en poisson : les grands lacs, où la plupart d'entre elles prennent leur source, en fournissent peu; en revanche, on y rencontre une grande quantité de gibier de marais.

Je reviens à mon journal.

Mai 1824. — ... Tout me réussissait donc; mais la vie douce et uniforme que je menais depuis quelques années ne tarda pas à subir un grand changement.

C'était un peu avant l'hiver de 1824, c'est-à-dire vers la

fin de mai; nous étions tous rangés autour du feu. Il
était environ neuf heures du soir, et la nuit était sombre,
quand les aboiements des chiens nous annoncèrent l'approche d'un étranger. C'était un homme à cheval, autant
que nous en pûmes juger au bruit des pas de sa monture.
L'étranger entra précipitamment dans la maison. Selon
l'usage de la colonie, on plaça devant lui à boire et à manger, avant de lui adresser aucune question; mais lui était
impatient de nous communiquer les nouvelles dont il était
porteur, et il rompit le silence.

Il nous apprit que le gouvernement avait reçu l'avis
qu'une bande de condamnés s'était échappée du port de
Macquarie; que ces brigands portaient la désolation dans
le district de Pitt-Water; qu'ils avaient pillé plusieurs établissements, et qu'ils étaient chaque jour renforcés par
d'autres condamnés qui s'échappaient de chez leurs maîtres. L'étranger ajouta qu'il avait hâte de faire part de ces
nouvelles aux magistrats résidents du district. Il était convaincu que les Bush-rangers ne tarderaient pas à se diriger
vers nos parages, qui étaient sans défense.

Nous étions encore dans tout le feu de la conversation
lorsque de grands cris se firent entendre sur le bord de la
rivière opposé à celui où se trouvait mon habitation. Un
nouveau colon s'était établi tout récemment de ce côté.
Nous nous levâmes précipitamment; je me hâtai de saisir
mes armes, et appelant deux de mes hommes, je donnai
un fusil à chacun d'eux. Nous nous préparâmes à faire face
à toutes les éventualités.

Mon jeune ami se laissant glisser sous l'arbre s'accrocha à la branche (page 81)

CHAPITRE VII

Nous tînmes promptement conseil : il fut décidé que Crab demeurerait au logis pour veiller à la défense de l'habitation, tandis que nous volerions au secours de nos voisins. La nuit était sombre, quoique cependant les étoiles brillassent d'un vif éclat au firmament. Cependant les chiens continuaient à aboyer avec fureur, et il était évident pour nous qu'ils étaient excités par l'approche de plusieurs personnes qu'ils ne connaissaient pas.

Il fallait prendre un parti ; je me décidai donc à me présenter sur la porte de la maison, que j'ouvris, en ayant soin de placer derrière moi un de mes hommes pour me seconder au besoin. Je distinguai alors, au milieu du vacarme, une voix qui me priait de rappeler à moi les chiens. Je crus reconnaître, dans la voix qui me parlait, celle d'un voisin. Je ne me trompais pas : ce colon nous dit qu'en faisant sa tournée pour inspecter son troupeau, son attention avait été attirée par des cris d'alarme, quand il s'était trouvé à peu près à un demi mille de chez moi. Le nouveau venu était bien armé, ainsi que ses deux amis qui l'accompagnaient.

Ce renfort venait à propos. Je fis part en peu de mots, à ces généreux voisins, de l'avis que l'on avait reçu de l'évasion de plusieurs condamnés du port de Macquarie, et de la crainte où nous étions que les personnes qui avaient appelé à leur secours ne fussent attaquées par ces brigands. Nous tombâmes tous d'accord de voler à leur défense. Comme je connaissais parfaitement l'endroit où la rivière était le plus facile à franchir, nous partîmes immédiatement en nous dirigeant vers le lieu du danger.

Me voilà arrivé à une des époques les plus importantes de ma vie, et au récit des aventures et des malheurs qui commencèrent à fondre sur ma tête.

Il n'y avait pas plus de trois semaines que la famille au secours de laquelle nous nous portions était venue s'établir sur ses terres. Cette famille excitait un vif intérêt parmi tout ce qui l'entourait, et nous étions prêts à tout risquer pour lui être utiles.

Pendant que mes amis faisaient leurs préparatifs de combat, je ceignis mon vieux sabre de cavalerie. Je pris, en outre, mon fusil à deux coups, que je plaçai en bandoulière sur mes épaules ; je mis mes deux gros pistolets d'arçon dans les poches de la veste de chasse dont j'étais revêtu, et nous nous acheminâmes vers la rivière. Je marchais en tête ; mes compagnons me suivaient avec précaution, à la file les uns des autres, selon l'usage des Indiens.

Mon projet était de traverser la rivière en passant sur le tronc d'un arbre qui était tombé d'un bord à l'autre. Un profond silence régnait autour de nous : il nous semblait plus effrayant encore que les cris qui nous avaient récemment alarmé. Nous y trouvions un funeste présage du sort que nos malheureux voisins avaient peut-être encouru.

Nous fûmes bientôt près de l'arbre renversé. Je donnai, à voix basse, quelques instructions à mes amis sur la manière dont ils devaient passer ce pont périlleux. Un de mes jeunes voisins, nommé Beresford, se montrait le plus empressé de la troupe; je n'y fis pas beaucoup d'attention dans ce moment-là, mais les évènements subséquents m'ont donné l'occasion de me rappeler la vivacité de son zèle dans cette circonstance. La rivière était étroite et coulait avec la rapidité d'un torrent, et je remarquai que les deux compagnons de Beresford parurent hésiter devant un tel obstacle.

— On aurait vraiment besoin du jour pour tenter un pareil passage! s'écria l'un des deux. J'entrevois, au-dessus de la teinte blanche projetée par l'écume des eaux, quelque chose que je suppose être l'arbre dont vous nous parlez; mais ce n'est pas une plaisanterie que de passer là-dessus.

— Parlez bas, lui dis-je; nous ne pouvons pas savoir dans quelles oreilles nos paroles sont exposées à tomber.

— Ne craignez rien, répliqua son compagnon; le mugissement des eaux est assez fort pour étouffer le bruit que nous pouvons faire de ce côté. La rivière est furieuse cette nuit!... Ah ça! vous êtes bien sûr de la solidité de votre passerelle. Je ne serais pas du tout jaloux de faire un plongeon dans le gouffre.

— C'est une triste perspective, reprit mon premier interlocuteur; mais si vous êtes sûr du passage, je tenterai l'aventure.

— Nous sommes venus pour cela. Voyons qui est-ce qui ouvre la marche?

— C'est moi, dit Beresford, comme le plus jeune de la bande. Allons, qui m'aime me suive!

— Non pas, lui répondis-je; c'est à moi de vous montrer le chemin : je le connais.

6

Je me mis en tête de la troupe, et je m'avançai le long de l'arbre en me traînant sur les mains et les genoux. L'obscurité de la nuit, le bruissement continu des eaux, le danger de notre expédition, tout concourait à m'inspirer de l'inquiétude et de la crainte ; mais ma plume est impuissante à décrire les sensations d'horreur que j'éprouvai quand, en étendant mon bras devant moi pour sonder ma route, ma main rencontra quelque chose qui me parut devoir être une tête et une chevelure humaines. J'étais cramponné au tronc d'arbre d'une manière qui ne me permettait de faire usage d'aucune de mes armes.

Ma première pensée fut que les Bush-rangers s'étaient cachés en embuscade sur la rive opposée, et je m'attendais à chaque instant à recevoir une décharge de coups de fusil. Mes compagnons, interrompus dans leur marche, me pressaient d'avancer. D'un autre côté, la rapidité du cours des eaux écumantes qui passaient sous mes yeux commençait à me donner le vertige. Je fus quelques instants à ne savoir que faire ; mais, à la fin, les ténèbres de mon esprit commencèrent à se dissiper. Je recouvrai mon sang-froid, et je pris mon parti avec autant de promptitude que de résolution.

En avant donc, me dis-je à moi-même. J'étendis de nouveau la main, et ma main rencontra le même corps chevelu que la première fois. Je ne pouvais douter que ce ne fût une tête humaine ; mais cette tête immobile était restée, autant que j'en pouvais juger, dans la position exacte où ma main l'avait d'abord trouvée. Seulement, à ce second attouchement, il me sembla que ce ne devait pas être des cheveux d'homme que je palpais ; j'allongeai davantage le bras et je sentis glisser entre mes doigts les anneaux onduleux d'une chevelure de femme. L'étonnement et l'horreur succédèrent alors à mes premières alarmes : des cheveux de cette femme ma main passa sur sa figure, qui était d'un froid glacial ; ses bras pendaient sans vie à droite et à

gauche de l'arbre qu'ils environnaient. La peur commençait à s'emparer de mes compagnons, dont l'imagination se laissait aller à des craintes superstitieuses. Il fallait
pourtant s'arrêter à quelque chose : le danger et la perplexité des circonstances augmentaient cette impérieuse
nécessité.

Mes compagnons me pressaient d'avancer : je leur expliquai, en peu de mots, ce qui m'arrêtait. La crainte ac-
tuelle du danger qui les menaçait leur faisait oublier tout
autre péril; ils ne songeaient même plus aux Bush-rangers, qui pouvaient être en embuscade sur l'autre rive, et
qui attendaient peut-être que nous l'eussions atteinte
pour tirer sur nous à bout portant. Ils se plaignaient seulement de ne pouvoir avancer ni reculer.

Mon imagination était épouvantée par l'imminence du
danger; mes sens étaient engourdis par le froid. Cependant, je me soulevai sur l'arbre par un mouvement d'énergie convulsive, et je parvins à m'y asseoir ; puis, je me
glissai, à l'aide de mes mains, jusqu'auprès de l'être inanimé qui gisait devant moi. Je me hâtai alors d'entourer
un de mes bras avec les longues tresses de cheveux de la
malheureuse jeune femme, pour pouvoir la retenir sur
l'abîme, dans le cas où son corps viendrait à glisser de la
place qu'il occupait. J'élevai la voix assez haut et, me
tournant vers mes compagnons stupéfaits, je leur déclarai l'intention où j'étais de sauver le corps qui était devant
moi.

— C'est le corps d'une jeune fille, leur dis-je.

— Le corps d'une jeune fille ! s'écria Beresford ; alors...

— Au nom du ciel, interrompit l'homme qui était derrière lui, ne nous amusons pas à causer. Nécessité n'a pas
de loi : en avant! car, pour moi, je ne puis plus me tenir
là une minute de plus.

— Oui, cria celui de nos amis qui fermait la marche;
en avant! je ne saurais reculer; mes membres sont en-

gourdis par le froid; le mouvement et le bruit des eaux m'étourdissent; j'ai une peur effroyable de me laisser tomber. Passez outre, ce n'est pas le moment de faire de l'humanité : notre vie ne tient qu'à un fil.

— Au nom du ciel ! s'écria Beresford, arrêtez, arrêtez ! je me doute quelle est cette malheureuse jeune fille. Ce serait de la barbarie que de ne pas faire au moins une tentative pour la sauver, s'il en est temps encore. Attendez un moment, je crois voir en dessous de l'arbre une grande branche qui pend jusque sur l'eau.

Au même instant, mon jeune ami me passa son fusil en me priant de le tenir, et se laissant glisser sous l'arbre il s'accrocha à la branche; ensuite, par une succession d'efforts désespérés, il finit par gagner jusqu'à l'extrémité du corps opposée à celle que j'avais trouvée sous ma main. Il attira alors doucement et graduellement à lui le corps de la jeune fille, qu'il déposa à quelque distance, sur l'herbe étincelante de gelée blanche.

Pour nous, nous ne tardâmes pas à achever de passer le pont sans accident; mes compagnons, une fois sur la terre ferme, reprirent leur sang-froid et leur courage et se disposèrent à l'action. Il n'y avait pas de temps à perdre : la ferme où nous nous rendions n'était guère qu'à un quart de mille de distance, et nous étions tous très impatients d'y arriver. Mais que faire de la jeune fille ? Si la vie n'était pas tout à fait éteinte, il était également dangereux ou d'abandonner le corps sur l'herbe glacée, ou de le transporter avec nous; mais enfin, il fallait se décider et nous nous arrêtâmes à ce dernier parti. J'ouvrais la marche à cause de la connaissance que j'avais des lieux; nos deux amis me suivaient de très près, et Beresford venait après eux portant la jeune fille. Tel était l'ordre dans lequel nous parvînmes jusqu'à l'endroit où notre nouveau voisin avait établi sa demeure.

Comme nous en approchions, mon pied heurta un corps

flasque; je m'arrêtai pour examiner ce que ce pouvait être : c'était un chien kanguroo. Je le tâtai et je reconnus qu'il avait eu la cervelle brisée. Nous continuâmes à avancer rapidement et en silence, en redoublant de précaution. Nous ne tardâmes pas à distinguer la hutte à travers l'obscurité : un morne silence régnait à l'entour. Nous étions fort embarrassés sur ce que nous devions faire ; nous ne voyions pas d'ennemis, mais nous craignions de tomber dans quelque piège. Nous continuâmes néanmoins d'avancer jusqu'à la porte de la hutte, dans l'ordre où nous étions, le jeune Beresford portant son précieux fardeau. J'avais son fusil de chasse dans les mains et le mien suspendu derrière le dos. Nous arrivâmes enfin à la porte : elle était fermée ; on entendait des soupirs étouffés dans l'intérieur de la maison. Nous frappâmes : pas de réponse ; nous étions tous imbus de l'idée que l'ennemi, quel qu'il fût, devait se trouver là.

Je fis sauter la porte de dessus ses gonds, et nous nous précipitâmes tous trois ensemble dans la maison. Mais nous fûmes arrêtés court par un cri si profond, si déchirant et tellement empreint de frayeur et d'agonie, que j'en frémis toutes les fois que je me le rappelle. Je reconnus, en un instant, le véritable état des choses. Il y avait encore de la braise rouge sur le sol. J'arrachai du toit une poignée de chaume et je le jetai sur le feu pour obtenir de la flamme. La rapide clarté qu'elle projeta me permit de distinguer une femme couchée dans un coin et garrottée, ainsi que deux jeunes enfants gisant près d'elle. Mais cette lueur passagère s'évanouit presque aussitôt et nous retombâmes dans les ténèbres.

— Oh ! grand Dieu ! s'écria alors la femme que nous n'avions fait qu'entrevoir, est-ce encore vous ? Mais je n'ai rien révélé... à personne... je vous le jure. Ces pauvres enfants osent à peine respirer. Si vous avez résolu...

— Nous sommes des amis, interrompis-je, qui viennent à votre secours. Nous avons entendu vos cris, et...

— Ah! que n'êtes-vous venus plus tôt... Mon mari!...
Et ma fille... où est-elle?... Elle s'est échappée pour aller
chercher du secours... Elle est noyée? Qu'en ont-ils fait?
O mon Dieu! ô mon Dieu! je ne reviendrai jamais des
horreurs de cette épouvantable nuit!

Un de mes compagnons avait jeté sur la braise une nouvelle poignée de chaume. L'éclat fugitif que ce feu de paille
répandit un instant nous permit de voir autour de nous :
une chandelle, qui avait été éteinte, nous tomba heureusement sous la main; nous l'allumâmes, et sa lumière
éclaira la chaumière désolée.

Beresford se hâta d'apporter dans la maison le corps inanimé de la jeune fille. La pauvre mère, dont nous avions
brisé les liens, resta d'abord muette de terreur.

— Elle est morte! s'écria-t-elle enfin d'une voix affaiblie; elle est morte! ils l'ont tuée. Mais apprenez-moi
donc comment cela est arrivé?... Oh! non, il n'y a pas lieu
d'en douter, la voilà!... c'est bien elle!... glacée!... morte!

Un torrent de larmes suivit ces mots, prononcés avec le
calme du désespoir; et les enfants, revenus de leur stupeur, mêlèrent leurs cris aux sanglots convulsifs de leur
mère.

Mon jeune ami ne demeurait cependant pas inactif au
milieu de cette scène déchirante. Plein de calme et de
sang-froid, il prenait toutes les dispositions nécessaires
pour rappeler la vie chez la jeune fille, s'il lui en restait encore quelques étincelles.

Tandis que nous étions tous en proie aux divers sentiments d'inquiétude et de crainte qui nous agitaient, nous
entendîmes des cris confus, mais dont l'expression n'avait
rien d'inquiétant, qui s'élevaient du côté de la rivière. C'é-
tait une troupe de quelques-uns de nos amis, qui se diri-
geaient à grands pas de notre côté.

La nouvelle que les Bush-rangers battaient le pays n'avait pas tardé à gagner de proche en proche ; la bande de colons qui arrivait s'était hâtée de se réunir, dès le premier bruit qui s'en était répandu. Ils avaient appris, en passant chez moi, que nous venions de partir, et ils s'étaient mis en marche pour nous rejoindre. Par un bonheur inespéré, le chirurgien se trouvait au nombre des nouveaux arrivants ; en entrant, ses regards s'étaient portés d'abord sur le corps inanimé de la jeune fille. Il y eut pour toute l'assistance un cruel moment d'attente : le chirurgien prit son bras et lui tâta le pouls avec une vive expression d'anxiété.

Nous ne respirions pas.

— Du calme, dit-il en s'adressant à la mère ; tout dépendra de votre sang-froid. Si vous voulez maîtriser vos sentiments, je puis tout espérer... elle n'est pas morte ! Y a-t-il quelqu'un ici qui ait de l'eau-de-vie ?

Un des gens de la bande avait sur lui une gourde de rhum : il s'empressa de la présenter au chirurgien.

— Maintenant, messieurs, dit-il, il serait convenable de quitter cette chambre, et de ne laisser qu'à la mère de notre jeune malade et à moi le soin de veiller auprès d'elle.

Nous nous retirâmes en silence. Je fus le dernier à sortir. Au moment où j'atteignais la porte, la pauvre mère saisit convulsivement mon bras, et me dit à demi voix avec un désespoir concentré :

— Et mon mari ?... ne l'ont-ils pas massacré ?

— Non, lui répondis-je. Pourquoi de funestes pressentiments ? Vous voyez que nous sommes en force suffisante pour répondre de sa vie.

Pendant tout ce temps, Beresford n'avait pas dit un mot. En sortant, je le trouvai debout, près de la porte. L'extérieur de la hutte était alors brillamment éclairé. Quelqu'un des nôtres avait allumé un grand feu, autour duquel nous nous réunîmes tous. Là, il fut convenu que nous nous tiendrions sur nos gardes pendant toute la nuit, et que, dès le point du jour, nous nous mettrions à la recherche de notre malheureux voisin. Nous fîmes néanmoins une perquisition minutieuse aux environs de l'habitation, dans la conviction que les Bush-rangers l'avaient garrotté et bâillonné, et qu'ils l'avaient ensuite abandonné à quelque distance de sa demeure ; mais nous ne trouvâmes pas la moindre trace ni d'eux ni de lui.

Je fus choisi pour chef de l'expédition, en ma qualité de colon le plus ancien de la contrée. Nous parlions déjà de nous partager différents postes quand un cri, parti de la hutte, détourna notre attention. Au même instant le jeune Beresford se précipita au milieu de nous.

— Elle est sauvée! dit-il ; elle vit! elle respire!... Maintenant c'est de son père qu'il faut nous occuper.

— Fiez-vous, répliquai-je, à notre intention bien arrêtée de retrouver notre malheureux ami. Nous sommes douze : c'est assez pour faire tête aux Bush-rangers. Je propose donc, qu'au point du jour, nous commencions par installer chez moi cette pauvre famille. En attendant, il sera bien de faire nos préparatifs pour passer quelques jours dans les bois. Il faut que quatre hommes se rendent à mon habitation pour en rapporter toutes les provisions qui nous sont nécessaires.

— Ne serait-il pas convenable, dit un des assistants de prévenir les magistrats?

— Certainement, répliquai-je. Voyons, quel est l'homme de bonne volonté qui consent à traverser la plaine, malgré l'obscurité de la nuit, et à aller avertir celui des magistrats qui demeure le plus loin?

— C'est moi, repartit un jeune homme de bonne mine. Il n'y a pas un pouce de la route que je ne connaisse.

— Vous pourrez donner l'ordre à l'un de mes domestiques de prévenir l'autre magistrat de ce qui s'est passé cette nuit; sa maison est du côté de mon habitation. S'il est chez lui, il nous rejoindra au jour : vous pouvez y compter. Il n'est pas encore onze heures. Nous avons toute la nuit devant nous.

— Mais les Bush-rangers l'auront aussi. Ils peuvent gagner du terrain d'ici à demain matin. Lancerons-nous des chiens après eux?

— Non. On ne peut pas se servir des chiens kanguroos comme de limiers : ils n'entendent rien à trouver la trace des personnes qui leur sont étrangères. Nous ferons pourtant bien de prendre quelques chiens avec nous, car je suppose que nous aurons besoin d'abattre plus d'un kanguroo pour nos repas, d'ici à la fin de notre expédition.

Comme j'achevais ces mots, je sentis un museau froid qui se glissait dans ma main.

— En voilà toujours un, ajoutai-je : Hector et Fly commencent à vieillir; mais c'est un de leurs enfants et digne de la race. En voici un autre! Ils ont bien su me retrouver, comme vous voyez. Il faut que quelqu'un de nous s'en procure deux autres, pour que les quatre n'appartiennent pas à la même personne, dans le cas où il faudrait nous séparer. Prendrons-nous des chevaux? J'en ai trois à l'écurie et quatre dans les bois; mais ils viendront certainement demain matin à la maison pour manger leur avoine.

Il fut convenu que quatre d'entre nous seulement seraient montés pour agir comme éclaireurs. Nous pensâmes qu'il valait mieux que le reste de la troupe restât à pied.

— Faites prendre un cheval de plus pour porter les bagages, dit quelqu'un, et faites venir l'un de vos gens pour le conduire.

— Voilà une idée lumineuse, répondis-je. Avec ces précautions, nous serons en état de nous engager dans les bois. Maintenant, si j'ai un avis à vous donner, c'est de dormir paisiblement jusqu'au point du jour, afin d'être frais et dispos quand il s'agira de se mettre à l'œuvre.

— Dormir! s'écria-t-on de plusieurs côtés à la fois; nous

sommes trop agités pour dormir cette nuit; il vaudrait mieux souper.

— Voulez-vous venir souper chez moi ou rester ici?

— Il est préférable de rester. Nous ne pouvons pas abandonner cette pauvre femme. Soupons ici. Ce sera un apprentissage de la vie des bois.

Le froid étant assez vif, on fit un grand feu.

Beresford alla frapper doucement à la porte de la hutte pour prendre des nouvelles; et, revenant bientôt après, il me dit à l'oreille :

— Elle vit! elle n'a pas parlé; mais elle dort profondément.

— C'est bon, lui répondis-je; et vous ferez bien de dormir aussi, car demain nous aurons besoin de toute votre énergie.

— Moi, dormir! oh! non. Je ne dormirai pas avant d'avoir retrouvé son père.

— Je ne doute pas de votre zèle pour sa délivrance; mais, pour réussir, il serait sage de prendre des informations bien circonstanciées sur cette malheureuse affaire. Si madame Moss était assez de sang-froid pour nous en donner, il nous serait de la plus grande utilité de savoir comment les choses se sont passées. Voyez donc si la pauvre dame peut quitter sa fille quelques instants. Il suffira du chirurgien pour la garder pendant son absence, et nous apprendrons d'elle tout ce qu'elle sait.

Beresford se dirigea vers la hutte, et en revint presque aussitôt en ramenant madame Moss. Nous fûmes heureux d'apprendre d'elle que sa fille continuait à dormir paisiblement; et elle nous fit le récit de l'attaque dont son habitation avait été l'objet.

La tête du cadavre n'offrait qu'un assemblage informe d'os calcinés (page 98)

CHAPITRE VIII

« J'ai peu de choses à vous raconter, messieurs, dit madame Moss, et je ne sais trop par où commencer. — Nous étions assis auprès du feu, moi, mon mari, ma pauvre Lucy et mes deux jeunes enfants. Depuis que nous sommes ici, la frayeur que nous avions des Bush-rangers a fait prendre à mon mari l'habitude, ou de porter sans cesse un fusil, ou de l'avoir assez près de lui pour en faire usage à chaque instant. Mon mari, qui paraissait excessivement gai, occupait le coin de la cheminée qui avoisine la croisée ; son fusil était appuyé contre le mur, tout près de lui. Comme le vent soufflait avec violence, il se leva pour fermer un contrevent du côté opposé à celui où il était.

» J'ai lieu de croire que nous avions été épiés toute la soirée. Je soupçonne un domestique d'avoir servi d'espion aux brigands ; car mon mari n'eut pas plus tôt quitté l'encoignure où se trouvait son fusil, qu'un homme, en casaque de peau de kanguroo, se précipita dans la chambre, et s'élança entre M. Moss et son arme, dont il s'empara. En même temps, il le coucha en joue, en lui ordonnant de lever les mains au-dessus de sa tête, et en le menaçant de faire feu s'il s'y refusait.

» Nous étions si près les uns des autres que mon mari, craignant que nous ne fussions tués ou blessés, leva les bras en l'air. Le Bush-ranger abaissa alors son fusil; mais mon mari profita de ce mouvement pour s'élancer sur lui et le saisir à bras-le-corps. Dans la lutte, le fusil du Bush-ranger partit. Au bruit de la détonation, d'autres brigands entrèrent. Deux d'entre eux se jetèrent par derrière sur M. Moss, tandis que le premier le frappa sur la tête avec la crosse de son fusil. Je suppose qu'il tomba étourdi sous le coup. Alors ils lui lièrent vigoureusement les pieds et les mains. Cependant, deux autres brigands s'emparèrent de moi et me lièrent également; un troisième se saisit des enfants. En regardant autour de moi, je ne vis pas Lucy. Je supposai qu'elle s'était échappée par la croisée de sa chambre. Quand les brigands eurent lié mon mari, ils lui demandèrent où était son argent. Dans notre inexpérience des usages de la colonie, nous avions eu l'imprudence d'apporter avec nous un millier de dollars, un peu d'argenterie, nos montres et quelques autres bijoux de prix, circonstance dont les Bush-rangers ont été certainement informés.

» Mon pauvre mari, à peine remis de son étourdissement, déclara qu'il n'avait pas d'argent. Il dit que nous étions de pauvres colons qui n'avaient que les choses nécessaires à la vie : de la farine, du thé, du sucre, et encore en petite quantité. L'homme qui l'avait ajusté d'abord mit le bout de son fusil contre sa tête, et le menaça, avec un horrible serment, de lui faire sauter la cervelle s'il ne lui révélait pas à l'instant l'endroit où était caché son argent.

» — Il nous le faut, dit-il. Nous savons que vous en

avez; ainsi déclarez-nous où il est, ou... je vous mets la charge de ce fusil dans la tête.

» J'étais tenue par deux hommes qui m'avaient lié un mouchoir sur la bouche, et je me débattais en vain pour leur échapper. Le Bush-ranger mit alors la main sur la batterie de son fusil. J'entendis le cliquetis du chien; je savais parfaitement ce que cela voulait dire. Alors, animée d'une force que je devais au seul désespoir, je dégageai un de mes bras, et, arrachant le mouchoir qui me couvrait la bouche, je m'écriai :

» — Parlez donc! parlez donc! La vie est préférable à l'argent.

» — Oh! oh! s'écria celui qui paraissait le chef de la bande, il y a donc de l'argent ici? Approche, dit-il alors à l'un de ses hommes; mets le bout de ton fusil là... contre le crâne de monsieur. C'est bien... Arme le maintenant... et, s'il pousse un cri, fais feu !... A madame, maintenant, dit-il en s'adressant à un autre de ses gens. Qu'on remette le mouchoir qu'elle avait sur la bouche; et qu'on s'arrange, cette fois, pour qu'elle ne puisse pas l'arracher. Oserai-je vous prier, madame, ajouta-t-il avec une politesse railleuse, de vouloir bien m'accompagner dans la pièce voisine? Je serais désolé de causer une impression désagréable à une dame, mais cette manière de procéder est indispensable dans les perquisitions de ce genre.

» — Je n'irai pas, lui dis-je, dans la stupeur que m'avaient causée ses paroles. Tuez-moi, si vous voulez; mais je ne bouge pas d'ici.

» Nous ne tuons jamais personne, reprit le Bush-ranger d'un ton moqueur, quand nous pouvons faire autrement; mais, si vous ne voulez pas marcher, on va vous porter.

» Au même instant, deux des brigands s'emparèrent de moi, et me portèrent dans ma chambre qui n'était séparée de la première que par un simple refend en bois; de façon que j'entendais très distinctement ce qu'on disait.

» —Vous voyez où en sont les choses, reprit le chef en s'adressant à mon mari. Croyez-moi, ce que vous avez de mieux à faire, c'est de parler.

» Paralysée par la frayeur, presque évanouie, j'avais gardé le silence jusque-là ; mais, cédant en ce moment à la crainte que m'inspirait le danger qui menaçait les jours de mon mari et de mes enfants, je fis taire tous les autres sentiments, et je m'écriai :

» — Sauvez leur vie, et vous allez tout savoir. Levez la pierre du foyer ; vous y trouverez l'argent !

» Le chef donna aussitôt l'ordre à l'un de ses hommes, qui était en dehors de la maison, d'apporter un levier pour ébranler la pierre.

» — De l'activité, dit-il, nous n'avons pas de temps à perdre, car il faut que le point du jour nous voie demain bien loin d'ici.

» Les brigands se mirent alors à lever la pierre. Puis j'entendis les dollars résonner, quand l'un d'eux jeta le sac d'argent sur le plancher. La vue de ce sac bien garni, et le son du métal si ardemment désiré, mirent, je le présume, la bande de bonne humeur, car les deux hommes qui me tenaient lâchèrent prise. L'un des deux même s'éloigna, en recommandant à l'autre de ne pas me perdre de vue. Le chef dit alors :

» — Et la jeune fille, où est-elle ?

» Personne ne parut en état de répondre à la question.

» — De par tous les diables ! continua-t-il, elle se sera échappée. Elle est peut-être allée répandre l'alarme. Preste, mes camarades, dépêchons, et ne laissons derrière nos talons rien de ce que nous pouvons emporter ; nous aurons besoin de tout cela quand nous serons sur les bords du lac. Il est malheureux que cette jeune fille se soit échappée. Sa première démarche va être de revenir pour délivrer son père, et nous pourrons nous en trouver mal. Attendez... emmenons le père avec nous... c'est le vrai moyen de l'empêcher de nous faire poursuivre.

» — Nous aurons plus tôt fait de le fusiller, dit l'un des brigands.

» — Non, il faut le pendre, dit un autre.

» — Ne perdons pas notre temps en paroles inutiles, reprit un dernier. Donnez-moi un bout de corde et un mouchoir de soie, et je vous réponds qu'il se tiendra tranquille.

» Je frémis que le monstre n'eût la pensée d'étrangler mon mari; et ma conjecture était juste, car le chef reprit :

» — Arrêtez ! pas de meurtre, quand on peut faire autrement. Il nous sera toujours facile de nous débarrasser de lui, si sa mort devient nécessaire à notre sûreté. Pour le moment, contentons-nous de l'emmener. Liez-lui les pieds; attachez-lui les mains derrière le dos. Maintenant partons; mais il faut auparavant mettre la dame du logis hors d'état de nuire.

» Je fus alors ramenée dans la première pièce, et les brigands m'attachèrent fortement à la place où vous m'avez trouvée. Mon mari était resté, pendant tout ce temps, dans un profond silence, méditant, sans doute, le projet qu'il mit à exécution aussitôt qu'il fût sorti de la hutte. Quand il se vit dans un endroit d'où sa voix pouvait être entendue, il cria au secours. J'entendis d'autres cris qui répondaient aux siens; ils partaient du côté de la rivière. C'était sans doute Lucy qui les poussait. Mon mari n'en proféra plus.

» — Bâillonnez-le, dit un des bandits.

» — Il faut assommer cette jeune braillarde avant de partir, ajouta un autre brigand, ou bien elle va soulever tout le voisinage, et nous sommes perdus.

» — Il est trop tard, répliqua le chef. L'alarme est déjà répandue. Nous n'avons pas de temps à perdre. Partons vite, et ne songeons qu'à mettre le plus d'espace possible entre nous et ceux qui vont nous poursuivre.

» En achevant ces mots, les brigands s'éloignèrent, en me menaçant d'une mort immédiate, moi et mes enfants,

si je jetais le moindre cri d'alarme. Je crois que je m'évanouis alors, car je ne me rappelle plus rien jusqu'au moment où je fus tirée de ma stupeur par le bruit que vous
avez fait en défonçant la porte.

» — Et combien pensez-vous qu'ils étaient? demandai-je.

» — Je ne saurais vous le dire. Je crois en avoir vu sept
ou huit en même temps dans la hutte; mais j'ai entendu
aussi des voix en dehors. Ceux que j'ai vu avaient des
fusils de différentes formes. Leur aspect était effroyable.
Le chef portait une casaque en peau de kanguroo : il
avait l'air moins féroce que les autres; mais tout annonçait en lui un homme de la plus énergique résolution.

» — Je vois que ce sont bien les cris de votre mari et de
votre fille, lui dis-je, que nous avons entendus de l'autre
côté de la rivière. Il est évident que miss Lucy aura cher-
ché à la traverser sur l'arbre, pour vous amener plus tôt
du secours, et, qu'effrayée par le mugissement des eaux,
ses forces l'auront abandonnée. La voilà sauvée, ajoutai-
je : espérons que la Providence nous aidera à vous rendre
aussi votre mari ! »

Madame Moss nous quitta alors pour retourner auprès
de sa fille. Ceux de nos amis qui avaient été dépêchés pour
remplir différentes missions revinrent après s'en être ac-
quittés. Nous passâmes le reste de la nuit auprès du feu,
devisant sur notre expédition du lendemain. Chacun donnait son avis sur le meilleur plan à suivre, et sur les
moyens les plus sûrs de trouver la trace des Bush-rangers.

Dès les premiers rayons du jour, nous eûmes la satisfaction de voir arriver le jeune magistrat que nous avions
fait prévenir. Il était à cheval, ainsi qu'un domestique et
deux amis qui l'accompagnaient; il avait aussi amené
deux constables. Tous étaient armés jusqu'aux dents.

Le magistrat nous communiqua l'avis qui lui avait été
transmis, dans la nuit, sur le nombre des Bush-rangers et
sur l'audace qu'ils déployaient dans leurs attaques. Nous

lui déférâmes le commandement. Son activité et son courage, étaient si généralement connus, que tout le monde se trouva heureux de marcher sous ses ordres.

Nous commençâmes par conduire chez moi, avec toutes sortes de précautions, madame Moos et sa famille. Ce premier devoir rempli, nous nous mîmes en marche.

Le magistrat nous divisa en deux bandes; il resta à la tête de l'une, et plaça l'autre sous la direction du jeune Beresford. Comme les quatre chevaux qui faisaient partie du renfort que nous avions reçu suffisaient pour éclairer notre marche, nous restâmes tous à pied. La bande de Beresford et la mienne se composaient chacune de sept hommes, en nous comptant l'un et l'autre. Ces dispositions arrêtées, nous nous mîmes en devoir de chercher les traces des Bush-rangers. Nous nous développâmes sur une seule ligne pour couvrir plus de terrain. Les traces que nous cherchions furent bientôt trouvées. Il aurait été difficile, en effet, qu'une troupe, chargée de butin et aussi nombreuse que l'était celle des Bush-rangers, ne laissât pas après elle des marques sensibles de son passage.

— Attachez-vous à cette piste, dit notre chef au constable qui nous servait de guide, et que rien ne vous en détourne. — Messieurs, ajouta-t-il en s'adressant à nous, j'engage toutes les personnes qui sont à pied à suivre ces traces. Tenez-vous toujours prêts pour une rencontre. Cependant, je vais faire, avec mon ami, une pointe de galop jusque sur la colline que vous voyez là-haut, et qui est couverte de grands arbres. Peut-être les bandits s'y sont-ils réfugiés. Les deux autres cavaliers vont battre le plat pays et éclairer nos flancs. Nous ne sommes que dix-huit, et on m'a dit que les Bush-rangers devaient être trente au moins; mais notre effectif vaut mieux que le leur.

En achevant ces mots, il lança son cheval au galop dans la direction indiquée par les traces des Bush-rangers.

Nous continuâmes, pendant dix milles environ, à mar-

cher rapidement, et en nous tenant toujours sur nos gardes, jusqu'au moment où nous rejoignîmes le magistrat
et les autres cavaliers qui nous attendaient. Là, les traces
prenaient deux directions bien distinctes. A peine avions-
nous échangé quelques mots, que nous vîmes le cavalier
qui avait tenu la gauche galoper de notre côté en nous
faisant des signes pressants de le venir joindre. Il semblait
nous recommander d'être prudents, et de bien regarder
autour de nous. Je fis signe au cavalier qui était sur notre
droite de se replier sur nous.

Nous laissâmes un homme de planton sur la trace que
nous étions obligés d'abandonner; nous nous portâmes
promptement sur la gauche, et nous atteignîmes bientôt
la place vers laquelle le cavalier nous avait fait signe de
nous rendre. Là nos yeux furent frappés d'un spectacle
qui nous fit instinctivement disposer nos armes pour une
décharge, et regarder autour de nous avec la plus vive inquiétude. Le tableau qui s'offrit à nos yeux glaça notre
sang dans nos veines. Il était propre, en effet, à porter la
consternation et l'horreur dans le cœur le plus intrépide.

Au milieu des ruines d'une hutte récemment brûlée
nous découvrîmes une masse informe, dans laquelle il
n'était pourtant pas possible de méconnaître les restes
d'une créature humaine. La tête mutilée du cadavre n'offrait qu'un assemblage informe d'os calcinés. Les habits,
qui auraient pu servir à faire reconnaître la victime,
avaient été la proie des flammes.

Il ne faut pas croire qu'en procédant à ce pénible examen, nous restâmes oublieux de notre sûreté. Le vigilant
magistrat qui nous commandait détacha deux cavaliers
pour pousser quelques reconnaissances, pendant qu'assisté d'un des constables, il se livrait lui-même à la plus
scrupuleuse investigation des ruines de la hutte. Quant
au reste de notre petite troupe, il lui ordonna de disposer
ses armes et de se tenir toujours préparée pour une atta-

que. Notre première pensée fut que la hutte avait été en-
vahie par les Bush-rangers, qui y avaient mis le feu et
avaient fait périr dans les flammes le malheureux qui l'ha-
bitait ; mais, la vérité nous fut bientôt dévoilée par un des
cavaliers qui nous appela, en nous invitant à le venir
joindre à quelque distance : là, nous trouvâmes deux autres cadavres. Leur apparence et les habits dont ils étaient
revêtus annonçaient que ce devait être des gardiens de
troupeaux. Ils étaient froids et ne donnaient plus le moindre signe de vie. Leurs blessures ne nous permirent pas
de douter qu'ils n'eussent été tués par les indigènes. En
les dépouillant de leurs vêtements, nous trouvâmes leurs
corps criblés d'une multitude de petits trous faits par les
javelines longues et aiguës dont se servent les naturels en
attaquant. Leurs têtes étaient presque réduites en marme-
lade, à force d'avoir été broyées sous les coups des petites
massues de bois dur que les habitants de l'Australie ap-
pellent *waddies*.

Ces gardiens de troupeaux avaient été probablement attaqués par les indigènes, qui avaient d'abord cerné les
deux hommes gisant devant nous, et les avaient tués après
un combat acharné. Quant au troisième, il était, selon
toute apparence, parvenu à regagner la hutte, et s'y était
défendu ; mais les sauvages avaient alors mis le feu au
toit de chaume, et avaient brûlé l'homme et la maison.
Cette découverte nous fit faire des recherches nouvelles
et encore plus minutieuses dans le charbon des ruines.
Nous y trouvâmes un canon de fusil à moitié fondu, et une
batterie presque intacte, ainsi que la pièce de cuivre qui
garnissait la crosse. Ces nouvelles circonstances confir-
mèrent nos conjectures. Le malheureux gardien, assiégé
dans la hutte, avait probablement blessé ou tué plusieurs
sauvages, et les indigènes irrités l'avaient brûlé vif.

A cette époque, un indigène de l'Australie, nommé
Musquito, homme d'une taille gigantesque et d'une force

prodigieuse, commettait de nombreuses atrocités dans la terre de Van Diémen. Quelques années auparavant, il avait été envoyé, pour ses crimes, de Sidney au gouverneur de Macquarie : il avait, disait-on, commis un meurtre. On s'était plaint, dans le principe, de cette mesure ; mais peu à peu on n'avait plus songé à Musquito, qui, un an ou deux avant le moment dont je parle, s'était rendu utile, dans différentes circonstances, en contribuant à faire reprendre des condamnés évadés ou à retrouver des troupeaux volés. On savait qu'il était alors à la tête d'une trentaine d'indigènes ; mais on ne le supposait pas dans cette partie de la colonie. Cet horrible méfait avait pourtant le caractère de ses expéditions ordinaires ; et ce n'était pas une perspective rassurante pour nous.

Nous fîmes halte pour prendre un léger repas, car nous allions vraisemblablement avoir une rude besogne à faire.

Pendant les préparatifs, une partie de notre troupe se mit en devoir d'enterrer les deux gardiens de troupeaux.

Cependant nous faisions attentivement le guet, dans la crainte de quelque surprise. Je dois avouer que notre festin ne fut pas des plus gais ; car plusieurs d'entre nous avaient laissé derrière eux leurs femmes et leurs enfants.

Tout à coup, nos chiens kanguroos se mirent à flairer autour de nous, en portant la queue basse ; l'un d'eux se mit à fouiller dans les ruines, et poussa un hurlement si lugubre, qu'il nous glaça d'une sorte de terreur superstitieuse.

— Le jeune Hector a fait quelque rencontre fâcheuse dit un homme de la troupe.

— Il y a quelque chose qui le contrarie, ajouta une autre personne. Je ne le crois pas très disposé à donner la chasse à un kanguroo.

Hector s'élança sur une petite éminence qui était auprès des ruines, et prit l'attitude animée d'un chien en arrêt. Il avait le nez haut, plongeait, dans l'épaisseur du bois, des yeux ardents, et se balançait sur ses jarrets, tout prêt à sauter.

— Silence! dis-je alors. Hector a rencontré. Je connais ses allures. Venez : il me regarde pour m'avertir qu'il a pris le vent. Allons! Hector, allons! mon bon chien, cherche!

Aussitôt l'intelligent animal s'élança furtivement dans le fourré, sans aboyer, sans grogner, et nous l'eûmes bientôt perdu de vue.

— C'est un kanguroo qu'il rencontre, dit un des constables.

— C'est autre chose qu'un kanguroo, répliquai-je. Hector vaut son père à qui il ne manquait que la parole; mais je comprends parfaitement ses signes. Soyez sûrs que ce n'est pas sans motif qu'il agit.

A peine avais-je achevé ces mots, que nous vîmes le chien qui rabattait vers nous à petits pas. Il vint droit à moi, en donnant quelques signes de frayeur.

— Je parierais qu'il a vu un indigène! m'écriai-je. Je ne saurais m'y tromper. Ainsi tenons-nous sur nos gardes, quoique je ne puisse pas croire qu'ils aient la témérité de nous attaquer.

— Eh bien! il faut affronter le danger, dit notre jeune chef. Il faut en finir d'une manière ou d'une autre; car je ne pense pas que personne ait ici l'intention de battre en retraite.

— Jamais, jamais! s'écria-t-on de tous côtés.

— Alors prenez vos rangs, messieurs, et marchons.

— Suivons le chien, dis-je, et avançons prudemment derrière lui. Allons! Hector, allons, mon bon chien! Qui est là?

Hector me lécha la main, comme pour me dire : « Prends garde à toi », et il trotta en avant. Je le suivais de près, en faisant attention de ne pas le devancer. Tout le reste de la troupe, l'œil au guet et les fusils armés, marchait après nous. Hector continua d'aller toujours trottant, pendant deux cents pas environ ; puis il s'arrêta court et prit de nouveau l'attitude d'un chien en arrêt. J'essayai de pénétrer des yeux au fond du fourré, mais je n'aperçus rien. Je regardai derrière moi ; tout le monde me suivait, attentif au moindre signal.

— Pille, pille ! dis-je au chien.

Mais l'animal s'arrêta, laissa retomber sa queue, renifla, fit le chien couchant et posa sur moi ses deux pattes de devant.

— Qu'y a-t-il donc, Hector ? lui dis-je en le repoussant doucement.

Mais ce fut en vain : la peur semblait le dominer, et mes excitations ne purent le décider à avancer. Ses yeux étaient constamment fixés à la même place, dans l'épaisseur du bois, et il poussait des grognements concentrés, indices d'une frayeur qui ne lui était pas habituelle.

Le magistrat se détacha alors du reste de la troupe et nous rejoignit.

— Qu'a donc votre chien ? me dit-il. Il a les yeux constamment fixés sur un objet qui n'est pas loin d'ici. Restez là, tenez mon cheval et je vais marcher dans la direction qu'indiquent ses regards.

Je vis avec un vif chagrin mon jeune ami Beresford renversé par terre (page 107)

CHAPITRE IX

Le magistrat mit pied à terre et marcha en avant, en ayant soin de remarquer, derrière moi, un objet, à partir duquel il pût diriger une ligne droite jusqu'au point que le chien couvait des yeux. En même temps, le reste de la bande s'avança jusqu'à l'endroit où j'étais arrêté. Nous nous tenions tous prêts à répondre au premier signal d'alarme. Le magistrat n'eut pas plus tôt fait quelques pas, qu'il s'arrêta tenant son fusil prêt à faire feu. Il nous fit signe du bras d'avancer; mais sans tourner la tête vers nous.

Nous l'eûmes bientôt atteint. Alors, sans proférer un mot, il nous montra du doigt un arbre creux et noirci par l'incendie, mais qui avait encore ses branches garnies de feuilles. Dans l'intérieur de ce tronc d'arbre, nous aperçûmes un indigène debout. Sa peau noire était à peu près du même ton que l'écorce carbonisée de l'arbre. La vue de ce nègre, ainsi blotti au fond d'un tronc d'arbre, nous fit craindre qu'il n'y eût une troupe de ses compatriotes embusqués aux environs, et nous nous attendions à recevoir à chaque instant une grêle de javelines; mais tout demeura plongé dans un profond silence. Cependant les chiens donnaient des marques d'inquiétude qui redoublèrent notre défiance.

— Faut-il tirer, dit un des constables? Voilà un coup sûr, j'espère!

— Arrêtez, interrompit le magistrat; il faut tâcher de le prendre vif. Il ne saurait nous échapper : il n'y a pas de porte de derrière à l'arbre, et de ce côté-ci nous le tenons au bout de nos fusils. Il est étonnant qu'il ne remue pas.

Nous étions à peu près à quarante pas de l'arbre; mais, comme l'indigène était posté dans l'intérieur du tronc, nous n'avions pu entrevoir que son corps dans le demi-jour de la forêt.

— Il faut en finir, dit le magistrat. Attention, messieurs, ne le laissons pas échapper!

En disant ces mots, il s'élança vers l'arbre en couchant l'indigène en joue.

— En voilà bien d'une autre! s'écria-t-il presqu'au même instant. Ce redoutable ennemi... c'est un mort!... Cet arbre est un tombeau d'indigène! J'avais entendu parler de ce genre de sépulture; mais, jusqu'ici, je n'avais jamais eu l'occasion d'en voir. C'est, à n'en pas douter, un des naturels que le gardien de bestiaux aura tués avant d'avoir été brûlé vif.

En effet, en examinant le corps, nous trouvâmes la marque d'une balle qui avait traversé le cœur, et qui était sortie par le dos. Cet homme était probablement tout près de la hutte quand il avait été frappé, et il devait avoir été tué instantaném....

Nous étions tous réunis autour de l'arbre, occupés à le regarder sans défiance, quand nous entendîmes un siffle-

ment au-dessus de nos têtes, et que nous vîmes un dard
long et mince qui alla s'enfoncer dans l'écorce de l'arbre.
Nous regardâmes attentivement autour de nous; mais
nous ne découvrîmes rien. Au même instant, nous entendîmes le bruit des pas d'un cheval. C'était le cavalier
que nous avions laissé en sentinelle, qui revenait vers
nous. Il avait un dard enfoncé dans le dos. Son cheval en
avait deux à moitié brisés dans les flancs, et paraissait
éperdu de frayeur et de souffrance. C'était avec beaucoup
de difficultés que le cavalier dirigeait sa monture de notre
côté, car l'animal semblait ingouvernable.

— Garde à vous! s'écria-t-il, les indigènes sont à nos
trousses! Ils m'ont blessé, ainsi que mon cheval. Il faut
qu'ils soient réunis aux Bush-rangers; autrement, ils n'auraient pas osé attaquer un homme à cheval et armé. Musquito est certainement à leur tête. C'est lui qui leur a appris qu'ils n'ont plus rien à craindre une fois que nos armes
à feu sont déchargées. J'ai laissé tomber mon fusil quand
cette javeline m'a atteint.

— Ne prenez pas souci de votre blessure, dit le jeune
magistrat. Nous avons un chirurgien parmi nous; vous
pouvez compter sur ses soins.

Pendant que le magistrat parlait ainsi nous avions aidé
notre ami à mettre pied à terre. Le trait avait pénétré les
chairs au-dessous du bras droit, et il ressortait de deux ou
trois pouces de l'autre côté de la blessure. C'était une javeline mince et longue. Les deux constables s'empressèrent de retirer les débris des javelines qui avaient pénétré
dans les flancs du cheval. Son corps était couvert d'une
douzaine de trous faits avec des armes de la même espèce; ces blessures saignaient abondamment. Tout cela
se passa en moins d'une minute. Nous nous attendions
à être attaqués à chaque instant, quand notre jeune chef,
qui était resté à cheval, s'écria tout à coup:

— Holà! à moi!

Nous nous retournâmes pour le regarder. Une javeline avait renversé son chapeau, qui avait été traversé de part en part; il ne nous fut pas possible de voir de quelle main elle était partie.

— Voilà un fameux coup, dit l'un de nous. Le suivant sera peut-être meilleur encore. Prenons-y garde.

Une grêle de traits fut dirigée sur nous du même point. Un des constables et une autre personne de la troupe furent légèrement atteints.

-- Il est inutile, dit l'un des deux, de rester là pour servir de but à une pareille engeance. Il faut faire une charge dans le bois, et les serrer d'un peu plus près.

— Ils ne vous laisseront pas faire, dit notre chef, et ce n'est pas le moyen d'en venir à bout. Si vous m'en croyez, nous commencerons par les pousser vers ce bouquet de bois; de là nous les jeterons dans la plaine, où nous pourrons voir à qui nous avons affaire. Prenez trois hommes, me dit-il, et dirigez-vous vers la gauche; et vous, Beresford, dirigez-vous vers la droite avec trois autres, de manière à les prendre en flanc, et à les déloger de derrière les arbres. Quant à moi et aux deux autres cavaliers qui m'accompagnent, nous nous tiendrons prêts à venir en aide à ceux qui en auraient besoin.

Nous exécutâmes cette manœuvre sans perdre de temps, et nous pénétrâmes dans le bois au pas accéléré. Le détachement de Beresford essuya la première attaque; puis les indigènes se jetèrent de l'autre côté des arbres. Ils se trouvèrent alors sous notre feu, et ils avaient en face le gros de notre troupe. Ils ne pouvaient tenir longtemps dans cette position. Il nous lancèrent quelques traits qui ne nous atteignirent pas, et prirent la fuite. Ils devaient être de trente à quarante, autant que nous en pûmes juger.

Nous nous précipitions après eux, quand nous vîmes tout à coup surgir de derrière la colline trente à quarante hommes armés, qui firent une décharge sur nous, laquelle nous contraignit à nous arrêter. Nous marchions sur une seule ligne, isolés, quoiqu'à peu de distance les uns des autres. Nous avions rompu nos rangs en donnant la chasse aux indigènes. Je regardai nos hommes quand la décharge fut finie ; et ce fut avec le plus vif chagrin que je vis mon jeune ami Beresford renversé par terre.

Il était évident que les indigènes étaient réunis aux Bush-rangers. Notre petite troupe se trouvait donc en présence d'une force redoutable et infiniment supérieure, avec trois de ses hommes hors de combat ; mais l'action était engagée, et nous n'avions rien autre chose à faire qu'à nous reposer sur notre courage, sur notre discipline, et sur cet ascendant moral que la justice donne toujours sur le crime. Les Bush-rangers, après leur première décharge, s'étaient cachés derrière la banquette de terre. Notre chef s'écria aussitôt :

« Gardez votre feu, serrez vos rangs, et suivez-moi ! »

Nous tournâmes à droite, et nous nous dirigeâmes sur un massif d'arbres qui se détachait du gros de la forêt. Par cette manœuvre nous pouvions les prendre en flanc. Ils se hâtèrent de chercher une autre position ; mais, pendant ce mouvement opéré dans la plaine, ils étaient entièrement découverts, tandis que nous étions, nous, protégés par les arbres.

Pendant notre marche, j'étais passé auprès du pauvre Beresford, que j'avais vu tomber sous la première décharge des Bush-rangers. Je m'empressai de le relever et de le porter à l'ombre des arbres. Nous pouvions, de notre position, observer tous les mouvements de nos adversaires, que nous voulions surtout harceler et embarrasser dans leur marche. Aussi fûmes-nous agréablement surpris de les voir battre promptement en retraite.

Il aurait été peut-être plus prudent de les laisser se retirer en paix ; mais nous étions, pour cela, trop animés. Notre ardeur fut aussi singulièrement excitée par l'aspect

de notre malheureux voisin, M. Moss, que nous aperçu-
mes, au milieu des brigands, les mains liées et pourchassé
par deux ou trois de ces misérables. Dans notre fol empressement, nous allions nous précipiter pêle-mêle après
eux, quand la voix de notre chef se fit entendre.

— Arrêtez, messieurs! s'écria-t-il, n'allons pas trop vite.
Souvenez-vous qu'il n'y en a aucun de vous dont la vie ne
soit précieuse, et qu'il est de mon devoir de vous empêcher de l'exposer sans nécessité. Nos forces sont trop in-
férieures à celles de nos adversaires. Vous voyez que les
indigènes eux-mêmes semblent se reposer sur la supériorité de leur nombre. Nous ne sommes que dix-huit, et nos
ennemis sont au moins soixante. Je sais que le gouvernement a dû diriger un détachement de soldats sur les bords
de la Clyde. Mon avis est donc de les attendre ici; nous
serons pour eux d'utiles auxiliaires.

— Non pas! s'écria de son côté un jeune homme plein
d'audace, qui se trouvait dans nos rangs : marchons pendant que nous sommes en train. Chargeons-les, et que cela
finisse !

— Si vous voulez me permettre de donner mon avis, interrompis-je, je vous dirai que je partage tout à fait celui
du commandant. Il faut tâcher de cerner ces bandits et de
les prendre vifs; nous achèterions notre victoire trop cher
s'il fallait la payer au prix de la vie de quelques-uns de
nous.

— N'importe, il faut attaquer, dirent plusieurs voix en
même temps. A mesure que ces coquins-là pénétreront
dans le pays ils seront rejoints par d'autres condamnés. Il
faut donc les écraser avant qu'ils soient assez forts pour
que nous ne puissions plus songer à les combattre.

— Eh bien ! leur répondit le magistrat, si vous y êtes
déterminés, soit, je ne m'oppose pas davantage à votre
résolution ; mais je vous engage à user de stratagème. Il
est quatre heures; dans quelques heures il fera nuit. Vous

savez que les indigènes n'osent bouger pendant la nuit, à
cause de la peur qu'ils ont du malin esprit, qu'ils craignent
de rencontrer dans les ténèbres. Je vous propose donc de
faire une halte de deux heures, de manière à faire croire
aux Bush-rangers, s'ils nous surveillent, que nous avons
renoncé à les poursuivre. Alors nous marcherons, à la nuit
close, dans l'ombre, et nous les surprendrons pendant leur
sommeil, au moment où ils s'y attendront le moins. Ce
plan vous convient-il ?

— Adopté ! s'écria-t-on unanimement.

— Eh bien ! maintenant, occupons-nous du jeune
Beresford.

En examinant sa blessure, nous fûmes heureux de reconnaître qu'il avait été seulement étourdi par une balle
qui lui avait effleuré la tête. Au bout d'une demi-heure, il
avait assez recouvré ses sens pour se remettre sur pied ;
mais il se plaignait d'un violent mal de tête et d'une grande
faiblesse dans tous les membres.

— Pensez-vous que vous puissiez être des nôtres lui dit
le magistrat.

— J'essayerai, répondit-il ; mais il ne faut pas que je sois
un obstacle à vos projets ; j'aimerais mieux rester derrière.

— Pour être percé de traits par les indigènes, ajoutai-je,
comme cela ne manquerait pas d'arriver. Non, non. Si
nous marchons en avant, nous vous prendrons avec nous,
dussions-nous vous porter.

— Maintenant, messieurs, reprit notre chef, il s'agit
d'utiliser notre temps ; vous ne pouvez mieux l'employer
qu'à prendre du repos : il faut aussi, puisque vous en avez
l'occasion, mettre vos armes en bon état.

Nous nous mîmes au travail, en ayant toujours l'œil au
guet, de peur de quelque attaque imprévue. Au bout de
deux heures, un des cavaliers fut détaché pour observer
de loin la marche de l'ennemi. Un peu après, on détacha
le second, avec ordre de ne pas perdre de vue le premier,

et de rester en communication avec nous. Pensant que le troisième cheval, qui avait été blessé, ne nous serait pas d'une grande utilité, nous le mîmes en liberté dans le bois. On prit soin de suspendre la selle et la bride sur une branche d'arbre, et on les couvrit d'écorce pour les défendre contre l'humidité.

Nous nous formâmes en deux pelotons, comme la première fois : je conduisais six hommes, et Beresford six autres avec le cavalier démonté en plus. Notre chef, dont le cheval était excellent, devait éclairer notre marche des deux côtés.

Tel était l'ordre dans lequel nous suivîmes de loin les mouvements des Bush-rangers jusqu'à la chute du jour, où nous fîmes une nouvelle halte. Nous restâmes en position jusqu'à minuit, sous la garde de quelques sentinelles que nous avions placées aux environs, et que nous relevions régulièrement. A minuit, nous nous remîmes en marche à la file les uns des autres, à la manière des sauvages. D'après notre calcul, nous devions arriver vers trois à quatre heures du matin à l'endroit où les Bush-rangers s'étaient campés pour la nuit. C'est en général le moment où le sommeil est le plus profond.

Mais l'évènement nous prouva que nous avions trop compté sur notre habileté à suivre les traces de l'ennemi. Nous n'avions pas fait un demi-mille que nous fûmes contraints de nous arrêter ; nous avions perdu la piste, et il nous fut impossible de la retrouver au milieu de l'obscurité. Nous fûmes donc obligés de rester là où nous étions, sans oser faire du feu, dans la crainte de révéler notre position. Nous soupâmes aussi bien que les ténèbres nous le permirent, et ceux d'entre nous qui en eurent le sang-froid s'abandonnèrent au sommeil.

Dès les premières lueurs du jour, nous étions debout et prêts à partir. Il nous fallut plus d'une bonne demi-heure pour retrouver la trace que nous avions perdue. La matinée était brumeuse et froide, et nous sentions que ce n'était pas du tout une partie de plaisir que l'expédition dans laquelle nous étions engagés.

Au bout de trois milles environ, nous arrivâmes sur le bord d'un torrent de vingt pieds de large et de moyenne profondeur. La trace nous y avait conduits. La marche ou plutôt la course que nous venions de faire nous avait échauffés, et nous nous jetâmes tous dans l'eau, sans hésiter; nous en avions à peu près jusqu'au milieu du corps; mais malgré la rapidité du courant, nous traversâmes gaiement. Nous continuâmes notre marche, et la trace nous conduisit jusqu'au sommet d'une verte colline, où les Bush-rangers semblaient avoir changé soudainement de résolution, car la trace tournait court à angle droit. Nous la suivîmes pendant à peu près deux milles, et nous nous trouvâmes sur les bords de la rivière de Shannon.

Là nous fûmes en défaut : la rivière était trop large et trop rapide pour que nous pussions la passer à gué, et nous n'étions pas assez industrieux pour improviser un canot en écorce d'arbre, comme en font habituellement les naturels de la Nouvelle-Galles du Sud. De l'autre côté de la rivière, large d'environ cent quatre-vingts pieds, il y avait une hutte de gardiens de bestiaux qui nous parut abandonnée, tant son aspect était misérable et délabré.

Les traces, sur le bord de la rivière où nous nous trouvions étaient toutes fraîches, et il était évident qu'il n'y avait que peu d'instants qu'une troupe d'hommes l'avait traversée. Notre chef envoya les deux constables à la découverte, l'un à droite et l'autre à gauche; mais ils revinrent, au bout d'une heure, en nous disant qu'ils n'avaient découvert aucun moyen de passer la rivière, ni vu aucune trace.

Après avoir fait encore quelques explorations semblables, il ne nous fut plus permis de douter que c'était bien au point où nous étions que les Bush-rangers avaient

passé le Shannon; mais comment s'y étaient-ils pris? C'é-
tait là l'embarras. Il n'y avait pas indice de créature humaine sur l'autre rive. La hutte n'avait plus de toit, et son
extérieur annonçait qu'elle était depuis longtemps abandonnée.

— Passons plus haut, dit quelqu'un; il faudra bien finir
par arriver à un endroit guéable.

— Que Dieu vous bénisse, dit un des constables, si vous
trouvez un gué dans tout le cours du Shannon; c'est la
rivière la plus rapide de toute la colonie. Ce n'est pas
même une entreprise facile que de la passer à cheval. Mais
qu'aperçois-je là-bas? regardez! ne voyez-vous pas une
espèce de radeau, là, derrière ces roseaux; c'est bien un
radeau, ma foi! il est à parier qu'il a servi aux Bush-rangers pour passer.

Nous regardâmes tous avec empressement et nous vîmes
quelque chose qui avait l'apparence d'un baquet à lessive
qu'on aurait mis tremper. Il fallait une imagination aussi
vive que complaisante pour voir un radeau dans un objet
d'une forme aussi étrange.

— Il ne sera pas dit, s'écria le magistrat, que nous serons
empêchés par le Shannon de mener à bien notre entreprise.
Mon cheval est capable de faire tout ce qu'on peut exiger
d'un animal de son espèce : je m'en vais tenter le passage
avec lui; préparez-vous, messieurs, à protéger ma traversée, dans le cas où il y aurait quelques ennemis sur l'autre
bord, et nous allons voir ce que Diamant sait faire!

Il se disposait déjà à lancer son cheval dans l'eau, quand
le constable le retint en disant :

— Arrêtez, monsieur, arrêtez; vous ne connaissez pas
la force du courant; vous ne gagnerez jamais l'autre bord
en ligne droite; il faut remonter cent cinquante pas, au
moins, si vous voulez prendre terre en face. Remontez
deux cents pas, ce n'en sera que mieux; ayez soin surtout
de tenir la tête de votre cheval hors de l'eau.

— Je vous remercie, lui répondit le magistrat.

Au même instant, il remonta la rivière sur la droite, jusqu'à la distance indiquée, et faisant faire un saut à son cheval, il le lança dans l'eau. Il avait tourné l'animal du
côté opposé au fil de l'eau, de façon que ses mouvements
combinés avec la force du courant, le maintenaient dans
un équilibre parfait. Il avait eu la précaution de tenir son
fusil au-dessus de sa tête, en sorte que l'arme n'avait
contracté aucune humidité.

La traversée n'était pas longue, mais elle était dangereuse.
Le noble et généreux coursier luttait de toute sa force contre le courant impétueux de la rivière. On pouvait craindre que ses efforts ne fussent impuissants ; enfin il aborda.
Nous respirions à peine pendant cette audacieuse tentative,
dont le succès excita d'autant plus notre joie que nous
l'avions regardée comme impossible.

Lorsqu'il eut pris terre, notre jeune chef brandit son
fusil, en se tournant de notre côté, et nous lui répondîmes
par une salve d'applaudissements. Nous le vîmes alors
gravir les bords escarpés de la rivière et se diriger vers la
hutte en ruines. Presqu'au même moment, à notre grande
surprise, nous en vîmes sortir un homme, dans l'accoutrement ordinaire des habitants des bois, c'est-à-dire en casaque de peau de kanguroo ; il est probable qu'il en avait
reçu une invitation irrésistible.

L'étranger marchait à grand pas, cédant aux gestes per-
suasifs du magistrat, qui tint obstinément son fusil dirigé
vers la tête de l'habitant des rives du Shannon jusqu'à ce
que celui-ci eût gagné la place où le radeau était échoué.
Quelques mots que le magistrat prononça parurent encore
redoubler son zèle.

Il se plaça sur le radeau et côtoya la rive, tantôt faisant
avancer sa frêle embarcation à l'aide d'une rame, tantôt se
cramponnant aux arbrisseaux et aux inégalités de terrain
qui se trouvaient le long des bords.

8

Quand il eut remonté la rivière à une distance assez grande pour risquer la traversée, il fit usage de ses rames avec une agilité remarquable. Peut-être était-il stimulé par la vue d'un nombre très respectable de canons de fusil prêts à punir instantanément la moindre hésitation ou la moindre velléité de trahison ; il vint prendre terre un peu au-dessus de la place où nous avions fait halte. Nous regardâmes le radeau ; puis nous nous regardâmes les uns les autres, sans que personne s'offrît pour prendre place sur ce bâtiment de transport d'un nouveau genre.

— Allons, Worrall, dit un des constables à son compagnon, c'est à vous de nous donner l'exemple ! N'avez-vous pas traversé le Derwent dans une barque d'écorce, lorsque vous étiez...

— Taisez-vous, répondit Worrall, si j'ai fait une sottise une fois dans ma vie, ce n'est pas une raison pour recommencer aujourd'hui. Risquez vous-même votre graisse là-dedans, et peut-être y aura-t-il bientôt un mauvais plaisant de moins dans ce monde.

Personne ne semblait très empressé de venir le premier ; l'un parlait de sa femme, un autre de ses enfants ; chacun avait quelque bonne raison à donner. Cependant le magistrat nous faisait, de l'autre bord, des signes pressants pour nous engager à le rejoindre. Je sentis qu'il était absolument indispensable que quelqu'un se décidât, et je me présentai pour faire la première épreuve ; mais le jeune et brave Beresford me devança ; et sans proférer une parole, il se plaça sur le radeau. J'ai réfléchi plus d'une fois, depuis, au péril d'une semblable traversée, et je me demande encore comment nous y avons échappé ; mais enfin, il en fut ainsi. Nous traversâmes tous en sûreté ; puis nous entrâmes dans la hutte après avoir placé deux sentinelles en dehors.

Notre chef et les deux autres cavaliers se mirent à les sabrer impitoyablement (page 120)

CHAPITRE X

Nous étions mouillés, transis et fatigués. La vue d'un monceau de braise nous causa une vive satisfaction. Il y avait une marmite sur le feu, dans laquelle nous fîmes immédiatement du thé.

Nous essayâmes de tirer quelque lumière de l'habitant de la hutte, au sujet de la route que les Bush-rangers avaient dû tenir, mais il ne nous fit que des réponses ambiguës. Il nous protesta, avec serment, qu'il ne les avait pas vus ; et quand nous lui montrâmes les marques encore toutes récentes de leurs pas, il nous répondit qu'il ne pouvait s'expliquer qui les avait faites.

Il était évident que c'était un mensonge, et plusieurs d'entre nous étaient tentés de fusiller le traître sur place. Le magistrat parvint à nous faire ajourner ce mode de justice expéditive jusqu'à notre retour.

— Le fusiller, ajouta-t-il, ce serait lui infliger une mort

trop honorable. Il sera certainement pendu, sans que vous
vous donniez la peine de prêter la main à une exécution
si désirable.

Après nous être bien restaurés, après avoir séché nos
habits et avoir passé une inspection sévère de nos armes
et de nos munitions, nous reprîmes gaiement la poursuite
de nos ennemis.

Il nous fut facile de reprendre la trace des Bush-rangers;
mais nous ne pûmes les rejoindre. Nous fîmes route pendant vingt milles à travers un rude pays, passant à gué une
grosse rivière, jusqu'à ce qu'enfin nous arrivâmes au pied
d'une chaîne de collines d'un accès trop difficile pour des
hommes fatigués par une pénible journée. Nous résolûmes de faire halte dans cet endroit et d'y passer la nuit.
Le lendemain matin, nous continuâmes notre marche.
Quand nous eûmes atteint le sommet de la chaîne de collines, nous vîmes devant nous, dans la vallée qui s'étendait à nos pieds, un grand et beau lac que l'on appelait
alors le lac Arthur.

La beauté de la perspective était au-dessus de toute
description. La matinée était claire et brillante. Nous
fûmes tous frappés du caractère imposant de ce magnifique tableau.

J'ai le pressentiment, dit notre chef, que nous parvien-
drons à cerner les Bush-rangers sur les bords de ce lac,
et quand nous les aurons réduits à nous montrer les dents,
il faut nous attendre à une lutte acharnée. Allons, messieurs, il faut nous porter en avant.

Autant que nous en pouvions juger, nous devions être
à quatre milles des bords du lac. Nous nous mîmes en
marche en suivant la trace des Bush-rangers, jusqu'à ce
que nous eussions atteint la rive. On voyait à leurs pas
qu'ils avaient longé assez longtemps les sinuosités du
rivage, qu'ensuite ils les avaient quittées tout à coup pour
se diriger vers une petite langue de terre plantée de quel

ques cèdres, et qui s'avançait environ d'un quart de mille
dans les eaux du lac.

En approchant de cette pointe de terre, nous aperçûmes
de la fumée qui s'élevait à son extrémité. C'étaient, sans
aucun doute, les feux des Bush-rangers. Nous fîmes halte
à l'entrée de cette petite péninsule; et notre chef, pénétré
de la grave responsabilité qui allait peser sur lui, insista
sur l'importance de la discipline.

— Mes amis, nous dit-il, nous allons en venir aux mains
avec des hommes qui sont réduits au désespoir. Etes-vous
prêts et résolus?

— Tout à fait résolus! s'écria Beresford, qui avait recouvré toute son énergie. Pensez-vous que nous soyons
venus si loin pour battre en retraite au moment décisif?

— Nous sommes prêts à marcher! nous écriâmes-nous
tous ensemble.

— Eh bien, reprit notre chef, ne perdons pas de temps,
et essayons de surprendre nos adversaires.

L'espérance que nous avions conçue de surprendre nos
adversaires fut bientôt évanouie, car nous avions à peine
fait trois ou quatre cents pas, qu'un coup de fusil, parti de
derrière un arbre, nous apprit que nous étions découverts.

Cette circonstance n'arrêta pas notre marche. Nous
franchîmes, au pas de cours, un petit monticule qui se
trouvait devant nous, et nous nous trouvâmes en présence
des Bush-rangers, qui nous attendaient rangés en bataille.
Nous les couchâmes en joue, mais la voix de notre chef
comprima notre impétuosité.

— Arrêtez! dit-il. Vous vous êtes engagés à ne pas faire
feu sans ordre.

— C'est fort bien, répliqua l'un d'entre nous; mais les
Bush-rangers ne vont pas attendre eux.

Effectivement, ils firent une décharge à l'instant même.
Le pauvre Beresford eut le malheur d'être atteint pour la
seconde fois: il tomba. Je quittai mon rang et courus à lui.

Il saignait abondamment. Plusieurs chevrotines avaient pénétré dans le côté droit. Je me hâtai de le placer derrière un tronc d'arbre mort qui se trouvait près de nous. Notre chef mit aussi les instants à profit; il nous fit faire un petit mouvement sur la droite, qui améliora notre position.

Nos ennemis n'avaient pas eu le temps de recharger leurs fusils. Ils étaient en train de le faire, et ils nous présentaient le flanc, quand nous tirâmes six coups de feu bien ajustés, qui ne jetèrent pas peu de confusion dans leurs rangs; et, avant qu'ils eussent eu le temps de se remettre, mon peloton, qui se composait de sept hommes, leur envoya son feu. Nous avions tous l'habitude de la chasse, et nos coups portèrent. Nous vîmes trois hommes tomber; deux se relevèrent; le dernier resta immobile sur le sol : il était mort. Pendant ce temps-là, le peloton de Beresford avait rechargé ses armes; mais nous essuyâmes au même instant une douzaine de coups de feu des Bush-rangers. Personne de nous ne fut atteint.

Les Bush-rangers s'étaient développés sur une seule ligne, vis-à-vis de nous. Nous en comptâmes trente et un : trois avaient été mis hors de combat. Cependant, plusieurs de ceux qui étaient dans les rangs étaient blessés. Un ou deux n'agissaient qu'avec peine, et nous en distinguâmes très bien un troisième qui tenait un fusil de chasse de sa main gauche, tandis que son bras droit, atteint d'un coup de feu, pendait à son côté. Il y avait parmi les Bush-rangers un homme que nous ne pouvions nous empêcher de remarquer et d'admirer. C'était un des plus beaux hommes que j'aie jamais vus. Il se tenait de quelques pas en avant de la bande. Doué d'un prodigieux sang-froid, il ne paraissait pas tenir le moindre compte des balles qui sifflaient à ses oreilles.

— Feu! mes braves, criait-il en rechargeant son fusil en toute hâte. Feu! il vaut mieux mourir d'une balle que le cou serré par une corde!

Je le vis alors examiner tranquillement le bassinet de son fusil. Puis il se baissa, ramassa par terre un brin de paille sèche, dont il se servit pour nettoyer la lumière de son fusil. Il prit ensuite sa poire à poudre, et l'amorça avec promptitude, mais sans agitation. Enfin, portant son arme à l'épaule, il ajusta à plusieurs reprises de notre côté, comme pour choisir sa victime. Il ne tarda pas à se décider. Le magistrat, qui était à cheval, était le personnage le plus remarquable d'entre nous. Je vis le Bush-ranger ajuster d'un œil sûr et d'une main ferme, et j'entendis au même instant un cri de notre chef, qui me prouva que le brigand n'avait pas manqué son coup : la balle avait, comme la javeline, porté dans le chapeau du magistrat et l'avait jeté par terre.

— Il paraît que tout le monde en veut à mon chapeau, dit-il gaiement. L'autre jour les indigènes l'ont percé d'un de leurs traits ; aujourd'hui ces misérables-là y logent une balle. Encore une plaisanterie pareille, et ce sera fini de mon plus beau feutre. A votre tour de faire feu, me dit-il, ainsi qu'à mon peloton. Agissez de sang-froid, et que chacun de vous ajuste son homme. Ils sont deux fois plus nombreux que nous ; mais nous avons l'avantage de la position. Quel peut être cet homme qui est à la tête de leur troupe ? Il se dispose à tirer encore. S'il fait feu, il y en aura un de vous par terre. Eh bien ! vous avez eu une mauvaise chance, dit-il à celui d'entre nous qui était blessé. Mais qu'aperçois-je derrière nous ? les indigènes, vraiment ! Par saint Georges ! les voilà sur nos talons. Prenons garde à leurs javelines, et ne lâchons pas pied, messieurs, au nom du ciel ! Maintenant, c'est pour notre vie que nous combattons. Tenez ferme, et activez votre feu. Allons, courage ; faites bonne contenance, pendant que les deux cavaliers et moi allons faire une charge sur ces moricauds.

Au même instant, nous entendîmes les indigènes qui poussaient, derrière nous, des cris et des hurlements

pour s'exciter les uns les autres à nous attaquer. Pour
moi, j'avais assez de m'occuper de mes propres affaires,
car nous étions fatigués de nourrir un feu aussi soutenu.
Les Bush-rangers nous envoyèrent une nouvelle décharge, qui déchira le bras gauche d'un de nos hommes.

Les hurlements des indigènes devinrent alors plus forts
et plus sauvages, et le feu des Bush-rangers plus vif. Je
crus voir, dans leurs mouvements, l'intention de combiner
une attaque contre nous avec celle des naturels.

Une grêle de traits pleuvait sur nos têtes; un moment je
pensai que les choses en étaient arrivées à un point où le
combat allait se terminer promptement. Mais notre chef
et les deux autres cavaliers se précipitèrent avec impétuosité au milieu des indigènes, et se mirent à les sabrer
impitoyablement. En se voyant ainsi attaqués à l'improviste, ils restèrent quelques instants comme paralysés
par une terreur panique et incapables de la moindre résistance. Ils finirent pourtant par retrouver l'usage de leurs
jambes, et ils s'enfuirent comme des daims, à travers la
petite plaine qui s'étendait à l'entrée de la péninsule.
Pendant que ces choses se passaient, la fusillade avait
été chaude entre nous et les Bush-rangers.

De notre côté, il y avait sept hommes hors de combat et
treize du côté des Bush-rangers; cette différence n'amé-
liorait pourtant pas nos affaires, car nous restions seulement six hommes à pied et trois cavaliers : en tout neuf
contre vingt et un. Nous avions toujours l'avantage de la
position, et nous étions, il est vrai, débarrassés des indigènes; mais l'issue de la lutte n'en paraissait pas moins
devoir tourner tout à fait contre nous.

Je vis alors le magistrat et ses deux compagnons se
porter sur la gauche des Bush-rangers. Ils avaient remis
leurs sabres dans le fourreau et détaché les fusils à deux
coups qu'ils portaient en bandoulière. Tout cela fut fait
en moins de temps que je n'en mets à le raconter; ils

firent feu sur les Bush-rangers et en blessèrent deux. Ce mouvement surprit nos adversaires; mais leur chef se fut bientôt mis en mesure d'y répondre. Une partie de ses hommes fit demi-tour du côté des cavaliers et leur envoya une décharge; un des chevaux fut atteint : je le vis faire une courbette.

Le résultat de cette attaque nous avait été très favorable; il nous avait débarrassé du feu de l'ennemi, tandis que nous redoublions le nôtre; aussi les Bush-rangers commencèrent-ils à s'ébranler et à fléchir. Il était évident que leurs armes n'étaient pas en aussi bon état que les nôtres.

Ils eurent un instant l'intention de nous charger. Ils se réunirent en un peloton bien compact et s'élancèrent au pas de course contre nous, sous la conduite de leur chef; nous les arrêtâmes à cinquante pas par une décharge meurtrière. Nous tirâmes en plein au milieu d'eux, pendant que nos cavaliers firent feu de toutes leurs armes sur leur flanc gauche.

Ils se tinrent alors pour satisfaits; cinq de leurs hommes tombèrent, deux se relevèrent, trois restèrent sur le carreau. A cette vue, ils se débandèrent et s'enfuirent vers la petite plaine. Leur chef fut le dernier à se retirer; il regarda avec une calme intrépidité autour de lui, ajusta, et nous lança son coup d'adieu. Ce fut, à ma connaissance, le seul qui ait failli m'atteindre pendant cette lutte sanglante. La balle frappa l'extrémité de la baguette avec laquelle je bourrais mon fusil.

Je m'imaginais que nos cavaliers allaient poursuivre les Bush-rangers dans leur fuite; contrairement à mes conjectures, ils se replièrent sur nous.

— Ne bougez pas de là, messieurs, nous dit notre chef; ne laissons pas soupçonner aux Bush-rangers à quel petit nombre nous sommes réduits; s'ils faisaient volte-face nous serions perdus. Tenons-nous pour satisfaits de ce que nous avons fait jusqu'à présent... c'est de nos blessés qu'il faut nous occuper maintenant... Où est le chirurgien?

— Il a été mis hors de combat un des premiers. Il est étendu sous un mimosa.

— C'est fâcheux ; mais enfin nous ferons de notre mieux. Voyons... combien reste-t-il d'hommes pour le service de l'ambulance?

— En voilà six, ce qui, avec mes acolytes et moi, forme un effectif de neuf hommes sur dix-huit. Voilà un triste appel ! réduits à un si petit nombre, il y aurait de la folie à s'engager dans une nouvelle lutte avec des hommes poussés à bout. Je ne me serais pas attendu, je l'avoue, à ce que des Bush-rangers se fussent si bien battus; mais le désespoir les anime, et ils savent bien qu'ils n'ont que la corde pour alternative.

En réfléchissant à la situation où nous nous trouvions placés entre les Bush-rangers et les indigènes, nous devions nous regarder comme perdus. Nous ne pouvions nous dissimuler que nous finirions par succomber, mais nous étions résolus à ne pas périr sans combattre. Il était aussi dangereux pour nous de garder notre position que de battre en retraite. Nous ne pouvions non plus songer à abandonner nos compagnons blessés. Nous nous déterminâmes donc à vendre notre vie aussi cher que possible. Nous nous séparâmes en trois bandes, mais réduites à deux hommes chacune, et nous allâmes nous poster derrière les arbres.

Pendant le combat, nous n'avions pas vu notre voisin des rives de la Clyde, que les Bush-rangers avaient emmené avec eux. A dire vrai, la pressante nécessité où nous étions de les culbuter et de défendre notre vie, nous avait fait oublier que sa délivrance était le principal motif de notre expédition.

Les cavaliers firent des patrouilles sur notre droite et

sur notre gauche ; mais il paraît que nos ennemis ne demandaient pas mieux que de rester en repos.

Rassurés sur les craintes que nous pouvions avoir d'une attaque immédiate, nous concentrâmes toute notre sollicitude sur nos blessés. Nous nous estimâmes heureux de les trouver tous vivants.

Ce fut avec une agréable surprise que nous vîmes le chirurgien, bien qu'il eût la tête enveloppée d'un mouchoir ensanglanté, donner ses soins à nos blessés.

Nous avions le bonheur d'avoir de l'eau à notre portée. Nous en fûmes chercher pour rafraîchir nos malades. Une chose pourtant contrariait notre chirurgien : c'était la perspective de passer la nuit en plein air ; car nous avions deux ou trois hommes dans une position assez grave. D'un autre côté, il ne paraissait pas prudent d'allumer du feu. Nous ne songions qu'à consacrer le reste de la journée aux soins de nos malades, quand nous vîmes arriver nos quatre chiens. Hector s'approcha de moi d'un air à exciter mon attention. Je visitai sa mâchoire ; elle annonçait par des marques certaines, qu'il venait de tuer un kanguroo. Je fus frappé de l'idée qu'une étuvée de kanguroo serait un mets fort utile dans la circonstance. Il fut donc convenu que je me lancerais à la recherche de la pièce de gibier qui venait d'être tuée.

— Prenez mon cheval, me dit le magistrat. Si vous tombez au milieu des indigènes, Diamant volera plus vite que leurs traits. Je resterai pendant ce temps à aider le docteur. Il a besoin d'éclisses pour le bras de Tucker ; mais il n'y a pas, que je sache, de magasin d'instruments de chirurgie dans le voisinage.

— J'en vais avoir des éclisses, dit le chirurgien. Où est votre hache, dit-il à l'autre constable ? Allons, Worrall, enlevez-moi un beau morceau d'écorce de dessus cet arbre. Maintenant, coupez-moi cela sur la longueur. Voilà, j'espère, un berceau parfait pour coucher un bras malade.

Je n'aurais jamais cru, quand je faisais mes études médi-
cales à Aberdeen, que j'en serais réduit un jour à faire des
éclisses avec l'écorce d'un arbre à gomme, dans la terre de
Van Diémen... Allons, à un autre. Vous me donnez de la
besogne, mes gaillards... Voyons, où avez-vous été atteint,
monsieur Nichols?

— Ici, dans le côté droit. Je me sens très faible.

— Oui, je vois. Il faut extraire la balle : elle n'est pas
très avant. Mais comment l'attraperons-nous? c'est là la
question, car je n'ai pas un seul de mes instruments.

— J'ai un tire-bouchon, moi! s'écria Worrall.

— Un tire-bouchon! parbleu, voici la première fois que
j'entends parler d'un tire-bouchon pour extraire une balle!
C'est égal...

Et il se mit en devoir d'opérer sur Nichols, qui ne paraissait pas très jaloux de tenter l'aventure.

Il n'y avait rien à faire là pour moi. Je jetai donc mon
fusil sur mes épaules, et, passant la bride du cheval à mon
bras, je partis à la recherche du kanguroo.

Le jour commençait à baisser; je jugeai qu'il pourrait
y avoir encore une heure et demie de crépuscule. Il y avait
quelque chose d'extraordinaire dans les allures d'Hector.

— Apporte, apporte, lui dis-je!

Il partit trottant, et au bout d'un demi mille, il m'eut
amené devant le kanguroo qu'il avait tué. Je n'avais pas le
temps de le dépecer; je le jetai en travers sur ma selle et je
me disposai à rejoindre mes amis; mais Hector manifesta
une grande répugnance à revenir sur ses pas, et il se mit,
au contraire, à courir dans la direction que nous avions
suivie en venant des bords de la Clyde.

Accoutumé comme je l'étais à ses allures et connaissant
son prodigieux instinct, je conçus quelque inquiétude;
je m'imaginai d'abord que les indigènes étaient dans les
environs; mais il ne se gouvernait pas comme lorsqu'il
les rencontrait : il fallait donc qu'il fût préoccupé de

quelque autre objet. Alors je jetai le kanguroo par terre et je montai à cheval.

Hector parut très satisfait et se mit à courir devant moi, sans s'écarter de la trace que notre bande avait laissée quand elle s'était dirigée vers le lac. Au bout d'un mille je m'arrêtai ; mais Hector ne fit que redoubler les signes empressés par lesquels il semblait m'engager à le suivre.

— C'est bien, Hector, me dis-je à moi-même, je veux bien me fier à vous ; mais, si vous vous êtes mis en tête de retourner au logis, ce n'est pas mon compte.

Les trois autres chiens étaient restés à garder le kanguroo, en sorte que j'étais seul avec Hector.

Nous continuâmes ainsi pendant trois milles. Je commençais à craindre d'avoir été trop loin, quand Hector prit l'attitude d'un chien en arrêt. Je descendis de mon cheval, que j'attachai, et j'avançai sans bruit dans la direction que m'indiquait Hector. Je n'avais pas fait vingt pas, quand j'entendis avec surprise et, je dois l'avouer, avec quelque frayeur, une voix brève et forte crier :

— Qui vive ?

— Encore un parti de Bush-rangers, me dis-je, et j'y ai donné en plein !

— Qui vive ? répéta la même voix.

Et au même instant, je distinguai très clairement le bruit d'une batterie de fusil que l'on armait. Ce bruit partait d'un bouquet de bois voisin. Je regardai et j'aperçus le canon de l'arme qui passait à travers les feuilles : j'avais une terrible peur.

— Ami ! répondis-je d'une voix émue.

— Eh bien, halte-là, l'ami, répliqua-t-on, ou si tu bouges, tu es mort !

— C'en est fait, dis-je tout bas ! je suis perdu. Ces misérables vont me fusiller.

Pendant que ces effrayantes pensées me traversaient le cerveau, j'entendis le bruit de ce mouvement précis que font des soldats quand ils se mettent au port d'armes, et immédiatement après j'aperçus un sergent qui déployait son peloton sur la gauche du bouquet de bois.

— Hourra! m'écriai-je en sautant de joie; voilà une excellente rencontre, Hector!

— Quel est le diable incarné qui crie hourra? dit le sergent. J'ai le pressentiment, l'ami, que le premier entrechat que tu battras sera exécuté au bout d'une corde bien serrée à ton cou. Qu'on s'assure de sa personne. Avance à l'ordre; toute résistance, tu le vois, serait inutile. Le misérable, il a un superbe fusil de chasse! Qu'on s'en empare. Il l'aura volé, sans aucun doute, à quelque malheureux colon.

— Où diable avez-vous l'esprit! dis-je aux soldats, vous ne voyez pas que vous vous trompez?

— Nous ne nous trompons pas du tout, reprit le sergent. Liez-lui les mains derrière le dos... Deux hommes pour le garder maintenant... A présent, l'ami, il faut nous conduire là où le reste de la canaille a fait son nid. Marchons, te dis-je : tu ne veux pas?... En avant les baïonnettes, et chatouillez-lui un peu les reins. Ah !...voyez-vous, cela le guérit de la paralysie.

— C'en est trop ! m'écriai-je, ne poussons pas plus loin la plaisanterie. Je ne suis pas un Bush-ranger, vous dis-je. Je les poursuis au contraire, et je suis un gentleman !

Un éclat de rire accueillit mes prétentions à cette honorable qualification et fit retentir au loin les bois.

— Oui, vraiment, tu es un beau gentleman! C'est dommage que tu n'aies pas une glace pour voir la figure d'un gentleman, quand il lui prend fantaisie de se déguiser en Bush-ranger !

Prenant mon cheval par la bride, je me mis à gravir la nouvelle montée (page 139)

CHAPITRE XI

Je fus frappé, pour la première fois, de la pensée que mon extérieur devait être, en effet, de nature à ne pas donner aux soldats l'idée de la position que j'occupais réellement dans la colonie. J'avais ma veste de chasse, qui avait été salie et souillée pendant le voyage. Mes mains, ma figure, mes vêtements étaient tachés du sang de ceux de mes compagnons blessés que j'avais secourus. J'aurais ri moi-même de ma singulière situation si elle n'avait pas été si dangereuse.

— Voyez-vous comme il fait le chien couchant, dit le sergent ! Allons, l'amour, remuons les gigots.

— Je vais vous mener, lui répondis-je avec empressement, là où vous en trouverez des Bush-rangers, et...

— Ah ! tu te décides. Tu es un fameux poltron pour un Bush-ranger. Comment, tu n'as pas honte de trahir ainsi tes camarades ?

— Je ne trahis personne, je...

— Assez causé, repartit le sergent; marchons, ou je vais te donner un petit coup d'éperon par derrière.

Il fallut donc marcher sans répliquer et les bras liés derrière le dos. Je fus bientôt distrait des réflexions auxquelles je commençais à me livrer par la vue de mon cheval dont j'avais accroché la bride à un arbre.

— Oh! oh! s'écria mon persécuteur, les Bush-rangers vont à cheval maintenant! Dieu me pardonne! c'est le cheval du magistrat du district de la Clyde. Infernal scélérat, tu as assassiné ce digne magistrat, c'est évident, et tu lui as volé son fusil... Silence!... ne cherche pas à te justifier. Nous ne voulons pas de tes mensonges. William, prenez ce cheval. Ah! coquin, t'attaquer à un magistrat! Tu mérites d'être pendu deux fois; ne t'avise pas de parler, scélérat, ou je te fais mettre un bâillon. S'il souffle un mot, lardez-le par derrière, vous autres.

— Voilà, me dis-je en moi-même, une jolie situation pour un ancien fermier du comté de Surrey.

Nous continuâmes donc à marcher dans nos positions respectives. Je cherchai Hector des yeux; il avait disparu. Au bout de trois milles, nous arrivâmes auprès du kanguroo, que j'avais eu la funeste idée d'abandonner : les trois autres chiens n'étaient plus là.

— Voilà le dîner de mes coquins, dit le sergent; une superbe pièce de venaison, ma foi! Voilà la preuve que nous sommes bien sur leur trace. Nous devons approcher d'eux, je suppose. Mais occupons-nous du kanguroo.

— Comment l'emporterons-nous, dit un des soldats?

— Sur le cheval, dit le sergent. Mais non, nous salirions la selle du magistrat. Eh! je ne me trompe pas, elle est déjà tachée! Il y a du sang!... C'est le sang du pauvre homme! Ah! maudits assassins, vous ne le porterez pas en paradis!... Approche; attachez-lui le kanguroo sur les épaules, c'est lui qui le portera... Silence!... Steadman,

faites-lui sentir la pointe de votre baïonnette. Bien, comme
cela. Voyez, cela le fait danser avec le kanguroo sur le
dos. Voici le moment décisif, si j'en juge d'après les regards
inquiets de ce scélérat.

Effectivement, je promenais avec anxiété mes regards
autour de moi, pour voir si je ne découvrirais pas quelqu'un de mes amis; et nous ne tardâmes pas à nous trouver à l'entrée de la péninsule dans laquelle nous avions
cerné les Bush-rangers.

— Voilà une place tout à fait convenable pour un nid
de vipères, comme celles-là, dit à voix basse le sergent.
Mais, que vois-je?... Halte!... Steadman, prenez deux
hommes, et allez reconnaître ce tas de je ne sais quoi, qui
est là, devant nous.

Steadman se détacha de la troupe et revint bientôt après
faire son rapport.

— C'est le corps d'un indigène qui a été taillé en pièces
à coups de sabre. Il est encore chaud ; il est probable qu'il
n'y a pas longtemps qu'il est mort.

— Un indigène tué à coups de sabre ! ah! les atroces
bandits! Ils auront tué quelques-uns de ces pauvres diables pour les faire cuire et en avoir la graisse, afin de se
faire de la chandelle : c'est leur usage. Quelle horrible
engeance!... Silence! assez causé!... que personne ne parle
plus. Maintenant, l'homme au kanguroo, nous allons
prendre la liberté de te bâillonner. Il ne faut pas que la vie
de braves gens comme nous soit à la merci des velléités de
trahison qui pourraient passer par la tête d'un scélérat
comme toi. Ouvre la bouche, misérable, ou je vais l'ouvrir avec le canon de mon fusil. Voilà qui est bien!... En
avant, maintenant.

Nous reprîmes notre marche après avoir silencieuse-
ment attaché le cheval à un arbre. Nous avancions à la file
l'un de l'autre. Il faisait presque noir, de façon que nous
avançâmes jusque sur le cavalier, qui faisait sentinelle,

9

sans qu'il nous aperçût. Aussitôt que nous le vîmes, nous nous arrêtâmes; nous n'en étions qu'à quelques pas. Le cheval renacla et révéla ainsi la marche des soldats. Le cavalier nous lâcha un coup de pistolet et se replia au galop sur le gros de sa troupe.

L'arrière train du kanguroo, que je portais sur mes épaules, était, au milieu de l'obscurité, l'objet le plus saillant dans notre détachement; il avait attiré, je le présume, l'attention du cavalier, car la balle de son pistolet vint frapper contre l'os d'une des cuisses de l'animal : ses jambes étaient fortement liées contre moi, de sorte que le choc me renversa par terre ainsi que mon fardeau.

—Voilà un coup qui fait tort au bourreau, dit le sergent. Ne vous pressez pas, mes amis, du sang-froid.

Ils avaient à peine fait quelques pas, qu'ils se trouvèrent en face du magistrat et de sa petite troupe, rangée en bon ordre et prête à agir.

De la place où je gisais, il me fut facile de distinguer les deux partis, prêts à en venir aux mains.

— Vous avez devant vous, dit le sergent, un détachement de troupes régulières qui est plus fort que vous. Ce que vous avez de mieux à faire, c'est de vous rendre et de vous mettre à la merci du gouverneur.

— Hourra! répliquèrent les prétendus Bush-rangers.

— Hourra! répondit l'impassible sergent, tout prêt à s'offenser de ce qu'il regardait comme une insulte à sa dignité. Hourra! Il paraît, mes gaillards, que vous ne connaissez pas d'autre cri; c'est aussi celui qu'a fait entendre un drôle que votre sentinelle vient de jeter bas; mais je pense...

— Allons, tout est pour le mieux, s'écria une voix que je fus ravi d'entendre. Eh bien!... Ami!... si vous le préférez.

— C'est le magistrat du district de la Clyde!... exclama le sergent. Bravo! je suis enchanté de vous retrouver sain et sauf; mais j'aurais cru que vous étiez des Bush-rangers.

Dieu me pardonne !... pourvu que je n'aie pas fait de méprise au sujet de l'autre homme.

— De quel homme parlez-vous ?

— D'un gueux que nous avons arrêté tout à l'heure, et qui a bien la plus épouvantable figure que l'on puisse voir.

— C'est Thornley, je gage, dit le magistrat. Où est-il ?

— Oh ! il n'est pas loin.

Mes amis s'empressèrent alors de se mettre tous à ma recherche. Ils furent quelque temps néanmoins avant de découvrir la place où j'étais étendu. Comme j'étais bâillonné, il m'était impossible de répondre à leur appel. A la fin ils me trouvèrent, et, dans un état qui, à cause de l'obscurité, leur parut des plus pitoyables ; baigné du sang du kanguroo attaché sur mes épaules, les mains liées derrière le dos, la bouche bâillonnée, les seuls signes de vie que je pusse donner se bornaient à quelques sourds et plaintifs gémissements.

— Le pauvre diable, il est presque mort, dirent mes amis ! Voyons, il faut d'abord briser ses liens.

Ils délièrent mes bras, me débarrassèrent du kanguroo ; et tâtant ma figure, ils s'aperçurent que j'étais bâillonné. Je fus promptement délivré de cette dernière entrave, et les premiers mots que je dis, je m'en souviens encore, furent :

— Prenez-garde au kanguroo, c'est une des plus belles pièces que j'aie jamais vues. Nous en aurons besoin pour souper.

— Ah ! dit le magistrat, il faut qu'il ne soit pas bien malade, puisqu'il pense à souper ? Allons, relevez-vous, et venez nous raconter votre histoire.

Je cédai à ces instances, et je leur dis comment j'avais été pris pour un Bush-ranger. De bruyants éclats de rire accueillirent mes paroles, et si les Bush-rangers les entendirent, ils durent en être aussi surpris que déconcertés

Confiants dans notre force, qui se trouvait considérablement accrue par l'arrivée du détachement de soldats, nous n'avions plus aucune considération qui 'pût nous empêcher de faire du feu, et nous fîmes cuire le kanguroo, à la mode des chasseurs des bois.

— Thornley, me dit le magistrat...

— Thornley! s'écria le sergent, plus attentif cette fois à mon nom! je suis porteur d'une lettre pour ce gentleman. Désolé de vous apporter de mauvaises nouvelles; mais je suis chargé de vous apprendre que votre maison et votre ferme ont été brûlées. Cette lettre vous donnera les détails. J'en ai encore une autre pour un monsieur... Beresford. Est-il des vôtres?... Ah! désolé de vous trouver blessé, mon cher monsieur; c'est peu de chose, il ne s'agit que d'en prendre l'habitude. Attendez, je m'en vais vous tenir ce morceau de bois enflammé pour que vous puissiez lire votre lettre.

Je profitai de l'occasion, et je lus moi-même avec un sentiment de douleur que j'aurais peine à exprimer ici, la lettre suivante :

« Mon cher mari,

» L'adversité s'est appesantie sur nous. La frayeur et le froid que j'ai éprouvés cette nuit m'ont causé un tel saisissement que je puis à peine vous écrire, et les soldats disent qu'ils ne peuvent attendre longtemps après ma lettre. Ils sont impatients de se mettre aux trousses des Bush-rangers. Grâce à Dieu, nous n'avons la mort de personne à déplorer; mais la maison est brûlée de fond en comble, et presque tout ce que nous avions dedans. On m'apprend à l'instant que le feu vient de prendre à la grande meule de blé. Dick a eu la présence d'esprit de faire sortir les chevaux de l'écurie : ils sont sauvés; mais les selles et tous les harnais sont abîmés ou brûlés.

» Le bétail a pu sortir à temps de l'étable; mais le troupeau de mérinos est entièrement dispersé dans le fourré. Le vent soufflait avec violence. Le feu s'est d'abord mani-

festé à l'un des pignons de la maison, de façon que tous les
bâtiments ont été embrasés en un instant, à l'exception de
la grange neuve. Le tas de planches sciées et la provision
de bois de sapin ont contribué à augmenter le désastre : ils
se sont enflammés d'abord, et ont communiqué le feu à la
maison. C'est la pauvre Lucy Moss qui nous a, la première, avertis du feu ; elle avait été réveillée par le pétil-
lement que faisait en brûlant la provision de bois. Quelques instants après, toute la maison était en flammes. Nos
gens ne se souciaient pas trop d'en approcher. Ils étaient
effrayés par la crainte de l'explosion du petit baril de poudre que vous avez apporté, il y a quinze jours. Nous nous
sommes tous réfugiés dans l'ancienne hutte, qui est auprès de la petite baie. Tous nos voisins nous donnent des
marques du plus vif intérêt.

» Je suis dans une cruelle inquiétude à votre égard,
depuis que vous nous avez quittés pour marcher à la délivrance de M. Moss. J'espère que, grâce au Ciel, vous sor-
tirez heureusement de cette expédition. Laissez les soldats
la terminer, c'est leur métier de donner la chasse aux
Bush-rangers. Tout ce que je souhaite, c'est qu'ils vous
rencontrent le plus tôt possible et qu'ils vous trouvent sain
et sauf. William voulait partir avec les soldats pour vous
rejoindre, je n'ai pu le retenir qu'en lui disant qu'il serait
plus utile ici.

» Le vieux sergent me signifie qu'il va partir. Adieu,
puisse le Ciel veiller sur vous ! De grâce, revenez de suite.
Quand les soldats vous auront rejoint, il y aura assez de
monde, sans vous, pour venir à bout des Bush-rangers.
Adieu, encore une fois. Croyez que mon affection ne peut
être égalée que par mon anxiété.

» MARY THORNLEY. »

Pendant qu'à la lueur de la branche de cèdre enflammée
que le sergent tenait pour éclairer Beresford, je lisais les
désastreuses nouvelles que me transmettait cette lettre, le

magistrat prenait toutes les dispositions nécessaires pour
diriger une attaque nocturne contre les Bush-rangers. Il
voulait les surprendre avant qu'ils fussent instruits de
l'arrivée des soldats.

Je restai quelque temps anéanti par la révélation des
malheurs que la lettre de ma femme renfermait, et je ne
savais à quel parti m'arrêter. Mon premier mouvement fut
de retourner immédiatement chez moi ; mais cela était
plus facile à dire qu'à faire, car je n'étais pas à moins de
trente milles de mon habitation. Le pays était si sauvage,
si désert, qu'il n'était pas aisé d'y voyager. Ajoutez à cela
qu'il y avait plus d'une raison de penser que les indigènes
étaient entre nous et les établissements des rives de la
Clyde : il était trop dangereux, pour un homme seul, de
s'exposer à les rencontrer. Pendant que je roulais toutes
ces pensées dans ma tête, on avertit les volontaires de se
tenir prêts pour une attaque de nuit.

— Nous n'avons pas besoin de volontaires pour cette
expédition, dit le sergent. Laissez-nous en les risques, et
restez à garder vos blessés.

— Ah ! sergent, dit le magistrat, vous voulez avoir tout
le plaisir pour vous. Je pense, au reste, que vous avez
raison. Je crois, Messieurs, que ce que vous avez de mieux
à faire, c'est de rester ici et de soigner nos amis. J'irai seul
avec les soldats, parce que la présence d'un magistrat peut
être utile en pareille circonstance. Quant à vous, Worrall,
vous m'accompagnerez ; nous pourrons vous dépêcher
comme courrier, si cela nous est nécessaire.

Le détachement partit, et nous restâmes auprès de
notre feu, en nous gardant scrupuleusement. Nous étions
pleins de la plus vive inquiétude sur l'issue de cette tentative. Nous demeurâmes dans cet état d'anxiété, pendant
deux heures, au bout desquelles Worrall revint, en nous
annonçant qu'on n'avait pas rencontré la moindre trace
des Bush-rangers. Les soldats le suivirent peu après. Le

sergent posa des sentinelles à l'entrée de la presqu'île pour
que les Bush-rangers ne s'échappassent pas pendant la
nuit.

Lorsque le jour fut venu, on laissa deux cavaliers pour
protéger notre ambulance, et nous marchâmes tous du
côté où nous espérions rencontrer les Bush-rangers; mais
nous n'en trouvâmes pas trace. En continuant nos recherches, nous découvrîmes des marques de pas sur le bord du
rivage, ainsi que des sillons qui paraissaient avoir été faits
par des pièces de bois mort, que l'on avait traînées de terre
jusque sur l'eau. Il y avait aussi, çà et là, quelques petits
morceaux de corde en cuir, qui semblaient avoir été cou-
pés tout récemment.

— Je parierais, dit Worrall, qui avait une longue expérience en pareille matière, qu'ils ont eu connaissance de
l'arrivée des soldats. Pour dernier expédient, il se seront
imaginé de faire un radeau de bois mort, à l'aide duquel
ils auront gagné l'île des serpents, que voilà devant nous.

— Et comment diable irons-nous les dénicher de là, dit
le sergent? si nous nous avisons d'employer le même
moyen qu'eux, ils nous feront dégringoler de dessus notre
radeau. Il faut les prendre par la famine. Tout ce que nous
avons à faire, c'est de les surveiller de près, et nous verrons
ensuite ce que les circonstances exigeront. Si nous avions
un bateau, nous pourrions peut-être tenter l'abordage.

— Un bateau! m'écriai-je, mais il doit y en avoir un
dans les environs. L'année dernière, quelques personnes
sont venues se promener sur le lac, et je me rappelle
qu'elles m'ont dit avoir caché leur bateau à la pointe
d'une petite langue de terre pareille à celle-ci, qui se
trouvait sur le côté gauche du lac.

— En ce cas, dit le magistrat, il est probable que nous
devons le trouver sur les bords de cette petite péninsule,
qui est à peu près à trois milles d'ici. Quant à vous, Thornley, vous devez avoir besoin de retourner à votre établis-

sement. Nous pouvons maintenant nous passer de vous
ici. Prenez mon cheval, si vous pensez que vous puissiez
risquer l'aventure. Elle a ses dangers, à mon avis : mais
vous devez être impatient de revoir votre habitation.

— Il n'y a plus d'habitation à revoir pour moi, lui répondis-je! mais je serais bien aise de rejoindre ma famille le
plus tôt possible, et j'accepterai le cheval que vous voulez
bien m'offrir.

— Vous pouvez compter sur lui ; il va à l'eau comme un
canard. Ayez soin seulement de lui rendre les rênes ; vous
pouvez tirer de dessus son dos, comme si vous étiez dans
un fauteuil : il ne bougera pas plus qu'un roc.

— Eh bien ! lui répondis-je, je vais partir.

Et aussitôt, je dis adieu à tous mes compagnons et je me
mis en route pour retourner auprès de ma famille. Il eût
mieux valu cent fois pour moi rester avec mes amis ; mais
je ne pouvais pas prévoir les malheurs et les dangers qui
devaient m'assiéger dans ce voyage, entrepris au milieu
d'un pays difficile et désert.

Mille pensées inquiétantes et tristes m'agitaient. Je pris
soin, avant de me mettre en marche, d'examiner attentivement si le fusil à deux coups que je portais était en bon
état, ainsi que les pistolets, que je plaçai dans les fontes de
ma selle. Avec quatre coups à tirer et mon sabre de cavalerie, je me regardais comme à l'abri d'une attaque indivi-
duelle. D'ailleurs, je n'étais pas à beaucoup plus de trente
milles (12 lieues) des bords de la Clyde, et j'avais un bon
cheval. Bien que le pays fût montueux et difficile, je devais, selon toute probabilité, gagner mon établissement
avant la chute du jour.

Hector m'accompagnait : Fly suivait Hector ; tel était
l'équipage dans lequel je me mis en route, mais j'étais
loin de prévoir le sort qui m'était réservé.

J'avais parcouru tout au plus trois ou quatre milles que
je me trouvai au pied d'une chaîne de collines, qui s'é-

tend du lac au sud-est. Uniquement préoccupé de la poursuite des Bush-rangers, je ne m'étais pas aperçu de l'escarpement de ces collines, quand je les avais descendues avec
mes compagnons : mais maintenant qu'elles me domi-
naient, j'aurais bien voulu éviter de les franchir à pic, et
je cherchai des yeux si je n'apercevrais pas quelque gorge
qui m'offrirait un accès plus doux.

Je remarquai en effet, sur ma droite, une espèce de dé-
filé qui semblait promettre un passage plus facile, et je
n'hésitai pas à tourner la tête de mon cheval de ce côté;
mais j'avais été dupe de la perspective. Je ne fus pas plus
tôt engagé dans cette gorge, que je trouvai qu'elle formait
une sorte de baie, environnée, de tous côtés, par des collines très escarpées. Toujours animé du désir de ne pas
commencer mon voyage en gravissant une montée, je
continuai ma route en appuyant encore sur la droite.

Je me laissai entraîner ainsi par les trompeuses appa-
rences que me présentèrent successivement plusieurs val-
lons, qui tous avaient la même forme que le premier.
Contrarié d'avoir fait tant de chemin en pure perte, je
résolus de ne pas me laisser séduire plus longtemps, et
mettant pied à terre au bas d'une des collines les plus
abruptes, je pris mon cheval par la bride et me mis à la
franchir. Quand je fus arrivé au sommet, je me flattai d'ê-
tre récompensé de mes peines par la découverte que je fis
d'une vallée qui se déployait devant moi. J'espérais, en la
suivant éviter la fatigue occasionnée par la continuelle
succession des montées et des descentes. En définitive, je
ne faisais aucun doute que je saurais toujours bien me
frayer une route vers la Clyde. Jamais je n'aurais eu la
pensée que je pouvais me perdre au milieu des bois, et
surtout à cheval.

Bercé par ces agréables conjectures, je descendis en
galopant jusqu'au fond de la vallée. Je fis cinq milles environ, jusqu'au moment où je me trouvai arrêté par un

obstacle absolument semblable à ceux que j'avais déjà
rencontrés. Cette vallée, comme les précédentes, abou-
tissait à une profonde impasse qu'entouraient des collines
à pic.

Sans réfléchir davantage, je sautai à bas de mon cheval;
et, le prenant par la bride, je me mis à gravir la nouvelle
montée. Ce n'était pas une besogne facile. Quand je fus
arrivé au sommet, la perspective la plus décourageante
se déroula à mes regards. J'avais devant moi une suite
non interrompue de collines, semblables aux vagues d'une
mer en fureur, qui se seraient tout à coup pétrifiées. Chaque colline figurait une de ces vagues gigantesques. Je
poursuivis ma route, partie à cheval, partie à pied, mais
en m'enfonçant toujours davantage dans ce labyrinthe
de collines. A la fin je me lassai de cette marche sans
résultat; mon cheval était encore plus fatigué que moi,
de façon qu'arrivé au fond d'un de ces petits bassins, je
m'assis pour me reposer. Hector et Fly se couchèrent à
mes côtés, et mon pauvre cheval, la tête basse, semblait
dans un piteux état. A ce moment de la journée, l'atmosphère se chargea d'un brouillard qui me dérobait la vue
du soleil et qui répandait un sombre voile sur la vallée.

J'ôtai la selle de mon cheval; je le bouchonnai vigoureusement; je séchai sa sueur et je me mis à réfléchir sur
la direction dans laquelle pouvait être la Clyde. Je conclus
qu'il fallait continuer ma route en ligne droite, à travers
la chaîne que j'avais alors sur ma gauche. Je caressai mon
cheval de la main, je dis quelques paroles encourageantes
à Hector et à Fly, et je me mis intrépidement à monter la
colline.

Je vis un aigle d'une envergure prodigieuse qui planait au-dessus de ma tête (page 147)

CHAPITRE XII

Quand j'eus achevé l'ascension de la colline, je me sentis glacé de découragement en reconnaissant que je n'étais pas plus avancé qu'auparavant. Aussi loin que mon œil pouvait pénétrer dans cette brumeuse atmosphère, il ne rencontrait que collines sur collines. Cet aspect me désola et je commençai à me sentir en proie à un trouble étrange; mais je n'étais pas homme à me laisser abattre. Je recueillis toute mon énergie et je descendis la colline. Au bas, même vallée que la précédente, avec cette différence qu'elle était parsemée d'une multitude de pierres et de quartiers de rocher qui ralentirent ma marche. Je suivis cette voie difficile, pendant un mille environ, en continuant d'appuyer sur la droite.

J'arrivai dans un lieu qui me présentait une ouverture favorable. Je tenais, ou plutôt je croyais toujours tenir, la ligne droite. Je trouvai alors une nouvelle colline à gravir;

mais celle-là, à ma grande satisfaction, n'était point obstruée de pierres. J'en profitai pour monter à cheval, car
j'étais excessivement fatigué. Le tourment moral ajoutait
encore à ma lassitude.

A peine avais-je fait quelques pas que je m'aperçus que
mon cheval boitait d'une jambe. Au même instant son
pied heurta contre la saillie d'une pierre; sa jambe fléchit
entièrement sous lui, il broncha et manqua de tomber. Je
mis pied à terre en toute hâte et j'examinai son pied. Mon
malheur était complet; il avait perdu un fer! Je me souviens encore aujourd'hui du sentiment d'angoisse dont je
me sentis saisi à cette découverte. Mon voyage était assez
difficile à exécuter avec l'aide d'un cheval, mais sans ce
secours il devenait impossible. Je tins son pied dans mes
mains pendant une ou deux minutes, le regardant en tous
sens : enfin je le laissai retomber, et appuyant la main sur
l'épaule du pauvre animal, je demeurai quelques instants
comme anéanti : il était complétement boiteux. J'essayai
de continuer ma route, mais c'était avec la plus grande
peine que je le traînais après moi. Il me vint alors la pensée qu'en cherchant bien je pourrais peut être retrouver
son fer. Je laissai donc mon cheval sur la place avec la
jambe nonchalamment repliée sur elle-même, et je tâchai
de reconnaître la route que j'avais suivie; mais ce n'était
pas chose facile, et je perdis beaucoup de temps. Je finis
cependant par retrouver le fer qui s'était détaché, en heur-
tant contre un quartier de roche.

Cette trouvaille m'épanouit le cœur, je regagnai à grands
pas l'endroit où j'avais laissé mon cheval : j'étais tout
joyeux de mon trésor; mais ce fut en vain que j'essayai
de tous les moyens possibles de reposer ce fer malencon-
treux.

Cependant les ombres de la nuit commençaient à se
répandre autour de moi; je n'étais pas moins affamé que
fatigué. Dans l'état où se trouvait mon cheval, je n'avais

pas à craindre qu'il s'écartât, je le débarrassai donc de sa selle et de sa bride. Je vis avec plaisir qu'il se mettait à manger. Je fixai mes pistolets d'arçon à ma ceinture à l'aide de mon mouchoir, et je me demandai ensuite ce que j'allais faire. Traîner après moi un cheval boiteux était une chose impossible; d'un autre côté, je ne pouvais me décider à l'abandonner.

Je pris donc mes dispositions pour passer la nuit là où je me trouvais. J'avais l'habitude des excursions dans les bois, en sorte que je ne tardai pas à être établi d'une manière assez confortable. Je pris la peau du kanguroo pour m'en faire un lit et je me fis un oreiller avec ma selle. J'aurais bien voulu donner la chasse à un kanguroo, mais j'étais trop fatigué et il ne faisait plus assez jour pour entreprendre cette expédition.

Le besoin d'eau était plus pressant pour moi. J'eus le bonheur de trouver un petit ruisseau qui courait sur un lit de rocailles. Je commençai par m'y désaltérer, et ensuite j'essayai d'y amener mon cheval pour l'y abreuver. Je reconnus bientôt que cela me demanderait trop de temps; je m'imaginai alors de le faire boire en lui portant de l'eau dans mon chapeau. Ensuite j'allumai du feu, en faisant brûler une amorce dans le bassinet d'un de mes pistolets, avec laquelle je fis prendre une matière inflammable que l'on trouve dans ce pays et qui est d'un aussi bon usage que les allumettes chimiques importées par quelques colons. Je m'assis auprès de mon feu et je me mis à souper avec la peau de kanguroo pour tapis et la selle pour accoudoir.

Mon feu était vif et brillant; je dévorai avec délices, à sa douce chaleur, un énorme morceau de damper. Hector et Fly eurent leur bonne part de mon souper.

Je raffermis mes pistolets dans ma ceinture; je plaçai mon fusil à mes côtés et je m'enveloppai dans la peau de kanguroo. J'avais les pieds au feu et la tête sur ma selle.

Je dormis pendant quelques heures, jusqu'à ce que je me

sentisse réveillé par l'air glacial du matin ; mais il faisait encore nuit. Mon feu était éteint ; je me débarrassai de ma peau de kanguroo, et je tâchai de m'échauffer en me promenant de long en large. Le temps me sembla bien long jusqu'au retour de la lumière ; enfin, comme il n'y a pas de nuit qui ne finisse, je vis le terme de celle-ci. Ce fut avec une joie extrême que j'aperçus poindre les premières lueurs du jour.

Malheureusement la matinée était très brumeuse ; le brouillard épais qui remplissait l'atmosphère me porta à penser que j'étais dans le voisinage de quelque lac.

Quand le jour fut assez grand, je regardai avec empressement autour de moi pour découvrir mon cheval. Je le vis tout près de la place où je l'avais laissé la veille. J'y allai et je me mis à examiner le pauvre animal. Il était dans la plus triste situation : son pied était horriblement enflé.

Enfin, comme il n'y avait aucun remède possible à ma situation, je fus obligé d'abandonner le pauvre cheval à sa destinée. Je plaçai la selle et la bride à l'abri d'un rocher, et je pris quelques indications pour bien graver dans ma mémoire la place où je les laissais. Cela fait, je flattai mon cheval de la main en signe d'adieu. La pauvre bête semblait me prier de ne pas l'abandonner ; puis je me mis à réfléchir sur la direction que j'avais à prendre.

Je sentais un violent appétit. Je n'avais rien à manger.

Ma tête était parfaitement saine, et je me mis résolument en chemin, montant et descendant tour à tour, pendant dix milles environ. Cette marche pénible n'eut d'autre résultat que de me fatiguer beaucoup. Je commençai alors à sentir tout ce que ma situation avait de cruel ; ma tête se troubla. Je me surpris à me défier tout à la fois, et de moi-même et de ma raison. Bientôt j'en perdis l'usage avec une effrayante rapidité, et je me trouvai complétement impuissant à décider qu'elle direction je devais suivre de préférence.

J'étais, cependant, encore assez maître de moi-même pour avoir le sentiment du danger qu'il y avait dans une situation comme la mienne. Je pensais que si je pouvais me procurer quelque nourriture, je rendrais de l'énergie à mon âme, en donnant de nouvelles forces à mon corps. Je regardai donc autour de moi s'il n'y aurait pas lieu de tirer quelques coups de fusil ; mais dans cette partie déserte du pays, je n'aperçus pas même un oiseau.

Je voulus voir alors ce que les chiens sauraient faire. Recueillant donc tout mon courage et prenant un ton joyeux, je dis aux chiens :

« Allons, allons, cherche ! »

Ce fut avec autant de plaisir que de surprise que je les vis quêter, en décrivant un cercle autour de moi. Je les eus bientôt perdus de vue. Je me flattai, en ne les voyant pas revenir, qu'ils avaient rencontré, et je demeurai pendant plus de deux heures dans la plus vive inquiétude.

Pendant cette longue attente, je fus assailli de la crainte que les chiens ne m'abandonnassent ; mais je faisais injure à leur fidélité ; car, à la fin, ils revinrent, l'air fatigué, mais portant à leur gueule la marque certaine qu'ils avaient forcé une pièce de gibier.

Ces deux heures de repos avaient réparé mes forces, et ce fut avec un accent joyeux et empressé que je dis aux chiens : « Pille, pille ! »

Les chiens partirent en trottant, et je les suivis. Ils me firent faire un rude chemin ; mais je savais qu'il y aurait, au bout de ma course, une pièce de venaison, et à la fin je l'atteignis.

Je m'assis quelques instants, car je n'en pouvais plus, et je me sentais défaillir. La vue du kanguroo eut un effet réparateur sur ma personne. Je me hâtai de le dépecer, et je donnai la curée aux chiens. J'allumai ensuite du feu. Je me contentai d'enlever quelques tranches sur les reins : c'est la partie la plus tendre de l'animal et le morceau de prédilection des Bush-rangers. Je jetai les morceaux sur la braise ardente, et je les mangeai tout chauds, sans sauce et sans sel.

Je ne suspendis mon repas que quand il ne me fut plus possible de manger davantage, et je me mis à réfléchir sur ce que j'avais à faire. Ma chasse m'avait entraîné dans une partie de pays toujours hérissée de collines. J'y avais perdu toute espèce d'idées de la route que j'avais suivie jusque-là, aussi bien que de celle que je devais suivre.

J'étais trop fatigué pour songer à marcher davantage; d'ailleurs la nuit approchait. Je m'arrangeai donc pour le mieux. Je n'avais plus ma peau de kanguroo pour couverture ni ma selle pour oreiller; mais j'allumai un bon feu. Tour à tour, je me couchais devant mon foyer, ou je marchais pour empêcher que l'air glacial de la nuit n'engourdît mes membres. De temps en temps je levais une tranche sur mon kanguroo pour en faire une grillade : c'est ainsi que je parvins à passer la nuit sans laisser trop abattre mon courage.

Quand le jour fut revenu, je coupai sur mon kanguroo autant de viande que je pus en porter; et, avisant la colline la plus élevée des environs, j'en entrepris l'ascension, afin de voir si je ne pourrais deviner quelle route j'avais à suivre. Mais, arrivé au sommet, je ne vis encore que de nouvelles collines semblables aux vagues nombreuses et agitées d'une mer orageuse. J'eus recours alors à l'instinct des chiens, et je dis d'un ton vif à Hector :

— Allons, Hector, à la maison!

Le chien rampa sur le ventre, et parut n'obéir qu'avec répugnance. Quand il eut fait une cinquantaine de pas environ, je l'appelai, et je continuai à marcher dans la direction qu'il avait prise; j'espérais que c'était celle de la maison ou de quelque endroit habité. Caressant cette idée, je poursuivis ma route pendant plusieurs milles, mais toujours à travers un pays horriblement fatigant.

Il était midi. Je m'assis pour me reposer, après avoir eu soin d'allumer un grand feu. Je dînai à même la viande de kanguroo que je portais avec moi. J'en donnai une bonne part aux chiens. Après avoir ainsi réparé mes forces, je réunis toutes mes facultés pour tâcher de découvrir où je pouvais être, et le meilleur chemin que j'avais à suivre. Dans mon embarras et dans mon anxiété, je pensai que le plus sage parti était d'essayer à retourner sur mes pas. Tous mes efforts furent vains. A chaque mille, je semblais m'enfoncer davantage dans le mystérieux et profond dédale des bois.

A la chute du jour, quand la lumière commença à me manquer, je me trouvai au pied d'une montagne formée de rochers absolument nus. A sa base s'étendait un étang dont les eaux étaient immobiles et sombres. Mon approche fit lever un aigle qui prit un lent et majestueux essor des bords de l'eau jusqu'au sommet de la montagne. Il n'y avait pas un arbre dans les environs, on n'y voyait que quelques buissons chétifs et rabougris. C'était le plus désolant tableau du désert qui pût s'offrir aux regards. Ce triste et effroyable aspect glaça mon sang dans mes veines, et les ténèbres qui s'épaississaient à chaque instant remplirent bientôt mon esprit affaibli de mille craintes superstitieuses.

A la fin, je repris assez d'empire sur moi-même pour allumer du feu; mais les lueurs pâles et vacillantes de cette flamme mal alimentée, contribuèrent encore à augmenter ma terreur.

Je sentis alors, et non sans effroi, que je tombais avec rapidité dans cette situation d'esprit funeste et spéciale qui s'empare de tout homme perdu dans les bois, au moment où il en acquiert la conviction. J'avais entendu parler de cet affreux vertige, qui consiste dans une perturbation de l'intelligence, jointe à l'impuissance de formuler le moindre jugement.

10

Ce malheur, tout effroyable qu'il était, l'épuisement de mes forces, l'égarement de ma raison, tout cela n'était pas encore ce qui devait m'arriver de pire.

Je n'oublierai jamais les souffrances de cette horrible nuit. Le froid était glacial ; je sentais mon esprit égaré jusqu'à la folie par la pensée de ma famille, de ma ferme incendiée, de tous les désastres qui semblaient s'être accumulés sur moi, ainsi que par l'effroyable état d'isolement et d'abandon où je me trouvais. Vers le matin, je m'assis auprès du feu et je m'endormis ; mais le froid ne tarda pas à me réveiller. Bien que mon sommeil eût été court, il avait néanmoins ramené un peu de calme dans mes sens, et je pus réfléchir avec plus de sang-froid à ma position. En marchant en ligne droite, n'importe dans quelle direction, me dis-je à moi-même, je dois inévitablement rencontrer un point quelconque de territoire qui me permettra de retrouver ma route. Le danger que je dois éviter, c'est de me diriger à l'ouest. Il n'y a de ce côté ni établissements ni étables de bestiaux. Si je puis me maintenir dans la direction de l'est, j'arriverai nécessairement à quelque vaste clairière et je croiserai la grande route qui traverse l'île.

Après avoir ainsi réfléchi, je ne songeai plus qu'à observer le lever du soleil ; mais le ciel était trop brumeux pour que je pusse remarquer autre chose que le point d'où semblait partir la lumière. C'était déjà beaucoup. Je recueillis donc toute mon énergie, et m'efforçant de conserver la présence d'esprit nécessaire pour ne pas dévier de la ligne droite, je me mis en marche.

A peine avais-je fait quelques milles que je me sentis saisi d'un accès de vertige, de trouble et de perplexité, pareil à celui que j'avais eu la veille. Dès que j'en éprouvai les premières atteintes, je m'arrêtai et je fis du feu. Pendant que je l'allumais, je vis sauter un kanguroo devant moi. Les chiens l'atteignirent au bout de cent cinquante pas, et l'eurent terrassé en moins de deux minutes. Je fis un bon repas qui rétablit mes forces.

Il était un peu plus de midi. J'aperçus à ma droite une colline nue et escarpée, au sommet de laquelle il n'y avait aucun arbre qui pût obstruer la vue. Je résolus de la gravir afin d'embrasser l'ensemble du pays environnant. Pour mettre mon projet à exécution, je cherchai un bâton, afin de m'en aider dans ma marche, et j'attachai mon fusil sur mes épaules afin de conserver la libre disposition de mes mains. J'entrepris, dans cet état, l'ascension de la colline au sommet de laquelle je n'atteignis pas sans avoir plus d'une fois rampé sur les genoux et sur les mains. Arrivé là, je procédai à un examen attentif du pays environnant.

J'étais livré à cette occupation, quand je m'aperçus que la lumière s'obscurcissait au-dessus de ma tête. Je levai les yeux pour reconnaître quelle en était la cause, lorsqu'à ma grande terreur, je vis un aigle d'une envergure prodigieuse, qui planait au-dessus de ma tête et qui semblait prêt à fondre sur moi.

J'avais vu plus d'une fois des aigles attaquer des moutons. Ils enfoncent leurs serres dans le dos du pauvre animal, lui crèvent les yeux avec leur bec et s'en emparent après comme une proie facile. La crainte d'un semblable destin me fit instinctivement porter la main devant mes yeux. Je croyais déjà entendre le battement des ailes du redoutable oiseau de proie.

Au moment où je lançais un regard à la dérobée sur mon ennemi, j'aperçus un second aigle qui s'était réuni au premier, et qui dans son vol décrivait des cercles rapides autour de moi. Je ne doutai pas alors que je ne me fusse approché de la place où ces oiseaux avaient l'habitude de faire leur nid. Je fis glisser doucement mon fusil de dessus mes épaules et, après m'en être saisi, je tirai alternativement mes deux coups sur chacun de mes deux adversaires.

Ils poussèrent un horrible cri, mais ils n'en continuèrent pas moins leur poursuite.

Ce n'était pas le cas de les attendre ; aussi me mis-je à descendre la colline en courant et je fis plus d'une culbute avant d'arriver au bas. Malgré les contusions que j'avais reçues, je me hâtai de recharger mon fusil et, je me sentis plus en sûreté. Le péril auquel je venais d'échapper m'avait vivement ému. Cependant j'étais bien armé, mes fidèles chiens m'accompagnaient ; encore un effort, et j'allais vraisemblablement trouver quelques vestiges qui me seraient connus. Je repris donc ma pénible tâche avec intrépidité, et choisissant une direction, je résolus de faire une vigoureuse tentative. Tous mes efforts cependant furent inutiles et vains, et la quatrième nuit ensevelit dans ses ombres le malheureux voyageur égaré sans retour.

Je consumai le cinquième jour en efforts non moins impuissants. Mes forces commençaient à s'affaiblir. Vers la fin de cette journée, j'arrivai à la nuit close au pied d'une colline de rochers. Les chiens paraissaient inquiets et craintifs ; j'attribuai cette disposition à l'apparence chagrine et abattue que j'avais moi-même.

J'eus à peine la force d'allumer du feu et de faire griller quelques tranches de viande de kanguroo que j'avais avec moi. Je n'avais pas d'eau et, dans les ténèbres, il n'était pas possible de songer à en chercher. J'étais dans une sorte de stupeur intellectuelle et je me laissais aller au sentiment d'un froid désespoir. Dans mon délire, je m'imaginais que j'avais suivi la direction de l'ouest.

Accablé par ces réflexions, je me couchai devant le feu, dans un état complet de prostration physique et morale. Mes chiens se pressèrent près de moi, et je m'endormis. Je me réveillai au milieu de la nuit sous l'impression du froid ; je rallumai mon feu et je me laissai aller de nouveau au sommeil. Je dormis profondément, car, malgré le froid qui était vif et la soif qui me dévorait, il faisait déjà grand jour quand je me réveillai. La matinée était magnifique, l'air piquant, et le ciel, d'une admirable sérénité, étincelait de lumière.

J'essayai de me lever ; mes membres étaient tellement engourdis que je ne pus remuer. Je parvins à pousser, avec mes pieds, quelques morceaux de bois mort, épars autour de mon feu presque éteint. Il s'en éleva bientôt une flamme vivifiante, dont la chaleur fit renaître mes forces. Le mouvement que cet exercice me causa, et la chaleur bienfaisante qui émanait du foyer, eurent promptement achevé de ranimer mes forces. Cette fois je me levai, résolu à entreprendre une nouvelle excursion dans les bois : c'était le matin du sixième jour.

En promenant mes regards autour de moi, je vis, tout près, une espèce de bassin naturel creusé dans le roc. Il avait à peu près un pied de profondeur ; l'eau en était aussi transparente que le cristal. Une soif ardente me dévorait : je bus abondamment, mais l'eau me parut glaciale. Je m'assis près du bassin et me mis à délibérer sur ce que j'avais à faire.

En courant du haut en bas de la colline où j'avais vu les aigles, j'avais déchiré le sous-pied d'une de mes guêtres en cuir. Comme je m'étais muni d'une ménagère pour faire mon expédition dans les bois, je pensai que je serais bien dédommagé du peu de temps que j'emploierais à raccommoder ma guêtre ; j'ouvris ma trousse et je la plaçai sur les bords du bassin. J'en tirai une aiguille, et les bras appuyés sur le rocher, je me disposais à l'enfiler, quand elle glissa entre mes doigts et tomba dans l'eau ; au lieu de couler au fond, elle surnagea à la surface.

Je fus frappé de cette circonstance, et je m'étonnais que mon aiguille fût demeurée sur l'eau, lorsque j'observai qu'elle faisait lentement un demi-tour sur elle-même et qu'elle restait ensuite tout à fait immobile. Il me vint aussitôt dans la pensée que cette aiguille devait être aimantée.

Je me rappelai en effet que, quelques semaines auparavant, la plus jeune de mes filles s'était amusée à attirer,
avec un morceau d'aimant, les aiguilles de cette ménagère. Cette découverte me transporta de joie, elle me donnait les moyens de déterminer les points cardinaux. Je
déjeûnai avec quelques tranches de kanguroo qui me res-
taient ; j'encourageai les chiens de la voix et je me mis en
route. Je n'avais pas encore fait beaucoup de chemin,
quand je m'aperçus, aux allures d'Hector, qu'il avait pris
vent. Ce n'était certainement pas d'un kanguroo, mais je
me flattai que nous n'étions peut être pas loin d'une habitation humaine et que la sagacité d'Hector lui en avait
révélé l'approche. Je lui adressai quelques mots encoura-
geants pour l'exciter à quêter ; mais le chien manifesta
une extrême répugnance à s'éloigner de moi et me donna
à croire, par tous ses mouvements, que c'étaient les indigènes qu'il avait flairés.

Brisé par l'excès de la fatigue et de l'inquiétude, je me
sentis accablé par la crainte d'une pareille rencontre. Un
tremblement involontaire s'empara de toute ma personne ;
mes membres se refusèrent quelque temps à exécuter le
moindre mouvement ; mes yeux s'obscurcirent et une
sueur froide baigna mon front. C'était mon sixième jour
de marche et de privations dans les bois : j'ignorais complètement où je me trouvais et à quelle distance j'étais de
chez moi. Je m'assis sur le tronc d'un arbre et je m'efforçai
de recueillir mes esprits incertains. Je pensai à ma femme,
à mes enfants, à ma maison, et je fis un effort surnaturel
pour recouvrer mon sang-froid et relever mon courage
abattu.

« Après tout, me dis-je, il n'est pas bien sûr que ce
soient les indigènes. Le chien peut s'être trompé et les
sauvages n'ont fait peut-être que passer par là. »

Me retournant tout à coup, je tirai un coup de fusil au milieu des indigènes (page 160)

CHAPITRE XIII

Je cherchai à m'affermir dans ces rassurantes espérances; mais un regard que je laissai tomber sur mon chien ne me permit plus de douter que les indigènes ne fussent tout près.

Je ne pouvais plus me dérober à cette horrible conviction que j'allais avoir bientôt à combattre pour ma vie.

Je sondai les deux canons de mon fusil de chasse. Je m'assurai qu'ils étaient bien chargés, ainsi que mes pistolets; je regardai ma poire à poudre, afin d'apprécier combien j'aurais de coups à tirer; enfin j'avais un petit sac de balles, que je plaçai tout ouvert dans une poche où je pouvais facilement puiser. Pendant ce temps-là, je plongeais mes regards de tous côtés dans l'épaisseur du bois. Rien ne m'y révélait la présence des indigènes, et je repris mon chemin à pas lents et avec précaution. J'avais à peine fait deux milles quand j'arrivai à un endroit qui ne m'était pas inconnu. Je l'explorai plus attentivement et je reconnus la place, où je m'étais arrêté cinq nuits auparavant avec mon cheval boiteux. Le cheval n'y était plus, il s'était probablement égaré ; mais j'y retrouvai mon vieux sabre que j'avais abandonné comme un obstacle à ma marche. Toujours préoccupé de la crainte de rencontrer les indigènes, je recueillis cette arme. Il me sembla que ce nouveau moyen de défense ajoutait encore à ma sécurité. Je tirai la lame du fourreau, que je jetai à l'écart, et je marchai le sabre à la main. J'avais à peine repris ma route qu'Hector se mit à gronder et à s'agiter d'une façon, qui m'avertissait de me tenir sur mes gardes.

Qu'il y eût à combattre ou non, le seul parti que j'eusse à prendre c'était de marcher droit à l'est et aussi rapidement que mes forces me le permettraient. Je me dirigeai donc vers une petite montée, au-delà de laquelle il me sembla que je devais rencontrer une clairière.

Je me trouvai dans une vallée large d'un quart de mille environ, sans arbres, mais flanquée de chaque côté de deux coteaux couverts d'un bois épais. Je franchis la montée et je fus ravi de trouver un pays ouvert et une perspective, qui ne m'était pas inconnue. Je me retournai pour regarder le terrain que j'avais parcouru et prendre quelques points de repère, afin de continuer ma route en ligne droite. Au même instant j'entrevis, sur ma gauche, à travers les arbres, une faible lumière qui ne brilla qu'un moment. J'étais parfaitement calme et préparé à une rencontre ; mais, comme on peut le croire, il était loin de ma pensée de la provoquer. Pénétré cependant de l'importance qu'il y avait pour moi à ne pas me laisser surprendre, je m'arrêtai quelques minutes ; la lumière ne reparut plus. Cette lumière, j'en suis convaincu, avait été produite par les deux branches de bois enflammé que les indigènes portent toujours avec eux pour allumer du feu quand ils en ont besoin.

Je m'étais détourné pour continuer ma route, lorsque je fus arrêté par une javeline, qui passa à ma droite et vint s'enfoncer en terre. Je jetai de tous côtés un coup d'œil rapide ; il me fut impossible de découvrir d'où l'on avait dirigé l'attaque.

J'avançai de quelques pas ; un nouveau trait vint aussitôt siffler à mes oreilles ; et ce second trait annonçait une intention arrêtée de m'attaquer.

Quel était le nombre de mes adversaires? Je n'avais aucun moyen de m'en assurer ; je conjecturai que j'étais en présence d'une de ces bandes errantes qui se composent habituellement d'une vingtaine de personnes, hommes, femmes et enfants.

Pendant que j'étais en observation, un indigène se montra, s'approcha, en courant, de la place où j'étais et me lança un *womera*. C'était la première fois que je voyais manier d'une manière hostile cette arme spéciale des indigènes. Le womera m'aurait inévitablement atteint, si je n'avais pas fait à temps un saut de côté. Avant que j'eusse pu ajuster l'indigène, le womera était retourné, en fendant l'air, au point d'où il avait été lancé. J'étais résolu à ne pas faire feu sans une nécessité absolue, je m'abstins donc de tirer ; mais je continuai à coucher en joue mon agresseur, qui ramassa son arme et la lança de nouveau sur moi. Je vis le redoutable engin tournoyer dans ma direction, et un instant après, je me sentis frappé à la jambe gauche avec une telle violence que je la crus cassée. L'indigène poussa un cri de joie, et au même instant je fis feu sur lui. La détonation de ce coup de feu fut le signal d'une charge générale de la part de toute la bande. Une douzaine de sauvages s'élancèrent à la fois de derrière les arbres, en poussant d'horribles cris et se précipitèrent sur moi en brandissant en l'air leurs waddies. Ma présence d'esprit était entière. Je restai le genou en terre, je lâchai mon second coup de fusil et j'atteignis le chef de la troupe.

Cette seconde décharge frappa les indigènes de stupeur, ils firent halte, ne sachant que penser d'un fusil qui faisait feu deux fois de suite sans qu'on le rechargeât. Voyant qu'ils hésitaient, je pris un de mes pistolets et je le tirai sur eux. Cette attitude de ma part acheva de les mettre à la débandade. Je ne perdis pas de temps pour recharger mes trois coups, et je me mis de nouveau sur la défensive. Hector et Fly ne pouvaient me servir à rien : ces sauvages tout nus les effrayaient. Je restai pendant quelques minutes dans la position que j'occupais ; mais enfin je pensai que je pouvais m'aventurer à battre en retraite. J'essayai donc à marcher ; mais le womera m'avait porté un coup si violent, que j'étais presque hors d'état de pouvoir faire usage de ma jambe. Je me traînai dessus, cependant, le moins mal que je pus.

Je ramassai le womera et je l'emportai avec moi. Cette arme était faite en demi-cercle ; quant à sa puissance, je venais d'apprendre à mes dépens à la connaître.

Les indigènes, voyant que j'emportais le womera, et jugeant à ma démarche que j'étais blessé, poussèrent à la fois un cri de colère et de victoire. C'était la preuve d'une intention bien arrêtée de continuer le combat. J'aurais préféré l'éviter, quoique je n'eusse pas d'inquiétude sur le résultat, si je pouvais parvenir à tenir mes adversaires à une distance respectueuse.

Si j'avais pu prévoir que le cruel et vindicatif nègre de Sidney, qu'on désignait sous le nom de Musquito, fût parmi mes agresseurs, j'aurais eu beaucoup moins de confiance dans l'issue de cette lutte. Le combat ne tarda pas, cependant, à prendre un caractère plus sérieux que je ne l'avais prévu.

Je continuai ma route en toute hâte dans la direction de l'est. J'espérais, en la suivant, finir par rencontrer quelque établissement où je pourrais me réfugier et me défendre. Les indigènes me laissèrent faire plusieurs milles sans

me harceler. Je ne pus même reconnaître à aucun signe
s'ils me poursuivaient ; mais ils ne m'avaient pas perdu
de vue. Peu à peu la marche m'échauffa ; je sentis moins
la douleur et je finis même par n'en plus éprouver aucune.

Je fis quelques milles encore, quand enfin j'eus la joie
d'apercevoir une hutte de gardien de troupeaux. Lorsque
j'en fus tout près, je promenai mes regards autour de moi,
et je n'aperçus rien qui trahît la présence des indigènes.
Je m'approchai de la porte, en m'écriant :

« — Holà ! quelqu'un ? »

On ne me fit pas de réponse.

Alors je frappai vigoureusement à la porte, pensant qu'il
y avait peut être quelqu'un endormi à l'intérieur. Je ne
me souciais pas d'entrer trop précipitamment, et sans prévenir, dans la crainte d'être pris pour un Bush-ranger et
d'être accueilli par un coup de fusil. Enfin ne recevant
aucune réponse, j'en conclus qu'il n'y avait personne dans
la hutte.

J'essayai de lever le loquet de la partie supérieure de la
porte ; il céda : je l'ouvris sans peine ; je jetai un regard fur-
tif à l'intérieur, et presque au même instant j'en lançai un
autre derrière moi, dans la crainte de quelque surprise. Je
ne vis personne. J'ouvris alors la partie inférieure de la
porte et j'entrai. Il ne me fallut pas une longue inspection pour acquérir la certitude que la hutte était inhabitée
depuis quelque temps.

J'examinai les moyens de défense qu'elle pouvait offrir.
Je trouvai que cette hutte se composait de deux pièces
sur le derrière desquelles il y avait une fenêtre avec un
contrevent, tandis que sur la façade, à côté de la porte, se
trouvait une autre fenêtre semblable, garnie aussi d'un
contrevent pareil. Par le mot fenêtre, il ne faut entendre
qu'une ouverture sans aucun ouvrage de menuiserie ni
vitrage.

Je me mis immédiatement à l'œuvre, pour rendre cet

asile aussi sûr que possible contre les attaques des indigènes. Les pieux des murs paraissaient assez forts et assez
serrés pour pouvoir résister à une attaque ordinaire. La
fenêtre du fond pouvait me devenir funeste parce qu'elle
offrait un moyen d'entrer par derrière, pendant que je serais occupé à combattre sur la façade. Pour n'avoir rien à
redouter de ce côté, je jetai bas le mur de séparation qui
divisait les deux pièces et qui était formé de pieux de
moyenne grosseur. Je m'en servis pour barricader la
croisée de derrière, afin de me mettre à l'abri d'une attaque
imprévue. Je barricadai la croisée de la façade de la même
manière. Je plaçai un pieu en arc-boutant derrière la partie
inférieure de la porte. Je me contentai de barrer la partie
supérieure avec un verrou, me réservant la faculté de l'ouvrir à ma convenance.

Ces préparatifs m'occupèrent pendant près d'une heure.
Quand ils furent terminés, je commençai à ressentir les
atteintes de la faim, et qui pis est, à souffrir de la soif. Je
trouvai par terre une marmite de fer, qui est la pièce principale de la batterie de cuisine d'un gardien de troupeaux ;
et je fis une réflexion toute naturelle : c'est qu'il n'était pas
probable qu'on eût bâti une hutte dans un endroit où il
n'y avait pas d'eau.

Je sautai par-dessus la moitié inférieure de la porte,
Hector et Fly me suivirent et nous nous mîmes de compagnie en quête d'une source. Les chiens étaient altérés, je
crus donc pouvoir les abandonner à leur instinct. En effet
Fly, après avoir flairé quelques instants, marcha droit vers
un petit étang qu'alimentait une source. Il était derrière
la maison à vingt-cinq pas tout au plus.

Je commençai par étancher largement ma soif et par
bien me rafraîchir ; mais je songeai aussitôt après aux
moyens de me procurer une provision d'eau dans l'intérieur de la hutte. La marmite était trop grande et trop
lourde pour que je pusse la porter jusqu'à l'étang. J'esca-

ladai donc de nouveau la porte coupée, et je traînai la marmite tout près de l'entrée. Après quoi je retournai à l'étang, j'y remplis mon chapeau d'eau que je me hâtai d'apporter et de jeter par-dessus la porte dans la marmite.

Pendant que j'étais occupé à répéter cette manœuvre, je fus mis sur le qui-vive par Hector, qui s'élança comme l'éclair vers le fourré. Je ne doutai pas que ce ne fussent les indigènes qui étaient à mes trousses. Je vidai mon chapeau, je sautai par-dessus la porte et je m'enfermai dans la hutte. Mais ce n'était qu'une fausse alerte, car quelques secondes après, Hector revint à la porte, agitant sa queue et portant à sa gueule un rat-kanguroo qu'il avait tué. C'était à la poursuite de cette pièce de gibier qu'il s'était élancé dans le bois.

J'eus promptement allumé du feu et dépouillé mon gibier. Mon rat-kanguroo était de la grosseur d'un lapin. Je le fis griller et j'en fis un repas délicieux.

Il devait être à peu près deux heures de l'après-midi. J'avais encore assez de jour devant moi pour faire une partie considérable de ma route avant la nuit. Je fis donc mes préparatifs pour quitter la hutte. Déjà même j'avais une jambe passée par-dessus la moitié de la porte coupée, quand je fus arrêté par un grognement d'Hector, qui courut aussitôt vers un petit massif d'arbres. Il revint immédiatement; et je ne pus douter qu'il n'eût rencontré les indigènes. Une minute après, je vis s'avancer rapidement vers la hutte une bande d'une vingtaine de sauvages, hommes et femmes, à la tête desquels se trouvait le redoutable Musquito.

Mes forces avaient été réparées et par le repas que je venais de faire et par le repos que je venais de prendre; j'avais la plus grande confiance dans la puissance de mes armes, en sorte que je n'éprouvai dans le moment aucune espèce de crainte. Je vis les indigènes s'approcher rapidement sous les ordres de leur chef. Le canon gauche de mon fusil était chargé à balle ; je fis feu : un indigène tomba, mais le reste de la bande n'en continua pas moins d'avancer, et lança une grêle de traits par la partie supérieure de la porte, qui était restée ouverte. Un de ces traits pénétra dans ma main gauche.

Je fis feu de mon second coup, qui était chargé à plomb, et au même instant je poussai le haut de la porte, que je fermai au verrou. Cette seconde décharge calma l'impétuosité de mes ennemis, et fort heureusement pour moi ; car, déterminés comme ils étaient, je ne doute pas qu'ils n'eussent réussi à enfoncer la porte.

Ils commencèrent alors à pousser des hurlements furieux autour de la hutte ; quelques-uns essayèrent de se frayer un passage par la croisée de derrière, mais ils la trouvèrent solidement barricadée. Cependant, je rechargeai en toute hâte mon fusil de chasse ; je mis deux balles dans chaque canon. Les indigènes étaient irrités, et je ne pouvais me dissimuler que j'aurais à faire les efforts les plus énergiques pour ne pas succomber sous leurs coups. Il est probable que mes mouvements étaient épiés du dehors, à travers quelques-uns des interstices qui se trouvaient entre les pieux, car je ne me fus pas plus tôt éloigné que toute la bande se rua contre avec fureur. Je plaçai le canon de mon fusil devant un trou, et je fis feu sur eux, d'abord d'un coup, puis d'un second ; un horrible hurlement m'apprit que mon feu avait été meurtrier ; et bientôt, je pus distinguer, au bruit des pas de mes assaillants, qu'ils se retiraient à quelque distance de la hutte.

Il y eut ensuite un moment de trêve et d'effrayant silence ; j'en profitai pour charger mon fusil, et je me mis sur mes gardes. Je n'osais regarder à travers les crevasses des murs, dans la crainte d'être épié du dehors et de recevoir quelque trait dans les yeux. Je restai dans cet état d'incertitude, pendant quelques minutes qui me semblèrent de longues heures. Je m'épuisais en conjectures sur ce qui allait advenir, quand mes oreilles furent de nouveau frappées par les cris furieux et les hurlements horribles des indigènes.

Je craignais que la partie supérieure de la porte ne fût pas de force à résister contre une attaque de mes adversaires et je la consolidai.

Cette précaution était tout à fait inutile. Les sauvages avaient eu recours à un moyen plus certain et moins dangereux pour eux de rendre ma perte inévitable. Je ne tardai pas à pénétrer leur horrible dessein. Les barbares avaient mis le feu à la couverture en chaume de la hutte. La fumée épaississait à chaque instant, et je pouvais déjà voir la clarté que projetait la flamme.

Ma présence d'esprit fut sur le point de m'abandonner. Il semblait impossible d'échapper au péril, et je me crus condamné sans retour à subir le plus cruel des supplices : celui d'être brûlé vif.

Voyant que la mort était inévitable là où j'étais, je résolus de faire un effort surnaturel pour m'échapper. Il régnait un vent léger, qui poussait toute la fumée sur le derrière de la hutte ; les indigènes, à en juger par leurs cris, étaient rassemblés du côté de la façade. Je me décidai à essayer de m'échapper par la fenêtre de derrière. J'espérais que la fumée protégerait ma sortie, au moment où je sauterais et où je me trouverais par conséquent sans défense. J'arrachai précipitamment les pièces de bois avec lesquelles je l'avais barricadée et je m'élançai au milieu des tourbillons de fumée. Je fus presque suffoqué, mais enfin je parvins à franchir tous les obstacles en emportant mon fusil dans mes mains.

Ma fuite resta inaperçue pendant quelques instants, mais les indigènes ne tardèrent pas à me découvrir, et une nuée de traits qui m'enveloppa, m'eut bientôt révélé leur poursuite. Je me trouvai alors dans une petite plaine au milieu de laquelle s'élevait un arbre entièrement isolé. J'y

courus, bien résolu à en faire une forteresse pour ma défense. J'espérais m'y appuyer le dos et me mettre ainsi à
l'abri de toute surprise par derrière.

Les flèches volaient autour de moi. Je pus néanmoins
gagner le pied de l'arbre, et, me retournant tout à coup, je
tirai un coup de fusil au milieu des indigènes. Ils s'arrêtèrent, car ils commençaient à avoir peur de mes redoutables armes. Voyant que je les attendais de pied ferme, ils
se retirèrent à quelque distance en continuant toujours à
me lancer des traits. Ils se remirent à crier et à hurler d'une
manière effroyable, dansant et cabriolant avec une sorte
de frénésie. Leur instinct féroce les excitait à avancer contre moi, mais mon redoutable fusil les tenait à distance.

Mon sang était en feu. La joie que j'avais éprouvée à
m'échapper de la hutte enflammée, m'excitait au plus haut
point. Heureusement la prudence l'emporta et je plaçai
toutes mes espérances de salut dans l'excellent fusil, qui
m'avait déjà rendu tant de services.

Voyant les indigènes dans une inaction momentanée,
j'en voulus profiter pour recharger le coup de fusil que je
venais de tirer. Je portai machinalement la main à la place
où se trouvait habituellement ma poire à poudre, mais à
mon inexprimable désappointement, je ne l'y sentis pas.
Je cherchai dans toutes mes poches ; je n'y trouvai rien !
J'avais oublié ma poudre sur la table de la hutte ! La hutte
était en feu ; il était impossible d'aller l'y rechercher. Pendant que je regardais l'incendie avec une sorte de stupeur,
j'entendis une forte détonation et je vis s'élever au milieu
des flammes un tourbillon d'étincelles.

Cette découverte me plongea dans le désespoir. Mes
cheveux se dressèrent sur ma tête, une sueur froide coulait
de mon front, ma vue s'obscurcit. Je compris que je ne pouvais plus être sauvé que par un miracle. Je recueillis tout
ce qui me restait d'énergie pour tenter un suprême effort.

J'avais encore trois coups à tirer ; un dans mon fusil et

deux dans mes pistolets. J'avais aussi mon sabre, mais il ne pouvait me défendre contre les traits des sauvages.

Je me flattais, si je pouvais tenir jusqu'à la nuit, de finir par échapper à mes cruels ennemis, car les indigènes n'osent faire aucun mouvement pendant l'obscurité. En jetant les yeux sur les branches de l'arbre, au pied duquel j'étais, je remarquai qu'il me serait facile d'y monter. Je crus observer aussi qu'il se trouvait dans le corps de l'arbre, à la hauteur des premières branches, un trou dans lequel je pourrais chercher provisoirement un refuge.

Sans perdre une minute, j'attachai mon fusil derrière moi, je saisis la branche qui était le plus à ma portée et je grimpai à l'arbre. Les indigènes, qui observaient tous mes mouvements, poussèrent de nouveaux cris et de nouveaux hurlements, et se précipitèrent tous ensemble au pied de l'arbre.

Il y avait effectivement un trou assez grand pour que je pusse m'y loger tout entier et y demeurer à l'abri des sauvages. Les indigènes avaient cessé leurs cris. Un silence de mort régnait autour de l'arbre ; il était si profond que je pouvais entendre, dans mon trou, le bruit précipité de ma propre respiration.

— Que peuvent-ils faire, me dis-je en moi-même ?

Pendant que je formulais tout bas cette pensée, je sentis l'arbre vivement agité. Je supposai que cet ébranlement provenait de ce que quelqu'audacieux sauvage montait à l'arbre pour m'attaquer dans ma retraite. Je me hasardai à regarder ce qu'il en était ; mais à l'apparition de mon chapeau en dehors du trou, on me décocha une demi douzaine de traits ; trois traversèrent mon chapeau, et il y en eut même un qui m'effleura l'épiderme.

— Ce plan là ne réussira pas, mes amis, dis-je aussitôt ; je saurai bien me tenir à l'abri de vos coups. Et je rentrai dans mon gîte.

J'y étais à peine blotti que j'entendis au-dessus de moi

11

le bruit intermittent d'une respiration agitée. Je regardai en l'air et j'aperçus l'affreux visage d'un indigène dont la physionomie respirait une joie féroce. Il avait un waddy dans les mains. Déjà il l'avait levé lentement pour m'en appliquer un coup sur la tête. Il pensait me surprendre et m'assommer comme un opossum dans son trou.

Au même instant, malgré la difficulté de ma position, je tirai un de mes pistolets de ma poche et je fis feu.

La balle entra par la face, traversa le crâne, et j'entendis le corps mort tomber lourdement sur la terre.

A cette vue les noirs compagnons de la victime poussèrent un hurlement qui exprimait à la fois la rage et l'effroi. J'en pris occasion de me lever et de regarder autour de moi, mais leurs traits menaçants me firent bientôt rentrer dans ma retraite. Il y eut alors un nouveau temps d'arrêt et un nouvel instant de mortel silence. Je me flattai un moment de l'espoir que les sauvages allaient enfin se décider à battre en retraite ; mais il paraît que la mort et les blessures de leurs camarades n'avaient fait que redoubler leur rage. Les conseils perfides de l'infernal Musquito leur suggérèrent contre moi un dernier moyen de destruction plus fatal et plus sûr que tous ceux auxquels j'avais échappé jusque-là.

Pendant que je me tenais coi dans mon gîte, j'entendis un bruit sourd produit par des objets d'un certain poids que l'on déposait au pied de l'arbre. Je me hasardai à lancer un regard à la dérobée et j'aperçus les sauvages activement occupés à entasser du bois mort autour de l'arbre. Je ne doutai pas un instant que ce ne fût avec l'intention d'y mettre le feu et de me brûler dans mon trou.

Le Bohémien menaça de brûler la cervelle à quiconque parlerai. de capituler (page 160)

CHAPITRE XIV

La justesse de mes conjectures ne tarda pas à se confirmer. Je vis en effet sortir du bois une femme indigène, qui portait les tisons enflammés sans lesquels les sauvages ne voyagent jamais. Je regardais ces agréables préparatifs, non pas avec indifférence, mais d'un air assez résolu. Quant aux sauvages, ils attendaient avec une sorte de patience féroce l'inévitable effet du moyen de destruction auquel ils avaient eu recours. La femme qui portait le feu, approcha de l'arbre. Les indigènes se rangèrent en rond et préludèrent à mon sacrifice, en se livrant à leur danse de mort. J'eus la tentation de tirer sur eux ; mais j'y résistai. Je me réservais de faire usage de mes deux derniers coups pour une extrémité plus grande encore que celle où je me trouvais.

Cependant les indigènes continuaient leur danse. Ils semblaient savourer avec délices l'intervalle qui devait s'écouler encore jusqu'à ma mort. Ils commencèrent cependant bientôt à entonner avec une horrible fureur leur chant de mort. Ils mirent le feu aux fagots, et à la vue de la flamme, ils dansèrent et hurlèrent autour de l'arbre. Le feu pétillait et la fumée montait. Je ressentais déjà, au milieu de l'atmosphère chargée de fumée, qui m'environnait, en attendant que la flamme me gagnât, les premières et horribles atteintes de l'asphyxie. Dans cette extrémité, je me déterminai à lancer sur mes sauvages agresseurs les derniers coups de ma vengeance.

Je sortis de la place, où je m'étais tenu caché jusque-là, et montant aussi haut que je le pus, j'atteignis une branche où j'étais moins suffoqué par la chaleur et la fumée. De cette nouvelle position, je tirai contre eux mon dernier coup de fusil, que je lançai ensuite de toute ma force sur la tête des misérables. Je fis la même chose avec mon second pistolet, lorsqu'à ma grande surprise, je crus entendre la détonation de plusieurs coups de feu ; mais était-ce l'écho des coups que j'avais tirés moi-même, ou bien était-ce une erreur de mes sens ? Tout ce dont je me souviens c'est que je tombai du haut de l'arbre. J'étais suffoqué, couvert de brûlures ; je perdis l'usage de mes sens.   .   .

.   .   .   .

Je fus arraché aux épouvantables transes d'une mort si imminente par des torrents d'eau que l'on versait sur moi et je distinguai une voix, dont les accents ne m'étaient pas inconnus, qui s'écriait :

« Eh bien ! en voilà-t-il assez pour inspirer à un honnête homme le dégoût de cet horrible pays ? Lui faudra-t-il quelque chose de plus encore ? Je lui ai pourtant prédit assez souvent qu'il n'y avait rien de bon à espérer dans cette caverne de brigands. »

J'ouvris les yeux à ces mots et je reconnus Crab que le Ciel avait conduit de ce côté, avec quelques-uns de mes amis, pour me sauver de ma perte. Je ne pus supporter la vivacité de ces diverses émotions; et abîmé de souffrances, accablé de la joie d'avoir échappé à une mort certaine, je poussai un cri perçant que m'arrachaient tout ensemble et l'excès de la joie et les angoisses de la douleur; et, je m'évanouis!

Je fus quelque temps avant de revenir de la syncope dans laquelle m'avaient plongé la prostration de mes forces et les émotions de mon âme. Quand je commençai à reprendre ma connaissance, j'entendis autour de moi le murmure comprimé de plusieurs voix humaines. Dans le premier moment, je me crus au pouvoir des sauvages. Je restai les yeux fermés pendant quelques instants. Je crus reconnaître au milieu de mon recueillement la voix du magistrat de la Clyde.

— Il paraît assez mal. N'y a-t-il eu aucun des organes de la vie atteint par les traits de ces enragés indigènes?

— Non, répondit une autre voix, qui me semblait être celle de mon viel ami, le chirurgien. Il n'a reçu aucune blessure mortelle, autant que je puis voir; mais il a, à la jambe gauche, un terrible coup; du reste, il n'y a pas de fracture.

— Je crois qu'il n'aura plus à craindre de fractures à l'avenir... Jamais!... jamais!... Telle est du moins mon opinion, interrompit une troisième voix, qui me semblait avoir un étrange rapport avec celle de Crab. Mais aussi, qui diable a pu le déterminer à grimper à cet arbre?... Je n'y conçois rien.

— La chute qu'il a faite, du haut en bas, n'a pas dû être fort agréable, dit le magistrat.

— Non; mais heureusement pour lui, la branche n'était pas très élevée et il est tombé sur du gazon assez épais.

— Il est bien longtemps à reprendre connaissance.

— Pas trop: tout va bien. Il y a plus d'épuisement que d'autre chose dans son évanouissement. Voilà son pouls qui revient peu à peu.

— Le saignerez-vous?

— Oh non! Dans sa situation, un verre d'eau-de-vie lui vaudrait mieux qu'une saignée.

A la proposition qui avait été faite de me saigner, j'avais ouvert les yeux.

— Par saint Georges, dit le constable Worrall, avez-vous vu quels yeux le gaillard a ouverts quand il vous a entendu parler d'eau-de-vie?

— Eh bien! mon ami, me dit le magistrat, comment vous trouvez-vous de votre culbute?

— Oui; mon cher maître, ajouta le bon Crab d'une voix un peu grondeuse et en même temps émue, comment vous trouvez-vous à présent que vous voilà revenu à la vie? Je vous ai prédit assez souvent qu'il vous arriverait quelque malheur, mais vous ne vouliez jamais me croire. Eh bien! nous voilà avec la ferme brûlée, le troupeau de mérinos parti, Dieu sait où! Miss Betsy malade, Mistress Thorn-ley qui ne vaut pas beaucoup mieux; il n'y a aucun de nous qui n'ait quelque sujet d'inquiétude ou de tourment.

— Vous tairez-vous, vilain oiseau de mauvais augure? dit le magistrat.

Cependant mes idées étaient toujours confuses, et j'étais hors d'état de me rendre compte de ce que j'entendais et de ce que je voyais autour de moi. Mes souvenirs actuels s'arrêtaient au jour où nous avions eu notre escarmouche avec les Bush-rangers, sur les bords du lac. Il me sembla, pendant quelques instants, que je me réveillais d'un long sommeil; mais la vue de l'arbre, encore tout en feu, rappela bientôt à ma mémoire les terribles scènes dont il avait été le théâtre : je me sentis de nouveau défaillir. Mes yeux se refermèrent.

— Donnez-moi votre gourde d'eau-de-vie, dit le chirurgien : Allons Thornley, prenez-en quelques gouttes.

En disant ces mots, il approcha la bouteille de mes lèvres, et j'en bus la valeur de quelques cuillerées à thé.

— Est-ce que l'eau-de-vie est un bon spécifique contre les évanouissements, docteur? dit Worrall. Je me sens tout près de tomber en syncope.

— Voyez plutôt, Worrall, si vous ne pourriez pas trouver une fontaine dans les environs : nous essayerions de rafraîchir notre malade.

On m'apporta presqu'aussitôt une écuelle pleine d'une eau vive et pure, dans laquelle le brave docteur versa une quantité convenable d'eau-de-vie.

— Il faut que nous le portions chez lui d'une façon ou d'une autre, dit-il. Nous ne pouvons pas l'abandonner avant de l'avoir remis sur pied.

Je bus avec avidité ce que l'on me présentait ; et, en levant les yeux, mes regards rencontrèrent la figure de mon digne voisin, M. Moss, que les brigands avaient enlevé.

— Comment êtes-vous sorti des mains des Bush-rangers? m'écriai-je en l'apercevant.

— Oh! dit M. Moss, je vous conterai cela en détail. Je dois de grands remerciements à mes amis pour ma délivrance.

Je m'aperçus alors que Beresford était tout près de moi et avait un bras en écharpe. Je lui tendis la main. Il donna son fusil à tenir à M. Moss, et me présenta son bras droit sur lequel je m'appuyai pour me lever.

— Voilà qui est très bien, dit Worrall, en s'approchant de nous. Nous pouvons regagner nos habitations respectives d'ici à demain matin. Des bords du Big nous n'aurons plus qu'environ vingt milles de distance jusqu'aux rives du Shannon.

— Je suis prêt, répondis-je ; mais je ne puis pas marcher. Je me sens aussi roide que si j'avais été tout-à-fait rôti par le feu que j'avais sous les pieds.

— En vérité, dit le chirurgien, on était en train de faire une vilaine cuisine de votre peau. Soyez sans inquiétude, il y a là un cheval pour vous.

— Et que sont devenus les indigènes? m'écriai-je.

— Il y en a une partie de morts, là près de nous, dit le magistrat. Le reste n'a pas eu la tentation de tenir pied. Ils se sont enfoncés dans les bois, on ne sait où. Mais ne perdons pas notre temps à causer. Nous avons le Big à traverser avant la nuit, partons.

On me mit sur un cheval, et nous nous acheminâmes le plus promptement possible vers le Big. Nous arrivâmes avant la nuit sur ses rives, où il nous fut impossible de découvrir un gué. On se résigna alors à bivouaquer sur les bords de la rivière et à ne continuer les recherches que le lendemain au point du jour. On alluma plusieurs feux, et on me forma un abri, derrière lequel je ne tardai pas à me trouver confortablement. Quelques grillades de kanguroo, arrosées d'eau mêlée d'un peu d'eau-de-vie, achevèrent de ranimer mes forces. Je profitai du loisir que chacun goûtait tranquillement auprès du feu pour demander des nouvelles des Bush-rangers.

— Vous allez le fatiguer, dit le magistrat.

— Oh! non, dit le chirurgien, il est encore de bonne heure.

— Eh bien! Moss, racontez-lui cela, dit le magistrat.

— Volontiers, répliqua M. Moss. Comme mon rôle s'est borné à être simple spectateur du combat, j'en puis donner une description fidèle et impartiale.

— Mais comment Crab se trouve-t-il parmi vous? interrompis-je.

— Oh! c'est facile à comprendre, répondit Crab. Le sergent et sa troupe nous avaient à peine quittés que Mistress Thornley s'est imaginée qu'il ne parviendrait jamais à vous rejoindre. J'étais tout à fait de son avis. Voyant donc qu'elle prenait beaucoup d'inquiétude à ce sujet, je lui offris de me mettre en quête après vous et de vous ramener. Le lendemain du départ du sergent, il arriva du Camp un nouveau détachement sous la conduite d'un caporal. Ce caporal avait l'ordre d'établir un poste d'observation sur les bords de la Clyde, de façon que je laissai Mistress Thornley tout-à-fait en sûreté. Je ne pus dissimuler à votre pauvre femme que je ne doutais pas que vous fussiez tué par les Bush-rangers ; mais je lui promis, le cas échéant, de lui rapporter vos restes. Là-dessus, Bob et moi, nous nous sommes mis en route pour suivre vos traces, et nous arrivâmes sur les bords du lac, dans la matinée même du jour où vous les aviez quittés pour regagner les bords de la Clyde. Je suis encore à comprendre comment nous ne nous sommes pas rencontrés.

— Ce malheur est venu, lui dis-je, de ce que j'ai eu la funeste idée de quitter le chemin frayé pour en prendre un plus court.

— Comment voulez-vous qu'il en soit autrement dans ce maudit pays ? Il n'y est rien arrivé et il n'y arrivera jamais rien d'heureux. Cette dernière affaire est une leçon pour moi.

— Je vous en supplie, mon cher Crab, lui répondis-je, laissez M. Moss nous raconter son histoire.

— Quand le combat auquel vous avez pris part, fut terminé, me dit M. Moss, les Bush-rangers se retirèrent derrière la banquette de gazon qui longeait les bords du lac. Ils restèrent sous cet abri pendant toute la nuit. Ils avaient eu soin de placer deux sentinelles avancées pour vous observer. Une de ces sentinelles vint leur donner avis de l'arrivée des soldats. Cette nouvelle les jeta dans une grande consternation. Quelques-uns voulaient vous attaquer à l'improviste . ce parti fut trouvé trop audacieux. Un ou deux blessés dirent qu'il serait plus prudent de se rendre. Mais le Bohémien, — comme on appelait celui qui leur servait de chef, — menaça de brûler la cervelle à quiconque parlerait de capituler.

— Deux des Bush-rangers avaient été marins; ils proposèrent de passer à la nage dans la petite île, qui ne se trouvait qu'à quelques centaines de pas du rivage.

— Fort bien; mais que ferons-nous de nos armes et de nos blessés, dit le Bohémien?

— Eh bien! répondirent-ils, construisons un petit radeau, nous mettrons dessus nos armes, nos habits, et nous le pousserons devant nous en nageant.

— Voilà un plan parfait, dit le Bohémien, exécutons-le, et nous pourrons braver les cruels assassins qui nous poursuivent.

Les Bush-rangers ne tardèrent pas à exécuter leur projet; néanmoins, ils ne cessèrent de vous faire surveiller par leurs sentinelles. En peu de temps leur radeau fut en état de répondre à leurs vues.

— A propos, dit le Bohémien, j'ai oublié de vous demander si vous savez tous nager?

Trois des bandits répondirent qu'ils n'étaient pas en état de faire une brasse à la nage.

— Eh bien, mes amis, vous vous tiendrez vigoureusement accrochés au bord du radeau... Et notre prisonnier, qu'allons-nous en faire?

— Il faut le laisser aller; il ne peut que nous gêner.

— Non pas. Il peut encore nous être bon à quelque chose... Savez-vous nager, Monsieur?

— Non, répondis-je; car il m'était venu dans ce moment l'idée d'un stratagème dont je voulais user pour m'échapper.

— Allons, déshabillez-vous et jetez-vous à l'eau.

Je défis mes habits; on releva les sentinelles et nous nous approchâmes des bords du lac.

— Un moment, dit un des marins; quelle longueur de cordage pouvons-nous faire, en mettant bout à bout tout ce que nous avons?

Il résulta d'une contribution générale de cravates, de jarretières, de corde de chanvre et de corde de cuir, que l'on forma un ensemble de trois cents pieds environ.

— Où est le prisonnier ? dit le Bohémien.

— A côté de moi, répliqua l'autre matelot.

Ceux de la bande qui savaient nager se mirent en devoir
de pousser le radeau avec des efforts extrêmes. Ceux qui
ne savaient pas nager et moi-même nous nous tenions sus-
pendus à l'entour. Nous avions fait un peu plus de la moitié du trajet, lorsque le marin, qui était à droite, dit à celui
à côté de qui je me trouvais :

— Camarade, prenez le cordage et portez-le à la nage
dans l'île. Je crois qu'il est assez long pour atteindre jusque-là. Ensuite vous nous hâlerez doucement. Cette manœuvre doit alléger et abréger notre besogne, car en vérité,
nous en avons là plus que nous n'en pouvons faire.

Mon voisin me quitta aussitôt, et au bout de quelques
instants, je sentis qu'on nous hâlait du rivage.

Cette circonstance favorable détournait de dessus moi
l'attention des Bush-rangers ; je la saisis et je me laissai
couler entre deux eaux. J'avais appris à nager dès mon
enfance. Je ne redoutais qu'une chose, c'était d'être trahi
par mes forces. J'eus besoin, en effet, de toute mon habileté
dans cette occasion. Mes membres étaient raides et glacés.
Tous les Bush-rangers s'étaient plaint de la température
glaciale des eaux du lac.

Je plongeai donc doucement, en ayant soin de ne pas
laisser passer ma tête au-dessus de l'eau. Lorsque je repa-
rus à la surface du lac, je vis avec satisfaction que j'étais à
une distance très respectable du radeau ; et après un temps
assez long et de nombreux tâtonnements, j'atteignis la
terre ferme.

Sans perdre un moment, je me dirigeai vers le point où
j'espérais trouver mes amis. Le jour allait paraître ; je les
rencontrai s'acheminant vers l'endroit où était caché le
bateau. Je n'ai pas besoin de vous dire quel fut leur étonnement. Je leur eus bientôt expliqué comment j'étais parvenu à m'échapper : ils en rirent de bon cœur. On pourvut,

par souscription, à mon habillement, et l'on n'oublia pas de
mettre à contribution les Bush-rangers qui avaient été tués.

— Très bien, interrompis-je, et avez-vous trouvé le
bateau?

— Nous le trouvâmes en assez bon état. Nous le mîmes
à l'eau et on agita alors la question de savoir comment on
attaquerait l'ennemi. Le sergent, qui est un vieux troupier
intrépide, voulait qu'on l'attaquât de trois côtés à la fois et
il demandait que l'on construisît deux radeaux pour cette
expédition.

— Si nous allons tous en masse dans ce petit bateau,
disait-il, les brigands feront feu sur nous en bloc et nous
n'aurons pas de chances de succès, à moins d'une perte
considérable; au lieu qu'en ouvrant notre feu sur trois
points à la fois, nous détournerons leur attention; et ceux
qui seront dans le bateau pourront pousser leur pointe et
les charger vigoureusement. C'est notre affaire à nous
autres soldats d'aller dans le bateau. Il ne peut pas d'ailleurs contenir d'autres personnes que nous.

— Je ne veux pas que vous exposiez ainsi votre vie, dit
le magistrat; le plan le plus sage est de prendre nos adversaires par la famine.

— Comme il vous plaira, magistrat, répondit le sergent;
cela nous est tout à fait égal. J'aurais pourtant assez aimé
à faire une charge sur ces lâches brigands. Ne vaut-il pas
mieux, camarades, tenter seuls l'aventure, que de ne rien
faire du tout? Qu'en dites-vous?... j'ai fort envie d'essayer
le bateau.

— Oui, oui, s'écrièrent tous les soldats! nous pouvons
nous approcher tout près d'eux, pour tirer, et ils ne sont
pas de taille à nous résister. Il faut en finir et tomber dessus pendant que nous le pouvons.

— Soit, dit le magistrat, quoique j'aie ma manière de
voir, je conviens qu'il n'est certainement pas sans importance de mettre la main sur de pareils scélérats.

Nous étions tous à l'ouvrage, activement occupés à construire notre radeau, quand Crab et celui de vos gens qui l'accompagnaient parurent à cheval.

— Oui, interrompit Crab ; nous avions d'abord marché sur vos traces jusqu'à l'endroit, où vous aviez livré le premier combat, ensuite nous les avions suivies jusqu'au bord du lac, où était caché le bateau. Je ne crois pas avoir vu de ma vie une troupe de pareils extravagants.

— Maître Crab, reprit M. Moss, a une manière de voir et une manière de s'exprimer qui n'appartiennent qu'à lui ; mais je continue :

Nous travaillâmes courageusement toute la journée sans parvenir toutefois à construire un radeau, qui convint pour faire avec sécurité l'attaque que nous projetions. La moitié des soldats fut envoyée pour établir un poste sur le point du rivage que nous avions quitté et qui était le plus voisin de l'île. Nous passâmes la nuit, en nous gardant avec la précaution ordinaire. Le lendemain nous terminâmes notre radeau, et nous le mîmes à l'eau ; nous le remorquâmes avec le bateau jusqu'aux abords de l'île. Nous n'en étions plus qu'à une portée de fusil, quand on tira sur nous du rivage ; la balle passa très près de notre embarcation et alla se perdre dans l'eau ; cependant nous ne pûmes découvrir personne sur la rive.

— Nous n'en viendrons jamais à notre honneur, dit le magistrat, et nous courons grand risque d'être atteints ainsi de coups de feu les uns après les autres.

Il donna l'ordre en même temps au sergent de battre en retraite, ce qu'il fit ; et nous retournâmes à terre. Nous nous réunîmes sur le rivage et nous y tînmes conseil. Nous étions absorbés dans cette délibération, quand nous fûmes agréablement surpris par l'arrivée d'un caporal, avec un détachement de soldats ; ils escortaient un chariot traîné par quatre bœufs, sur lequel se trouvait un second bateau que l'on avait eu le soin de nous envoyer d'Ho-

bart-Town, dans la prévision que nous pourrions en avoir
besoin. Ce nouveau moyen de transport et cet accroissement de forces nous déterminèrent à relancer immédiatement les Bush-rangers dans leur retraite. Le sergent prit
le commandement de l'un des bateaux et le magistrat le
commandement de l'autre.

Au moment où nos bateaux quittaient le rivage, nous
vîmes arriver un courrier à cheval. Il venait d'Hobart-
Town et était porteur d'une dépêche que le gouverneur
adressait au magistrat. Nous suspendîmes notre départ
pour qu'il en prît connaissance. Quand il eut achevé de
la parcourir, il nous dit que ce message nous concernait
tous, et il nous en donna lecture à haute voix.

C'était un ordre du lieutenant gouverneur accordant le
bénéfice d'une amnistie pleine et entière pour tous les
crimes et délits qu'ils auraient pu commettre, le meurtre
seul excepté,« à tous les condamnés qui consentiraient à se
rendre avec leurs armes d'ici au 21 courant inclus.» Le
message disait également que la tête de ceux desdits
condamnés qui n'accepteraient pas l'amnistie où conti-
nueraient à demeurer en état de rébellion contre les lois
serait mise à prix. Et le message se terminait ainsi :

« Nous déclarons en conséquence vous conférer, par le
présent, signé de notre main et scellé du sceau de la colonie, plein pouvoir de prendre, pour nous et en notre nom,
tous les engagements résultant du présent arrêté, en faveur des divers condamnés qui feront leur soumission,
comme aussi de recevoir ladite soumission. »

Les soldats firent contre eux une charge à la baïonnette (page 181)

CHAPITRE XV

— Maintenant, mes amis, dit le digne magistrat, on ne saurait qu'applaudir au zèle et au courage que vous montrez pour attaquer les Bush-rangers ; mais il ne faut rien précipiter. Ne perdez pas de vue que notre but doit être de nous rendre maîtres de ces hommes dangereux, sans exposer inutilement notre vie ou celle des braves soldats qui brûlent de punir les assassins de leur camarade. En outre, mon devoir m'impose l'obligation de leur faire connaître les intentions bienveillantes du gouverneur, et de les mettre à portée de sauver leurs jours.

Ces observations soulevèrent quelques murmures. On prétendit qu'il n'y avait point de quartier pour des hommes qui avaient commis des crimes et des atrocités aussi horribles que ces brigands ; mais le magistrat déclara qu'il était résolu à les faire jouir de l'amnistie qui leur était offerte par le gouverneur.

— Et comment voulez-vous qu'on la leur fasse connaître? dit le sergent. Ils nous recevront à coups de fusil si nous nous approchons d'eux en corps. D'un autre côté, je suppose qu'il n'y a personne d'entre nous qui soit désireux de se hasarder seul dans cette tanière de bêtes sauvages.

— Je ne demanderai à personne de remplir mon devoir à ma place, répondit le magistrat. Je prendrai un des constables avec moi pour conduire le bateau, et je me présenterai devant les Bush-rangers, seul et sans arme. Ma mission est une mission de paix et de clémence; je ne crains pas d'en subir les conséquences. Venez, Worrall, ajoutat-il, descendez dans le bateau et lancez-nous au large.

— J'entends très mal la manœuvre, dit Worrall; ajoutez à cela que les Bush-rangers ont une vieille rancune contre moi. Ils m'écorcheraient tout vif s'ils le pouvaient.

— Si vous ne savez pas allonger les bras sur une rame, il faut convenir au moins que vous savez bien allonger la figure, dit le sergent; mais un de nous vous remplacera si Son Honneur le permet.

— Non pas, dit le magistrat. Cela rentre dans les attributions officielles de Worrall.

Ce fut avec la répugnance la plus comique que Worrall se résigna à remplir les fonctions que sa charge lui imposait.

— Donnez-moi un bâton et attachez au bout quelque chose de blanc, un mouchoir, ce que vous voudrez, dit le magistrat. Avec une pareille égide nous ne courrons aucun risque. Maintenant, mettez-nous à flot. Worrall, et... Allons, obéissez. Plus tôt nous partirons, plus tôt nous serons revenus.

— Au fait, dit Crab, si vous ne voulez pas mourir d'un coup de fusil, Worrall, il ne faut pas en dégoûter les autres. Qui est-ce qui vous a contraint de venir dans cet infernal pays, où il n'y a que d'atroces Bush-rangers et de féroces indigènes? Vous ne devez vous en prendre qu'à vous-même : telle est mon opinion.

— Oh! murmura Worrall, tout y sera bientôt fini pour moi !

A ces mots le bateau s'éloigna lentement du rivage. Worrall n'imprimait aux rames qu'un faible et languissant mouvement de propulsion. Le magistrat était debout dans le bateau avec son drapeau blanc à la main. A la fin, fatigué de la lenteur de son guide, il le contraignit à ramer plus vigoureusement. Il suffit de quelques coups d'avirons bien appliqués pour lancer le bateau jusqu'à moitié route.

Nous vîmes alors les Bush-rangers se ranger en bataille sur les bords de l'île. De son côté, le magistrat agitait d'une main son drapeau et montrait de l'autre la lettre ouverte. Enfin le bateau aborda et s'arrêta ; mais nous ne pouvions entendre ce qui se disait alors.

— Je puis suppléer à cette lacune, reprit le magistrat. J'avoue que je n'étais pas sans quelque émotion en approchant de la place où les Bush-rangers étaient assemblés. Je sentais très bien que ma vie était entre leurs mains ; aussi m'empressai-je de leur annoncer l'amnistie qui leur était offerte. Worrall s'était couché pendant ce temps-là au fond du bateau. Je m'aperçus que cette attitude excitait les soupçons des Bush-rangers. Je le fis lever, mais aussitôt qu'on l'eût reconnu, il se manifesta dans toute la troupe un murmure de mécontentement et il fut couché en joue de tous les côtés. Je me hâtai de faire un signe de paix à ses redoutables adversaires. J'en appelai à leur honneur : je leur dis que si je m'étais aventuré au milieu d'eux, c'était dans le seul but de leur sauver la vie, que j'étais dans l'obligation de faire mon devoir ; que je ne pouvais pas du reste leur donner une preuve plus convaincante du désir que j'avais de les arracher aux conséquences d'une résistance plus opiniâtre, qu'en venant me confier à leur bonne foi. J'ajoutai que j'avais compté sur l'influence de leur chef

12

que sa bravoure m'avait inspiré le désir de sauver. A ces
mots, plusieurs des brigands crièrent à la trahison et dirigèrent leurs fusils sur moi; mais le Bohémien les arrêta,
et nous eûmes ensemble un pourparler. Il me fut alors
facile de voir à plusieurs signes non équivoques qu'il y
avait plusieurs hommes dans sa troupe qui ne demandaient pas mieux que de faire leur soumission.

— Si nous nous rendons, dit le Bohémien, aurons-nous
tous la vie sauve?

— Non pas tous, répliquai-je; mais il n'y a d'exceptés
de l'amnistie que ceux qui ont commis les meurtres dont
votre bande est accusée.

— Nous sommes tous solidaires, repartit le Bohémien.
Il nous faut donc vaincre ou mourir ensemble.

— Mes pouvoirs ne me permettent pas de vous promettre
que vous aurez tous la vie sauve; mais cependant une soumission complète et immédiate serait un argument d'un
grand poids en votre faveur.

— Eh bien! voyons! dit le Bohémien, lisez-nous la lettre
du gouverneur d'un bout à l'autre.

Je m'empressai de satisfaire à ce désir.

— Cela ne nous va pas, dit le Bohémien. Autant vaut
périr d'un coup de feu que d'être pendu... N'est-ce pas,
camarades, il faut vaincre ou mourir?

— Oui! oui! s'écrièrent tous les brigands. Pas de soumission, pas d'amnistie.

Ma position devenait délicate. Je pensai qu'il était prudent de battre en retraite.

— Je vous accorde une heure pour réfléchir aux propositions du gouverneur, leur dis-je. Si d'ici là vous consentez
à vous soumettre, vous planterez sur le bord de l'eau une
branche d'arbre. Aussitôt je saisis les avirons, et je poussai
au large, m'estimant fort heureux de m'en être aussi bien
tiré.

— Maintenant, Moss, vous pouvez continuer votre récit.

— Nous attendîmes que l'heure fut expirée, reprit M. Moss. Cependant, les Bush-rangers paraissaient très occupés à réunir du bois mort et à cueillir des branches d'arbres qu'ils coupaient et traînaient vers le rivage. Ils semblaient en former une sorte de rempart propre à protéger des combattants. Au bout de l'heure, nous vîmes l'un d'eux qui éleva une branche d'arbre dans sa main et se mit à l'agiter.

— Ils se sont résignés à faire leur soumission, dit le magistrat.

— Ne vous y fiez pas trop, dit le vieux sergent. Ils n'ont pas élevé cette barricade pour rien. Ce sont des diables bien traîtres. Je parierais que leur signe de paix n'est qu'une ruse. Ils croient nous tromper. Eh bien! il faut que ce soit nous qui les trompions. Voulez-vous me permettre, dit-il au magistrat, de prendre le commandement pour cette fois?

— Je me mets de tout mon cœur à vos ordres, dit le magistrat. Voyons, que voulez-vous faire?

— Voici ce que je propose : D'abord vous allez vous remettre dans le bateau avec Worrall, comme si vous aviez compris qu'ils veulent faire leur soumission de bonne foi. Il faut à présent que chacun de nous prenne à la main une branche de feuillage ou un drapeau blanc. Ils vont nous voir de l'autre rive, et ils ne vont pas manquer de penser que nous sommes convaincus qu'ils ont l'intention de se rendre paisiblement. Le vent souffle de leur côté. Allumons un grand feu comme si nous voulions faire la cuisine. Il faut leur donner à croire que nous n'avons pas la moindre intention de recommencer le combat.

— Et à quoi tout cela nous servira-t-il, dit le magistrat?

— Le voici. En faisant un bon feu, nous nous arrangerons pour faire en même temps beaucoup de fumée. La fumée nous dérobera à leurs yeux.

— Et ensuite quel est votre plan?

— Un des bateaux se dirigera droit sur eux en faisant le plus de bruit possible, de manière à attirer leur attention, tandis que le second bateau côtoiera l'autre côté de l'île. Ce seront mes soldats et moi qui le monteront. Nous pourrons alors les prendre en flanc, et il nous sera facile d'en venir à bout. Pendant que nous commencerons l'engagement avec eux, vous pourrez pousser votre embarcation en avant, et alors ils seront pris entre deux feux.

— Fort bien. Voilà un plan de campagne admirable, dit le magistrat, pourvu toutefois que vous parveniez à faire assez de fumée.

Oh! reposez-vous de cela sur moi, dit le sergent. C'est une ruse dont je me suis servi, il y a déjà bien longtemps.

Le plan du sergent fut mis immédiatement à exécution. Nous commençâmes par faire des feux ordinaires et ensuite nous en allumâmes d'autres, sur lesquels nous jetâmes des feuilles mortes, qui occasionnaient beaucoup de fumée. Le vent poussait cette fumée presque à fleur d'eau, du côté de l'île. Nous en profitâmes pour appareiller nos barques, et conformément au plan du sergent, en faisant le plus de bruit possible pendant que nous poussions en avant le premier bateau. En même temps, le sergent se plaça avec son monde dans le second, et, protégé par la sombre épaisseur de la fumée, il se dirigea sur un des flancs de l'île.

Quand nous fûmes parvenus à la portée de la parole, une voix nous cria :

— Que diable avez-vous donc à nous envoyer tant de fumée ?

— Le bois est très humide sur notre rive et brûle mal. Nous avons vu votre signal et nous sommes venus pour recevoir votre soumission.

— Nous rendre, nous autres !... Nous croyez-vous assez fous pour venir tendre nous-mêmes notre cou à la corde ?

En achevant ces mots, les Bush-rangers nous lâchèrent

une décharge. Nous y échappâmes en nous jetant tous à
plat-ventre dans le bateau. L'obscurité causée par la fumée nous favorisait aussi ; les balles passèrent par-dessus
nos têtes. Nous gardâmes notre feu et continuâmes à avancer. Aussitôt que nous fûmes arrivés à une distance convenable, nous tirâmes afin de détourner l'attention de nos
adversaires de dessus l'autre bateau. La fumée se dissipa
bientôt et nous eûmes la satisfaction de voir que le bateau,
qui portait les soldats, avait réussi à aborder sur une langue de terre, qui les dérobait aux regards des Bush-rangers.

— Les lâches coquins, murmura Worrall, ils méritent
d'être punis de leur indigne trahison !

— Les soldats doivent avoir débarqué maintenant, dit le
magistrat. Il faut nous tenir prêts à les seconder. Tirez le
plus de coups que vous pourrez jusqu'à ce que nous
soyions près d'eux, et qu'ensuite la moitié d'entre vous
réserve son feu. Voici les soldats qui s'approchent à la dérobée. Les Bush-rangers ne les voient pas encore ; ils sont
loin de s'attendre à être attaqués de ce côté-là. Allons, mes
amis, feu ! Voici les soldats!... courage !... avançons...
Réservez votre feu maintenant. Les brigands ne savent
plus de quel côté donner de la tête. Avançons... Avançons
toujours.

Nous ne tardâmes pas à gagner le rivage. Les brigands
supris étaient saisis d'une terreur panique. Ils tiraient,
mais mollement et sans ajuster. Nous ouvrîmes en même
temps le feu de notre côté, tandis que les soldats firent
contre eux une charge à la baïonnette.

Ils voulurent fuir, mais nous coupâmes leur retraite, et
ils firent peu de résistance. Le Bohémien et un autre
homme, voyant la partie perdue, se sauvèrent dans le
bois. Persuadés que nous les retrouverions toujours bien
dans l'île, nous nous occupâmes d'abord de nous assurer
de ceux qui étaient à notre portée. On leur lia les pieds et
les mains.

Trois des brigands avaient été tués; plusieurs étaient légèrement blessés.

— Où est le chef ? s'écria le magistrat.

— Il s'est échappé; mais nous ne tarderons pas à le rattraper.

— Et notre bateau! dit le sergent. Ayez les yeux sur notre bateau !

La recommandation arrivait trop tard. Le Bohémien avait été plus vigilant que nous. Il était déjà à plus de deux milles du rivage, quand nous l'aperçûmes faisant force de rames avec son compagnon vers la terre ferme.

— Les voilà sauvés ! dit Crab, tout ce que nous avons fait ne sert à rien. J'y ai seulement gagné un coup de fusil dans le bras. Suis-je assez insensé d'être venu me jeter dans cette bagarre ?

— Caporal, dit le sergent, il n'y a pas de temps à perdre, mettez-vous à leurs trousses. Pour moi je me charge de la garde des prisonniers.

— Conduisez le détachement du caporal, dit le magistrat, à l'endroit où les fugitifs ont abandonné l'autre bateau; prenez aussi les deux constables. Ensuite vous reviendrez avec les deux bateaux.

Worrall et l'autre constable descendirent dans le bateau, ensuite le caporal et ses hommes les suivirent. Quand les bateaux furent revenus, nous repassâmes tous en terre ferme, à la grande satisfaction de notre ami Beresford et du courrier du gouvernement. Nous ne songions plus qu'à faire nos dispositions pour retourner sur les bords de la Clyde, quand nous apprîmes avec surprise que vous n'y étiez pas encore arrivé. Crab insista pour que nous nous missions immédiatement à votre recherche.

Nous avions reçu l'avis que le cheval du magistrat, était retourné au logis, boiteux, sans selle ni bride. Cette circonstance augmentait nos inquiétudes sur votre sort. Grâce au Ciel nous vous avons arraché au péril que vous savez.

Tout est heureusement terminé, et quand vous allez vous
retrouver au sein de votre famille, vous ne tarderez pas à
vous rétablir tout-à-fait.

Ce récit achevé, chacun se mit en devoir de dormir. Je
goûtai pour ma part les douceurs du plus profond sommeil.
Les premiers rayons du jour me trouvèrent frais et dispos.
J'engageai tout notre monde à se hâter de passer la rivière.
Nous découvrîmes un gué à quelque distance, et nous le
traversâmes sans accident.

Après une marche soutenue de quelques milles, nous
passâmes le Shannon. A sa vue, je commençai à revenir
tout à fait à moi. Chaque pas me rapprochait de ma demeure, et l'impression que me causait mon retour ne laissait place dans mon esprit pour aucune pensée. Les joyeu-
ses et bruyantes acclamations de notre troupe annoncèrent
de loin notre arrivée et l'heureux succès de notre expédition. Quelques instants après nous traversions la rivière
sur l'arbre mémorable qui réunissait ses bords, et je me
trouvai encore une fois dans les bras de ma femme et de
mes enfants ! . . . .

. . . .

Il y a aujourd'hui quatorze ans que les évènements que
je raconte sont passés ; mais ils sont aussi présents à ma
mémoire que s'ils étaient arrivés hier. Je pris ma femme
d'une main, ma fille aînée de l'autre et je m'acheminai en
silence vers l'humble hutte, qui nous restait pour unique
demeure. Je regardais autour de moi dans l'espoir d'apercevoir mon fils William ; ma femme devina ma pensée.

— William, dit-elle, est allé à votre recherche sur les
collines qui avoisinent le lac Sorrel.

J'arrêtai mes regards attendris sur mes autres enfants, et
je les embrassai l'un après l'autre.

— Laissez-moi seul pendant quelques instants, leur dis-
je, je sens le vertige qui me tourne la tête.

Je m'assis sur un banc de bois et là je cherchai à me recueillir. La réaction avait été trop violente pour mes forces. Les cruelles émotions que j'avais éprouvées, m'avaient occasionné une secousse plus forte que je ne pouvais supporter.

Assailli à la fois par tant de pensées diverses, accablé par le bonheur même de me retrouver au milieu d'êtres si chers que j'avais cru ne revoir jamais, je fus saisi de cette espèce de suffocation qui s'empare des personnes livrées à des émotions de nature contradictoire. Je crois que ma poitrine se serait brisée, si les larmes n'étaient venues à mon secours. J'essayai de les retenir; mais ce fut en vain, il fallut les laisser couler, et avec abondance. Dans l'ivresse de ma joie je finis par éclater en sanglots. Ma femme prit mes mains dans les siennes et les pressa avec tendresse. Un mouvement spontané nous précipita tous deux à genoux, et j'élevai du fond de mon cœur mes vives actions de grâces vers Celui dont la main puissante et tutélaire m'avait soutenu au milieu de tant de dangers. Je rappelai mes enfants et je leur prodiguai de nouvelles caresses. William arriva sur ces entrefaites et célébra mon heureux retour avec la joie expansive et bruyante de son âge.

Toute la soirée fut consacrée au bonheur et à la reconnaissance. Nous ne songions plus à ce que nous avions perdu; nous ne pensions qu'à ce que nous avions sauvé. Une espèce de transport au cerveau fut la conséquence de la surexcitation que j'avais éprouvée. Je fus obligé de garder le lit plusieurs jours. Lorsque je fus assez rétabli pour m'occuper de mes affaires, je trouvai qu'il me fallait presque entièrement recommencer la tâche que les colons ont à remplir en arrivant dans ce pays.

Mon premier soin fut de m'occuper de mon troupeau. C'était la portion la plus importante des richesses de ma ferme et celle sur laquelle je comptais le plus. Je vis avec chagrin que le troupeau de mérinos que l'on gardait à la

maison, s'était dispersé dans les bois. Les trois autres troupeaux, composés d'environ trois mille têtes, étaient en
bon ordre ; il me fallut assez de temps pour retrouver et
réunir mes mérinos; mais à la fin, je parvins à les recueillir
tous : quant aux bêtes à cornes, on les reprit les unes après
les autres.

Le plus fâcheux de nos affaires était la perte que nous
avions faite, dans l'incendie, de notre mobilier, de nos lits,
de la bibliothèque, en un mot, de presque tout ce que
renfermait notre chaumière et les bâtiments contigus.
Heureusement personne n'avait perdu la vie et c'était une
grande consolation. Mon ami Moss s'était réinstallé dans
sa hutte de bois de l'autre côté de la rivière. J'appris que
le jeune Beresford l'aidait de tout son pouvoir à mettre sa
petite ferme en bon état.

Un des matins de ce même mois de juin 1824, par une
belle gelée, je convoquai Crab à un conseil de cabinet, où
il s'agissait de délibérer sur la nouvelle maison que je me
proposais de bâtir. J'avais quelque propension à essayer
d'un nouveau mode de construction que l'on avait récemment introduit dans la colonie. On désignait sous le nom
de *pisé*, ce nouveau genre de maçonnerie.

— Eh bien ! mon cher Crab, lui dis-je, nous voici dans
une fâcheuse position ; mais enfin, elle aurait pu être pire.
Nous ne pouvons pas vivre sans maison; et la question
qu'il s'agit de résoudre, c'est de savoir quel genre de construction nous adopterons pour la demeure que nous avons
à bâtir. Vous avez vu beaucoup de maisons en pisé du côté
de Pitt-Watter, qu'en pensez-vous ?

C'est le moment de dire ici que maître Crab était devenu
un personnage important dans le district de la Clyde. Au
commencement de 1817, j'avais eu assez d'ascendant sur
lui pour le déterminer à acheter, avec son petit capital,
une centaine de brebis, pour en exploiter le produit *par
tiers*, arrangement qu'il conclut avec un honnête colon

de l'autre côté de l'île, dans le district de Launceston.

Le colon avait un tiers du produit du troupeau pour le payer de ses soins et de ses dépenses, de façon que les deux autres tiers revenaient au propriétaire.

Or, comme Crab ne consommait aucun de ses moutons et qu'il ne vendait qu'un bien petit nombre de ses élèves, il en résulta qu'en sept ans, les cent brebis qui formaient son troupeau primitif, s'étaient multipliés, au point de former deux troupeaux de plus de mille têtes chacun. Il les avait établis dans des parcours différents, vers l'est, dans les plaines du Salt-Pan. Il avait continué à vivre chez moi, où nous le considérions comme un membre de la famille : il y exerçait un pouvoir d'autocrate sur tout ce qui concernait le labourage et la culture des blés.

— Eh bien! Crab, que pensez-vous d'une maison en pisé? c'est d'une construction facile, et nous pourrions la bâtir avec les hommes que nous avons ici.

Crab me répliqua du ton le plus solennel.

— Comment est-il possible, monsieur Thornley, que vous pensiez à construire une nouvelle maison dans cet abominable pays? Les Bush-rangers, les indigènes et le feu ne vous ont donc pas donné assez de leçons? En vérité c'est une tentation de la Providence. — Oh! oui, papa, s'écria Betsy, retournons en Angleterre. Depuis toutes ces affaires des Bush-rangers et d'indigènes, je vous avoue que je vis dans des transes mortelles. — Ce qu'il y a de mieux à faire c'est, en effet, de nous en retourner en Angleterre et de nous y établir sur une jolie petite ferme. J'en connais dans le Shropshire qu'on louerait à bon marché. — Grâce au Ciel, mon cher Crab, il ne doit plus être question pour nous de loyer ni de fermage. Notre prospérité et notre fortune sont dans nos propres mains.

La balle frappa l'animal entre les deux cornes et il roula sur le gazon (page 195)

CHAPITRE XVI

L'indomptable Crab n'était pas homme à se rendre du premier coup à mes observations. Fier de l'appui de Betsy, il donna libre cours à l'esprit de contradiction dont il se faisait une règle invariable.

— Une jolie prospérité, dit-il après un moment de silence. Vous osez vous dire heureux monsieur Thornley; mais vous oubliez donc qu'il s'en est fallu de rien que vous ne fussiez fusillé par les Bush-rangers; que vous avez failli périr, perdu au milieu des bois; que les indigènes vous ont pourchassé comme une bête fauve, et qu'à l'heure où je vous parle vous devriez être rôti?... le nierez-vous? — Mais je ne le suis pas encore répliquai-je. Et sauf ce coup de womera que les indigènes m'ont donné à la jambe, je ne m'en porte pas plus mal. Voyons, Crab, soyons justes. Comment avez-vous acquis le troupeau que vous avez dans les plaines de Salt-Pan? — C'est fort bien, dit Crab; mais j'aime mieux payer un fermage et jouir en paix de ce que j'ai. Croyez-vous ne point payer ici de tribut aux Bush-rangers, aux voleurs de moutons et au feu ? — J'avoue que c'est une prime que nous avons à acquitter; mais enfin, mon cher Crab, malgré cette contribution vous n'en avez pas moins trouvé le moyen, en sept ans, avec cent moutons, de devenir propriétaire de deux mille. Je pense que jamais vous ne seriez devenu propriétaire de deux mille moutons en Angleterre. — Je ne le prétends pas, répondit Crab, je ne le prétends pas; mais en Angleterre vous dormez tranquillement dans votre lit. Il faudra que vous essuyiez un désastre pire encore que le premier avant de vous rendre à la raison. Quand vous serez au bout, vous regretterez de n'avoir pas suivi mes conseils. — Eh bien! revenons à l'objet de notre délibération et donnez-nous votre avis sur la construction d'une maison en pisé. En bâtirons nous une? — Dieu vous en garde ! peut-on songer à faire un pâté avec de la boue et à appeler cela une maison? Pourquoi d'ailleurs songer à faire une maison d'argile, quand vous avez de la pierre en abondance sur vos terres? — Il est vrai; mais la main d'œuvre est si chère dans ce pays, et il faudrait tant de temps pour bâtir une maison de pierres! — Je n'en disconviens pas, tout est horriblement cher dans ce maudit pays; mais vous auriez dû penser à cela avant d'y venir. Du reste une maison en pierres, telle que je la conçois, serait construite de la même manière que la cheminée en pierres de notre ancienne chaumière, seulement on pourrait faire les murs plus légers. Vous pourriez bâtir une maison de cent pieds de long pour quelques centaines de livres sterling, et vous pourriez vendre une maison de ce genre avec avantage, quand nous retournerons en Angleterre. Je vous dirai même ce que je veux faire, continua Crab : j'ai beaucoup plus de moutons qu'il ne m'en faut, je vendrai un de mes troupeaux et, avec le prix, nous bâti-

rons la maison. — J'espère bien vraiment que vous n'en
ferez rien, lui dis-je. — Et pourquoi, s'il vous plaît ! ne
puis-je pas disposer de mon troupeau comme je l'entends?
— Sans aucun doute, lui répondis-je ; mais je ne souffrirai
pas que vous vendiez votre troupeau pour construire ma
maison. Il m'est dû quinze cents livres sterling qui me seront payées le mois prochain ; je ne les replacerai pas et
j'aurai de l'argent autant qu'il m'en faudra pour la maison,
l'ameublement et tous les accessoires. — Soit, dit Crab, en
se recueillant un peu. Après tout, cela reviendra au même,
car vous finiriez par perdre votre argent en le plaçant, tandis que le troupeau ira toujours en augmentant. Il s'agit
donc maintenant de trouver une bonne carrière de pierres?
— Il faut s'occuper d'en faire la recherche, dit ma femme; la
journée est superbe, je désire faire une visite à Mme Moss,
nous passerons sur le pont de Lucy et vous nous laisserez
chez elle. — Eh bien! partons, lui dis-je. Où est mon fusil
de chasse? prenez aussi le vôtre, William. — Qu'avez-vous
besoin de vos fusils, dit Crab, nous n'irons pas à plus d'un
mille d'ici? — Probablement, mais il n'y a pas d'inconvénient à les prendre. — Mon fusil de chasse n'est pas net-
toyé, dit William, mais voici une carabine, garnie de sa
baïonnette, qui est en état. — Quel charmant séjour à habiter, dit Crab, qu'un pays où l'on ne saurait aller à la recherche d'une carrière de pierres sans carabine ni baïonnette! — Il est toujours plus sage de se tenir sur ses gardes,
répondis-je.

On verra un peu plus loin que ce n'était pas de notre part
une précaution inutile que de prendre nos armes avec nous.

. . . .

La terre de Van-Diémen abonde en pierres de toute espèce et surtout en une espèce de pierre qui se divise facilement en plaques ou lames avec lesquelles on bâtit généralement les cheminées des maisons de bois. Ce genre de
construction n'est pas aussi agréable à l'œil que la brique;

mais il répond bien au but qu'on se propose. Il offre aussi l'avantage de permettre de substituer au mortier de l'argile ou même de la boue. Il y avait sur mes terres une grande quantité de cette sorte de pierre.

L'objet de notre recherche était de trouver une carrière de pierres voisine de l'emplacement où devait s'élever la maison. Nous commençâmes par nous diriger sur le bord opposé de la rivière que nous passâmes sur le pont que nous avions nommé : *Pont de Lucy*. Crab fermait la marche, portant une pince de fer. Il avait voulu s'en munir pour pouvoir lever au besoin quelques échantillons de pierre.

Nous trouvâmes nos amis occupés autour de leur chaumière. M. Moss, d'après le désir que lui en avait manifesté sa femme, faisait une véritable forteresse de sa maison. L'intérieur en était à peine assez grand pour nous contenir tous. Nous nous dirigeâmes vers le nouveau jardin que Miss Lucy venait de créer sur les bords de la rivière.

— En vérité, s'écria Betsy, je crois que Miss Lucy a deux jardiniers pour la seconder ! Voici d'abord M. Beresford, assis sur un tronc d'arbre, et qui paraît très sérieusement occupé à expliquer quelque chose. Quand au second, qui a un fusil sur l'épaule, c'est un jeune homme que nous n'avons pas encore vu. Je voudrais bien savoir qui il est?

M. Beresford vint nous saluer.

— Je ne puis m'arrêter à causer bien longtemps avec vous, lui dis-je, car nous allons à la recherche d'une carrière de pierres. Pourriez-vous me dire quel est ce jeune étranger? Il a quelques traits de ressemblance avec vous, Monsieur Beresford.

— C'est mon frère. Je l'attendais depuis plusieurs mois, ainsi que je vous l'ai dit. Il est arrivé la semaine dernière.

— Quel âge a-t-il? Il paraît plus jeune que vous.

— Il a dix-neuf ans : quatre ans de moins que moi. Il est arrivé ici avec de si terribles idées sur les indigènes et sur les Bush-rangers, qu'il ne fait point un pas sans son fusil.

Pendant que Beresford parlait, le jeune étranger s'avança vers nous et nous salua de fort bonne grâce. Son air, tout à la fois aisé et modeste, prévenait singulièrement en sa faveur.

— Qui est-ce qui vient se promener avec nous? dis-je en me tournant vers Beresford.

Beresford s'excusa de ne pouvoir venir avec nous sous le prétexte qu'il avait à parler à M. Moss au sujet de son troupeau. Mais mon frère, ajouta-t-il, s'estimera très heureux de vous accompagner et de voir le pays.

— Très bien, répondis-je; à propos, Betsy, vous pourriez rester ici avec votre mère, pendant que nous allons nous occuper de notre recherche.

— J'aime mieux aller avec vous, répartit Betsy; le temps est superbe et je serai enchantée de prolonger ma promenade.

— Eh bien! venez, mais vous ne vous plaindrez pas de la fatigue.

Nous repassâmes la rivière et nous nous enfonçâmes dans le bois. William marchait en avant, et nous le suivions de près avec Crab, Betsy et le jeune étranger.

— J'ai vu une grande quantité de pierres de l'autre côté de cette petite colline verte, dit Crab, qui feraient admirablement notre affaire, s'il n'y avait pas si loin à les charrier. Cependant, comme elles sont à la surface du sol, la facilité qu'on aurait à les ramasser compenserait la difficulté du transport.

— Il n'y a pas d'inconvénient à les voir, répondis-je. Poussons jusque-là, Betsy!... et ne restez pas à traîner derrière nous, où bien vous risqueriez de vous perdre dans le bois.

— Oh! papa, je n'ai pas d'inquiétude de me perdre dans le bois, si près de la maison. J'ai bien plus peur de rencontrer les bœufs sauvages que l'on doit vous amener aujourd'hui.

— Des bœufs sauvages! dit Georges Beresford. Est-ce que vous en avez ici? Mais ils ne sont dangereux, je le suppose, que quand on les maltraite?

— Sauvages! Les pauvres bêtes! elles ne sont pas plus sauvages que moi, s'écria Crab; mais elles sont quelquefois de mauvaise humeur. Il faut avoir soin de ne pas se tenir sur leur route, voilà tout.

Nous marchâmes jusqu'à deux milles de ma demeure environ, et là nous trouvâmes un magnifique tas de pierres de toutes dimensions et de toutes grandeurs.

Crab commença à faire usage de sa pince de fer pour soulever çà et là quelques morceaux et pour voir dessous. Notre nouvelle connaissance, pour nous manifester son désir de nous aider dans notre recherche, prit à son tour la pince de fer et se mit à fouiller avec vigueur au milieu d'un amas informe de pierres qui semblaient de la meilleure qualité; mais à peine était-il en besogne qu'il poussa un cri perçant et fit un bond terrible.

— Qu'y a-t-il, dit William? Vous êtes-vous laissé tomber la pince sur le pied?

— Ce n'est pas cela, répliqua-t-il. Je viens d'être mordu par un serpent.

— Mordu par un serpent! Il est étonnant que nous ne l'ayons pas vu... Mais, non. Ce n'est pas un serpent, je vois ce que c'est. Vous avez été mordu par une fourmi rouge. Attendez, je vais vous en faire voir d'autres.

En effet, il prit la barre de fer et, après avoir regardé aux environs, il frappa doucement, à plusieurs reprises, à l'entrée de la fourmillière. Aussitôt nous vîmes paraître un essaim de ces énormes fourmis; elles élevaient leurs pinces, en donnant d'autres signes encore de colère et d'irritation. Ces fourmis rouges ont environ un pouce et demi de long: elles sont audacieuses et vindicatives et n'hésitent jamais à attaquer l'intrus qui se permet de pénétrer dans leurs domaines.

— Voilà, dis-je à Crab, d'excellente pierre et en abondance. Elle est à une distance convenable de la maison. Eh bien! tenons-nous en à cette carrière et retournons au logis.

— Oh! pas encore, mon père, dit William. M. Georges désire voir les cascades de la Clyde.

— En ce cas, allez-y avec lui et avec Betsy qui veut aussi les voir.

Nous laissâmes alors les jeunes gens continuer leur promenade, tandis que Crab et moi nous nous dirigeâmes du côté de la ferme, où j'attendais un troupeau de bétail sauvage. En rentrant chez moi, je trouvai ma femme de retour. Elle me blâma d'avoir laissé aller Betsy si loin de la maison. Mais je lui fis observer qu'en plein jour, et si près d'une habitation, il n'y avait rien à craindre des indigènes ni des Bush-rangers. Puis, nous nous remîmes chacun à nos affaires. Cependant l'heure à laquelle Betsy et son frère auraient dû être rentrés au logis était passée et ils n'étaient pas revenus. Ma femme commença à concevoir de l'inquiétude et m'engagea à aller à leur recherche.

— Ils se seront arrêtés sur la route chez quelqu'un de nos voisins, lui dis-je; il n'y a pas là de quoi se tourmenter.

Mais tout ce que je pouvais dire ne calmait pas l'inquiétude de ma femme, et je finis moi-même par partager ses craintes. Je pris mon fusil à deux coups; et, accompagné de deux de mes gens, je m'acheminai vers les cascades.

Nous n'avions pas fait cent pas que je crus entendre dans le lointain les mugissements des bœufs. Bientôt après, le claquement des fouets m'annonça que le troupeau approchait des enclos. Pensant qu'un cavalier de plus ne serait pas inutile pour les aider, je retournai à la hutte, auprès de laquelle nous avions établi des écuries provisoires. Je jetai une selle sur un cheval et je fus bientôt au milieu de la mêlée.

13

Ce qu'il y a de plus difficile dans cette opération, c'est de faire entrer le bétail dans les enclos. Lorsque les bœufs voient les clôtures, il leur arrive souvent de les briser. Les bêtes fuient dans toutes les directions; et leur fureur, excitée par les cris et les fouets des chasseurs, ajoute encore à leur sauvagerie naturelle.

Moins il y a de bêtes, plus il est difficile de les conduire. Un cavalier se place sur chacun des flancs du troupeau, et les autres surveillent le derrière. De temps en temps, il y a quelques bêtes qui cherchent à se jeter à droite ou à gauche ; c'est alors que les cavaliers des flancs, poussant de grands cris et faisant claquer leurs fouets, les poursuivent jusqu'à ce qu'ils les aient ramenées vers le gros du troupeau. Quelquefois le troupeau tout entier fait un élan vigoureux pour s'échapper. Dans ces occasions, il ne faut rien moins que les efforts réunis de tous les chasseurs pour l'empêcher de se disperser.

Nous étions cinq hommes à cheval en tout : Trois étaient montés sur des chevaux qui m'appartenaient. Deux de mes voisins s'étaient joints à nous. Nous étions parvenus à amener nos bêtes jusqu'à l'entrée de la cour; mais là, elles s'arrêtèrent avec obstination et elles hésitaient à entrer, quand un jeune bœuf, des plus beaux de la bande, poussa un mugissement sauvage et se précipita entre moi et un autre cavalier. Il partit au galop dans la plaine ; le reste du troupeau le suivit.

Mon compagnon et moi l'échappâmes belle. Nous eûmes à peine le temps de nous soustraire au choc de cette bande d'animaux en furie. Enfin, à force de cris et de coups de fouets, nous redevînmes les maîtres du troupeau et nous contraignîmes toutes les bêtes à entrer; nous fermâmes les barrières, convaincus que tout était fini; mais le jeune bœuf n'approuvait pas cette mesure générale. Il se mit à beugler et à galoper à l'intérieur de l'enclos dans un véritable état de fureur. Sa queue fouettait l'air et il en-

fonçait avec rage ses cornes dans la terre. S'élançant vers
les pieux, il fit un bond énorme et les franchit, quoiqu'ils
eussent près de huit pieds de haut ; puis il disparut dans
les bois.

J'admirais la vigueur et la résolution de ce bel animal;
et, pensant d'ailleurs que nous n'en avions pas besoin, je
le laissais aller à sa fantaisie, quand je fus tout à coup
frappé de l'idée que la route qu'il avait prise, était précisément celle par laquelle mes enfants devaient revenir à la
maison. Je fis part de mon inquiétude aux deux hommes
qui étaient avec moi. Effrayés par l'imminence du danger,
ils remontèrent à cheval, et nous courûmes après la bête
avec l'intention de la devancer et de la détourner de la
route où elle pouvait causer un si grand malheur.

Je mis peut-être moins de temps à parcourir deux milles
qu'il ne m'en faut ici pour raconter cette portion de mon
histoire, quand j'eus la douleur de voir que toutes mes
craintes étaient réalisées. J'aperçus l'animal irrité, devenu
plus furieux encore par notre poursuite et nos cris, rasant
la terre du front, et tout près de se précipiter sur ma fille.
William et le jeune étranger semblaient pétrifiés de terreur par l'imminence d'un danger si soudain.

Le bœuf furieux allait atteindre Betsy, et je croyais déjà
ma pauvre enfant perdue, quand je vis le jeune étranger
sauter d'un bond entre elle et la bête, mettre un genou en
terre, ajuster avec autant de sang-froid que de rapidité et
faire feu. La balle frappa l'animal entre les deux cornes, et
il roula sur le gazon; mais en tombant, son dernier mouvement de fureur fut dirigé contre le courageux sauveur
de ma fille, dont nous retrouvâmes le fusil en pièces.

Au bruit du coup de feu et de la chute du bœuf, mon
cheval s'était arrêté de lui-même, les naseaux ouverts et
l'oreille dressée. Il se passa quelques secondes sans que
personne remuât : le bœuf était étendue par terre ; ma
fille, les mains jointes, était encore à genoux dans l'at-

titude de la stupeur, et Georges Beresford gisait sans
mouvement à côté de William qui paraissait anéanti.

Les deux hommes à cheval, qui étaient avec moi, mirent pied à terre, et leur approche me tira de l'état d'incertitude qui avait paralysé mes facultés. Je me jetai en bas
de mon cheval et je serrai ma fille dans mes bras. Saisissant ma main avec un mouvement convulsif, elle se leva
et marcha droit à la place où notre jeune ami était étendu
immobile et pâle. Alors, sans proférer un mot, elle nous
regarda avec l'expression du désespoir.

— Vite au galop, chez le chirurgien, ce n'est qu'à un
demi mille d'ici, dit William à un des hommes. Vous lui
donnerez votre cheval pour venir.

Au bout de dix minutes, le chirurgien était arrivé ; mais
le pauvre Georges était toujours sans connaissance.

— Il faut le saigner tout de suite, dit le chirurgien. Sou-
levez-le. Présentez son bras... avancez-le... bien. Coupez
la manche de son habit ; nous n'avons pas le temps d'y faire
tant de façons... Voilà qui est fait ! Le voilà bien... Le voyez-
vous revenir ? J'espère qu'il n'y a pas de fracture... Ah !
William, vous avez apporté à notre blessé une écuelle d'eau
fraîche ! C'est une attention délicate, mon garçon, qu'il ne
manquera pas de vous rendre en pareille circonstance.

— Je vous remercie, dit William. J'espère bien ne pas le
mettre dans ce cas là. Je suis bien fâché qu'il m'ait enlevé
le mérite de tirer sur le bœuf ; mais Betsy était précisément
devant moi, et j'ai craint de l'atteindre en tirant.

— Oh ! vous n'avez pas besoin de regretter si fort de ne
pas l'avoir tué, Monsieur William, dit un des hommes,
car maître Crab en sera furieusement mécontent. C'était
son favori. Une bête superbe ; la mieux du troupeau.

— Eh bien ! Monsieur ?... Comment s'appelle-t-il ce
jeune homme, dit le chirurgien ?

— M. Georges Beresford, dit William, frère de M. Beresford, que vous connaissez.

— Eh bien! Monsieur Beresford, comment vous trouvez-vous? Sentez-vous de la douleur quelque part.

— Je sens un peu de défaillance... Et... où est le bœuf?

— Il est là. Vous l'avez frappé entre les cornes! C'est un joli coup de fusil, morbleu!

— Certes, c'est un beau coup! reprit un des hommes; mais il ne fera pas rire maître Crab.

— Un joli animal vraiment, répartit le chirurgien, mais chacun a son goût! Maintenant, mon jeune ami, tout ce que je puis vous ordonner, c'est de retourner chez vous, de vous mettre au lit et d'y rester pendant un jour ou deux.

En achevant ces mots, notre bon chirurgien prit congé de nous, et après qu'on eût reconduit Georges Beresford, je retournai à mon habitation avec Betsy et William. A mon arrivée, je trouvai une lettre qui m'avait été envoyée d'Hobart Town par un exprès. J'étais assigné à comparaître, comme témoin, dans le procès des Bush-rangers, qui avaient été pris à la suite de notre expédition. Comme l'affaire n'admettait pas de délai, je me préparai à partir immédiatement. Je donnai tous les ordres dont on avait besoin pendant mon absence. Je mis mon fusil en bandoulière et je partis, monté sur un bon cheval.

Le lendemain j'étais à Hobart Town, vers quatre heures de l'après-midi. J'y acquis l'assurance que le procès des Bush-rangers aurait lieu sous peu de jours.

Comme je n'avais à m'occuper d'aucune affaire spéciale, je passai le temps à flâner par la ville. J'allai visiter le terrain que j'avais acheté, quelques mois auparavant. J'aurais bien voulu avoir les cent guinées que j'en avais donné alors; mais je ne trouvai personne qui voulût reprendre mon marché. Je quittai la place assez mécontent, et je rentrai à mon hôtel d'assez mauvaise humeur. J'y étais attendu par un de mes amis, schériff de la ville, qui était lui-même fort contrarié d'avoir à présider le lendemain matin à l'exécution de quatre condamnés.

Le lendemain matin, à la prière de mon ami, le schériff, je me rendis sur la place de l'exécution. Je n'avais jamais assisté à ce cruel spectacle, et je jurai bien de ne plus en être témoin une seconde fois. Je n'aurais probablement pas fait mention de cette lugubre circonstance sans le prodigieux sang-froid dont un des patients fit preuve. C'était un homme superbe, et je ne pus m'empêcher d'éprouver le plus vif sentiment de pitié, en songeant à tout ce qu'il y avait de cruel à priver un homme de la vie pour un vol de bestiaux. L'ombre de ce malheureux me poursuivit pendant plusieurs mois.

Je me trouvais au pied de l'échelle, par laquelle les condamnés devaient monter sur l'échafaud, et je restai pendant plus d'une minute côte à côte avec ce pauvre homme, qui était le dernier des quatre et qui dut attendre que l'on eût réparé quelque dérangement survenu dans la disposition des cordes et mis la plate-forme en bon état. J'échangeai pendant ce temps-là avec lui quelques mots, qui me prévinrent tout à fait en sa faveur. Il me parla avec tout le sang-froid d'un homme qui n'est préoccupé que de ses affaires habituelles.

Le sous-schériff lui cria de dessus la plate-forme :

— Eh bien ! mon brave, nous attendons après vous.

— Je vous demande bien pardon, répondit-il, je causais avec Monsieur... Je suis à vous dans l'instant.

Aussitôt il monta légèrement l'échelle et rejoignit ses camarades.

Un instant après, la chute de la plate-forme nous avertit que tout était fini.

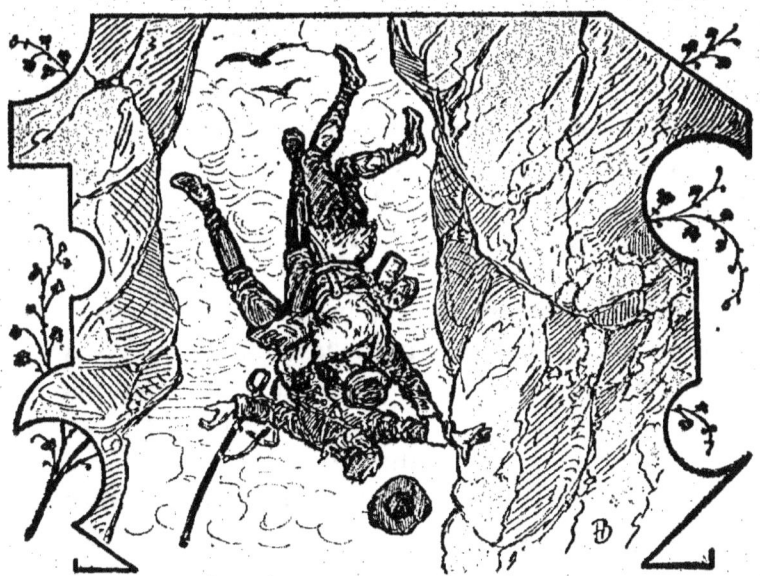

Le Bush-ranger entraîna avec lui dans l'abîme, le corps de son antagoniste (page 200)

CHAPITRE XVII

Je rentrai à mon hôtel le cœur navré et la tête malade. Le lendemain matin, mécontent de moi-même, sans trop savoir pourquoi, je partis pour retourner chez moi sans attendre l'issue du procès des Bush-rangers. On m'avait fait prévenir qu'il y avait assez de témoignages sans le mien. Je fus ravi d'être débarrassé de cette désagréable corvée.

J'avais quelques affaires d'intérêt à régler avec un colon de New-Norfolk ; j'en pris la route dans l'intention de revenir vers la Clyde, en traversant le fourré. J'allai donc coucher à New-Norfolk, et le lendemain matin, je me mis en route de bonne heure, à travers champs. Je n'avais rien à craindre des Bush-rangers ni des indigènes. A l'exception de deux, tous les Bush-rangers avaient été pris. Quant aux indigènes, ils ne m'avaient jamais inspiré aucune crainte toutes les fois que j'étais armé et à cheval.

Il ne m'advint rien qui méritât d'être noté jusqu'à huit milles environ de chez moi. Là, je fis la rencontre d'un groupe de moutons qui portaient ma marque. C'était une partie du troupeau de mérinos, qui étaient nourris sur ma ferme et que l'incendie avait dispersés. Je m'attachai à la poursuite de mes moutons qui me firent faire une terrible course.

Cette chasse m'avait conduit jusqu'à l'une des collines qui dominent la Clyde. Mon cheval était fatigué d'avoir parcouru un pays si montueux ; je pensai qu'il était nécessaire de lui donner un peu de repos et de le faire boire. Je mis pied à terre, et suivant un sentier sinueux, je descendis vers la rivière dans un endroit près duquel se trouvait une petite pièce de gazon, où je l'attachai pour paître. Puis je remontai la colline pour jeter un coup d'œil sur le pays environnant. Il me semblait avoir aperçu un certain espace de terre, où il devait y avoir de la pâture pour cinq ou six cents moutons, et dont personne n'avait encore pris possession.

J'examinai le pays d'un œil attentif. Pour mieux saisir l'ensemble de la perspective, je m'étais avancé sur le bord d'un précipice qui dominait la rivière et qui avait à peu près cent pieds d'élévation, lorsque je vis un homme sortir de l'épaisseur du fourré, un fusil à la main. Il avait l'extérieur d'un gardien de troupeaux. J'étais bien loin de songer aux Bush-rangers, de sorte que je supposai que c'était quelqu'un qui m'avait devancé dans la recherche d'un bon parcours pour son troupeau.

La vue de cet étranger contrariait mes projets, car j'avais déjà calculé combien je pourrais nourrir de moutons sur ce pâturage. Cependant le prétendu gardien de troupeaux continuait toujours à s'avancer sur moi. Mon fusil de chasse était par terre sur le gazon.

La manière particulière dont l'étranger tenait son fusil, éveilla mes soupçons. Je le regardai avec plus d'attention,

et, à ma grande consternation, je reconnus les traits du
Bohémien, qui commandait les Bush-rangers que j'avais
poursuivis. Je n'eus que le temps de ramasser mon fusil.
Mais déjà le Bush-ranger m'avait couché en joue : il était
à cinquante pas de moi environ, et il me somma de mettre
bas les armes. J'avais prévenu sa demande, en l'ajustant
moi-même, et je ne répondis à son injonction qu'en armant mon fusil et en plaçant mon doigt sur la gâchette,
tout prêt à faire feu.

Nous restâmes tous deux pendant une minute environ
dans notre position respective; et, sentant mon bras en-
gourdi, je baissai un peu mon arme, sans retirer mon doigt
de dessus la gâchette. A ce mouvement de ma part, j'a-
perçus chez le Bohémien un contre mouvement d'hésitation il baissa son fusil, comme j'avais fait moi-même.

Je me perdais en conjectures sur cette aventure extraordinaire. Je ne me souciais pas de faire feu le premier, dans
la crainte qu'il n'eût quelques camarades aux environs.
D'un autre côté, je supposais qu'il devait regarder lui-
même à deux fois avant de tirer sur moi; car s'il me manquait, il restait à ma discrétion.

En examinant mon adversaire plus attentivement, il me
sembla qu'il avait l'air épuisé et abattu. Cependant, il y avait
dans son regard une expression qui semblait dire qu'il ne
demandait pas mieux que d'éviter le combat, s'il pouvait
s'en dispenser. Je cédai instinctivement à cette idée et je
jetai mon fusil sur mon épaule : il en fit autant.

— Qui êtes-vous, lui dis-je, et que me voulez-vous?

— Qui êtes-vous, vous-même?

— Je suis un homme qui ne vous veut aucun mal, quand
même vous seriez ce que je suppose.

— Et que supposez-vous?

— Mais je présume que vous êtes un homme réduit à
vivre caché dans les bois. Du reste, je n'ai aucun désir
de me mêler de vos affaires, pourvu que vous ne mani-

festiez aucune intention de vous mêler des miennes.

A ces mots, il s'avança vers moi et s'arrêta à une douzaine de pas environ.

— Je vois, dit-il, que vous n'êtes pas soldat... et je crois que je puis me fier à vous.

— N'approchez pas si près, lui répondis-je. Libre à vous de vous fier à moi ; mais vous ne devez pas vous attendre à ce que cette confiance soit réciproque.

— Soit : mais fiez-vous sans crainte à moi, répliqua-t-il.

Il promena alors ses regards autour de lui, fixant sur moi un œil pénétrant, il ajouta :

— Vous êtes un colon déjà anciennement établi?

— Oui ; ma ferme est sur les bords de cette rivière, à douze milles d'ici environ, et mon nom est William Thornley. Vous savez maintenant tout ce que vous avez besoin de connaître sur mon compte : c'est à votre tour de m'apprendre qui vous êtes?

Je le savais de reste ; mais je pensais qu'il était prudent de ne pas le lui laisser soupçonner.

— Vous me demandez qui je suis? dit le Bush-ranger. C'est une question à laquelle il est assez délicat pour moi de répondre ; mais cependant, je veux vous prouver que vous pouvez vous fier à moi. Donnez-moi votre parole que vous n'abuserez pas de ma confiance pour me perdre.

— Je vous jure sur l'honneur de ne rien faire qui puisse être de nature à vous porter quelque préjudice que ce soit. Mais enfin, quel est votre but? que voulez-vous de moi?

Il garda le silence ; mais il déposa doucement son fusil sur le gazon, et vint s'asseoir à quelques pas de moi, de façon que je me trouvai entre lui et son arme.

— Eh bien! monsieur Thornley, me dit-il alors, me voilà sans armes ! Je ne vous demande pas d'en faire autant. Je n'ai pas le droit d'exiger de vous une pareille confiance ; mais j'ai besoin d'avoir un moment d'entretien avec vous... J'ai sur le cœur un secret qui me pèse et dont

je ne sais à qui parler. Je connais votre caractère. Je sais
que vous n'avez jamais été dur aux hommes du gouvernement que vous avez employés. Il faut, à quelque prix que
ce soit, que je m'ouvre à quelqu'un !... Voulez-vous m'entendre ?

Un appel de cette nature, fait dans un pareil moment et
dans un pareil lieu, m'émut au plus haut point.

Je jetai sur le Bush-ranger un regard scrutateur. J'avais
entendu citer tant d'exemples de la trahison de ses semblables, que je craignis un instant que ce ne fût un piège
qu'il m'eût tendu pour m'empêcher de me tenir sur mes
gardes. Je ne pouvais oublier non plus que c'était bien le
redoutable chef que j'avais vu à la tête du parti de Bush-
rangers pris dans l'île du grand lac.

Il s'aperçut des sentiments d'incertitude et d'hésitation
qui perçaient dans mes regards, et me montrant du doigt
son fusil :

— Que puis-je faire de plus, me dit-il, pour vous con-
vaincre que je ne médite contre vous ni violence, ni trahison ? Quand vous saurez ce que j'attends de vous, vous
verrez que de semblables idées seraient diamétralement
opposées à mes projets.

— Quelles sont donc vos intentions ? Dites-les-moi en
deux mots. N'avez-vous pas appartenu à ce parti de Bush-
rangers, qui, dans ces derniers temps, a répandu la désolation dans la colonie ?

— Oui ; et il y a plus, je suis... ou plutôt j'étais le chef
de ce parti. C'est moi qui avais ourdi le complot d'évasion
de mes compagnons du port de Macquarie ; c'est moi qui
leur ai donné le sentiment de leurs forces. Mais il ne s'agit
plus de tout cela. Je vous dirai qui je suis, tout ce que je
suis. Je n'aurai rien de caché pour vous, car j'ai une grande
grâce à vous demander. Si je n'avais d'autre moyen pour
l'obtenir que de vous dire : «Je me rends votre prisonnier,
menez-moi au Camp, » je n'hésiterais pas à vous donner

l'honneur de la capture du Bohémien !... Je sais la terreur
que mon nom a inspiré et qu'il inspire encore aux hommes impitoyables qui me poursuivent. Malgré cela je ne
balancerais pas à vous dire : « Je me livre à vous ; prenez
ma vie.» Ne faut-il pas que je la perde, un peu plus tôt ou
un peu plus tard?... Mais, au nom du Ciel, qu'elle soit le
prix de la faveur que je réclame !

— Parlez, lui dis-je, parlez. Vous avez commis des actes
bien coupables, mais ce n'est pas le moment de vous les
reprocher. Que désirez-vous de moi? Si c'est une chose
qu'un honnête homme puisse faire, je vous promets d'a-
vance qu'elle sera faite.

—Vous me le promettez? Puissiez-vous me tenir parole quand vous saurez ce que c'est ! Écoutez-moi donc.

« Vous ignorez sans doute qu'elle a été depuis dix ans
ma déplorable existence dans cette colonie. J'étais condamné à vie. C'est un sort affreux. Il vaut mieux pendre
un homme une bonne fois que de le condamner à une
peine perpétuelle. Il faut que l'homme ait devant les yeux
un terme à ses souffrances. Mais ce sont des idées sur lesquelles je ne veux pas m'appesantir. Peu de temps après
mon arrivée à la colonie, je tombai dans les mains d'un excellent maître. Comme j'étais en état de gagner de l'argent,
j'obtins ma liberté aux conditions que l'on y mettait autrefois, c'est-à-dire en payant chaque semaine à mon maître
une somme convenue. Mais je n'en étais pas moins prisonnier du gouvernement, et cette idée me torturait, car je
savais que j'étais exposé à perdre ma licence au premier
caprice de mon maître. Ajoutez à cela que j'avais fait la
connaissance d'une jeune femme à laquelle je m'étais marié. Cette circonstance me fit sentir plus vivement encore
la rigueur de mon esclavage. Plein de la plus vive tendresse pour ma femme, je ne pouvais supporter l'idée d'en
être séparé. Je vivais depuis trois ans dans cet état conti-
nuel d'alarmes, quand je fis avec elle une tentative d'é-

vasion sur un vaisseau qui partait pour l'Angleterre. C'était une extravagance, je le reconnais aujourd'hui ; mais de quoi l'homme n'est-il pas capable pour recouvrer sa liberté ?

— Quelle idée pouvait vous porter à retourner en Angleterre, et pourquoi en aviez-vous été banni ?

— Si je vous dis pourquoi, vous ne voudrez peut-être pas me croire. Il n'y a pas de prisonnier qui ne réponde à pareille question, qu'il était innocent.

— Aussi ne vous l'aurais-je pas adressée, si vous n'aviez commencé de vous-même à me raconter votre histoire. Mais s'il ne vous convient pas de me répondre, je vous en laisse le maître.

— Je n'ai aucune raison de vous cacher la vérité. Je faisais partie d'une bande de braconniers dans l'Heresfordshire. Une nuit, nous fûmes surpris par les gardes. Comment en vint-on aux coups? je l'ignore ; mais ce qu'il y a de certain, c'est qu'il y eut un garde de tué.

— Et vous fûtes mis en jugement pour meurtre?

— Moi et deux autres. Un des deux fut pendu ; mon autre camarade et moi, nous fûmes condamnés à être transportés pour la vie.

— Il suffit : moins vous en direz là-dessus, mieux ce sera. Maintenant, faites-moi connaître ce que vous voulez de moi. Je ne vois pas quel rapport tout cela peut avoir avec ce que vous avez à me demander. Le soleil descend déjà derrière cette colline et...

— Attendez un instant et vous verrez. Je ne vous ai pas dit encore que ma femme avait donné le jour à un enfant, à une petite fille qui a maintenant sept ans. J'aimais cette petite fille, monsieur Thornley, plus qu'un père n'aime ordinairement ses enfants. Elle était tout pour moi dans ce monde. C'était l'unique symbole d'espérance sur lequel je pusse arrêter mes regards ici-bas. Quand je fus condamné à perpétuité aux travaux du port de Macquarie,

c'eût été un acte de charité que de me mettre à mort : je
me serais moi-même ôté la vie, si je n'avais été retenu par
la pensée de cette enfant. Mais je n'ajouterai rien sur ce
sujet. Quand un homme se résigne au métier de Bush-
ranger, quand il a fait ce que j'ai fait, on suppose que c'est
un monstre incapable du moindre sentiment affectueux.
Le vulgaire nous juge mal, monsieur Thornley. Il n'y a
pas d'homme, croyez-m'en, quelque pervers qu'il soit, qui
ne recèle quelque bon instinct au fond de son cœur.

— Cependant, si toutes les histoires que l'on raconte
sont vraies, vous avez fait un horrible ravage dans le district de Pitt-Water, avant de l'abandonner ?

— J'en dois convenir, monsieur Thornley ; mais mes
compagnons étaient résolus à se procurer des armes. Les
colons voulurent résister ; il y eut quelques hommes blessés, et le reste ne connut plus de bornes à sa fureur.

— C'est après cela que vous avez attaqué l'habitation
de ce pauvre Moss ?

— On avait dit à mes camarades qu'il avait une somme
considérable en dollars, cachée dans sa hutte. Son trésor
était tout ce que nous voulions de lui.

— Mais pourquoi alors l'avez-vous emmené avec vous ?

— J'y fus contraint pour lui sauver la vie. Quelques-
uns de mes hommes l'auraient assommé sur la place, si je
ne les en avais empêché. La vérité est, monsieur Thornley,
que M. Moss me doit la vie.

— C'est une action qui parle en votre faveur. Mais voici
le soleil à son déclin. La nuit va bientôt venir, hâtez-vous
de me faire connaître ce que je puis faire pour vous.

— Monsieur Thornley, reprit le Bush-ranger, je vous ai
parlé de ma fille. Je l'ai vue depuis ma fuite des bords du
grand lac. J'ai osé pénétrer sous un déguisement jusque
dans Hobart Town. Là j'ai vu mon enfant. Sa vue, ses em-
brassem ts ont produit une étrange révolution dans mes
sentiments. Je donnerais volontiers ma vie pour assurer

son bonheur. Je serai pris un peu plus tôt ou un peu plus
tard. Si je ne succombe pas misérablement au milieu des
bois, je serai trahi, et il faudra périr fusillé ou pendu.

— Mais que puis-je faire pour détourner le sort qui vous
menace?

— Rien pour moi. Quand je me rendrais, le gouvernement serait obligé de me faire pendre pour l'exemple.
Non, non; je connais le sort qui m'est réservé. Aussi n'est-
ce pas de moi qu'il s'agit; mais c'est de mon enfant...
c'est de ma fille!... Monsieur Thornley, vous ferez ce que
je vais vous demander?... Accordez cette grâce à un malheureux qui n'a d'affection que pour un être au monde! Je
vais peut-être exiger trop, je m'attends à vos refus. Mais
non... Vous laisserez to   _r un regard de compassion sur
ma pauvre fille, n'est-   pas? Vous la protégerez!... Je ne
puis vous demander de pourvoir à ses besoins; mais soyez
son ange tutélaire. Quand je ne serai plus là, que ce pauvre jeune cœur, dont rien n'a terni l'innocence, sache
du moins qu'il y a quelqu'un au monde prêt à lui donner
conseil, assistance au milieu des dangers qui entoureront
sa jeunesse! Que je ne meure pas sans être sûr qu'elle
puisse compter sur la bienveillance, sur la sympathie de
quelqu'un!... Voilà ce que j'avais à vous demander! prenez en pitié le pauvre Bush-ranger sans ressources, sans
asile, pourchassé comme une bête fauve. Ah! promettez
d'accomplir cet acte de bonté suprême!

Mes regards s'étaient arrêtés avec stupeur sur le Bohémien; et je dois ajouter que je n'avais pas écouté sans
trouble l'éloquent appel que le désespoir inspirait à cet
infortuné. Je vis qu'il était sincère; néanmoins, tous les
inconvénients qui pouvaient résulter pour moi d'une semblable tutelle se présentèrent à la fois à mon imagination;
mais au moment même où je me représentais tout ce qu'il
y avait de repoussant à me charger de l'enfant d'un chef
de brigand, mes yeux rencontrèrent ceux de ce malh -

reux père. Ils exprimaient un tel oubli de toutes choses
humaines, hors le salut de son enfant ; ils semblaient tellement faire dépendre son sort de ma réponse que je me
sentis vaincu. J'accueillis sa demande.

— Oui, m'écriai-je, je la protégerai... mais plus de sang
à vos mains !... Il faut que vous m'en donniez l'assurance. Ma sollicitude lui est acquise. Je vous le promets :
ma parole est sacrée !

— Ah ! s'écria-t-il, assez ! assez !... c'est plus que je n'aurais osé espérer. Je vous remercie, monsieur Thornley. Je
vous remercie, à genoux !... Et il tomba à mes pieds. . . .

— Juste Ciel, s'écria-t-il tout à coup, que vois-je? Un
homme à cheval, d'autres à pied. C'est à moi qu'on en veut !

Pendant qu'il achevait ces mots, le cavalier s'avança
au galop vers nous, tandis que les hommes à pied marchaient en bon ordre : c'étaient des soldats. Le Bohémien
courut à son fusil ; mais il glissa et tomba. Le cavalier,
qui était un constable d'Hobart Town, fut plus leste que
lui ; il l'avait atteint avant qu'il eût le temps de se relever et de prendre son fusil.

— Rends-toi, infâme brigand, ou je te brûle la cervelle,
lui cria le constable.

Le Bohémien s'accrocha à la bride du cheval, qui fit une
courbette et désarçonna le constable. C'était un homme
robuste et agile, il saisit le Bohémien, le prit à bras le
corps et chercha à lui lier les mains, mais il n'y réussit
pas. Il s'engagea alors entre eux une effroyable lutte.

— A moi, soldats, s'écria le constable, il faut le prendre
vivant.

Les soldats accoururent. Cependant le constable avait
terrassé le Boh m en, et les soldats allaient s'en emparer,
quand se dégageant par un effort convulsif, il enlaça dans
ses bras le corps de son adversaire. Dans cette lutte désespérée, les deux combattants, également étreints, roulèrent

plusieurs fois l'un sur l'autre et, en roulant ainsi, parvinrent jusqu'au bord du précipice qui était à pic.

— Au nom du Ciel, s'écria le constable avec un cri d'agonisant : Au secours ! au secours!... nous tombons!...

Il était trop tard. En vain les soldats essayèrent d'arrêter le malheureux constable par ses habits, le Bush-ranger fit un dernier effort et entraîna avec lui le corps de son antagoniste dans l'abîme. Nos regards stupéfaits sondaient les profondeurs du précipice. Les deux corps, étroitement liés, tournèrent et retournèrent dans les airs, jusqu'à ce que parvenus au fond, ils y tombèrent, avec un choc horrible, broyés et sans vie. Le précipice était tout près des bords de la rivière ; les deux corps roulèrent jusqu'à ses eaux, puis nous ne vîmes plus rien.

Nous restâmes tous quelque temps dans un profond silence, les yeux fixés sur le précipice.

— Quel intrépide brigand que ce Bohémien ! dit le caporal, qui s'imagina que sa dignité lui imposait l'obligation de parler le premier. Qui se serait jamais attendu à un pareil coup de sa part !

— C'est un coup dont le pauvre constable n'est pas moins dupe que lui, dit un des soldats.

— Cela aurait pu finir plus mal, reprit le caporal. Après tout, ce n'est qu'un constable de moins, ce n'est pas une si grande perte. Et vous, ajouta-t-il en se tournant de mon côté, pourriez-vous me faire le plaisir de me dire qui vous êtes? Vous étiez en conversation réglée avec ce brigand-là, quand nous sommes arrivés. Steadman, assurez-vous de cet homme-là. On va vous conduire au Camp. Nous avons l'ordre formel d'arrêter le Bohémien et l'un de ses camarades.

— Mes amis, dis-je; c'est le hasard qui m'a fait rencontrer ce Bohémien. Vous voyez mon cheval qui est à paître là-bas ; je retournais chez moi quand je me suis trouvé face à face avec lui.

— C'est possible, reprit le caporal, mais j'ai mes ordres;

14

il faut que j'y obéisse. Bowman, allez vous emparer du cheval de Monsieur.

— Je pourrai monter dessus, j'espère.

— Je n'y vois pas d'inconvénient, seulement vous ne trouverez pas mauvais que nous tenions la bride. Je vous demande bien pardon, mais les ordres sont positifs. Excusez-moi : il est d'usage de ne pas laisser en liberté les bras des gens que l'on arrête. Permettez, ne remuez pas s'il vous plaît. Steadman, vos armes sont-elles chargées?

Steadman fit un signe affirmatif.

— Voilà encore une aventure bien agréable, me dis-je à moi-même. Après tout, ce caporal est de meilleure composition que le vieux sergent. Puis j'ajoutai à haute voix :

— Vous ne refuserez pas sans doute de me conduire devant le magistrat qui demeure sur les bords de la Clyde.

— C'est précisément sur la route que nous devons suivre.

— Eh bien! lui dis-je, marchons le plus vite que nous pourrons, car il commence à se faire tard.

— C'est fort bien, répliqua le caporal; mais il faut avant tout que nous constations la mort du Bohémien et celle du constable.

— Ah! s'écria Bowman, je vous les garantis bien morts!

— C'est fort bien, dit le caporal; mais on ne sait jamais de quoi ces diables de Bush-rangers sont capables. Mes ordres portent que je dois m'emparer de celui-là, le suivre partout, quoique, à vrai dire — et ici le caporal regarda le précipice d'un air de plaisanterie — je ne me soucierais pas de le suivre par cette route-là. Qu'en dites-vous, Steadman?

— Pour ce qui est de cela, ce serait outrepasser les ordres. Mais si nous voulons faire l'examen des deux cadavres, il faut nous dépêcher avant que le courant ne les entraîne trop loin.

Nous partîmes donc, moi monté à cheval, les bras attachés derrière le dos (page 214)

CHAPITRE XVIII

Nous descendîmes par un sentier sinueux. La terre était foulée et tachée de sang à l'endroit où les deux corps étaient tombés. Nous suivîmes le cours de la rivière jusqu'à ce que, la trouvant obstruée par du bois mort, nous vîmes les deux corps séparés l'un de l'autre, mutilés et sans vie. Les soldats les tirèrent sur le rivage. Pour moi, j'étais spectateur passif de cette horrible scène. Le caporal se mit alors en devoir de faire une scrupuleuse perquisition dans les poches des morts.

— Occupons-nous d'abord du constable, dit-il. Qu'est-ce que c'est que cela ? une paire de menottes ! voilà qui vient fort à propos. Le Bush-ranger n'en a plus besoin, mais elles iront très bien à son camarade.

— J'espère, mon ami, interrompis-je, que vous ne me mettrez pas ces menottes. Je vous ai dit qui j'étais.

— Tout ce que vous dites peut être très vrai, mon cher

211

Monsieur, mais nous avons ordre de nous assurer de tous
les compagnons du Bohémien, et vous ne pouvez nier que
vous étiez assis côte à côte avec lui. Attendez un peu, Steadman. Qu'est-ce que vous trouvez après cela? oh! oh!
c'est un objet brisé en mille morceaux. Cela sent le rhum!
Quel dommage que le constable ne nous ait pas donné sa
gourde avant d'avoir fait la cabriole! Je ne saurais supporter qu'on gaspille les bonnes choses. Mais qu'est-ce
que c'est que cela? un agenda et des papiers : tout est
mouillé. N'est-ce point un rêve? Non, vraiment, c'est bien
cela! une, deux, trois... neuf bank-notes d'une demi-cou-
ronne. Regardez dans les autres poches, Steadman.

— Je n'y trouve qu'un mouchoir.

— C'est bien; enveloppez tout dans le mouchoir et nous
emporterons le paquet avec nous.

— Que ferons-nous de ses habits? ils ne sont pas
mauvais.

— Il faut au moins prendre les souliers. Quant au Bush-
ranger, je suppose que l'inventaire sera bientôt fait. Fouil-
lez-le, Steadman.

— Si j'y vois clair, voilà une trouvaille! un paquet de
bank-notes d'une livre sterling (25 fr.).

— Des bank-notes d'une livre sterling! où ce diable-là
les a-t-il pêchées? De quelle maison sont-elles?

— De Kemp et compagnie.

— C'est de l'or en barre! Qu'a-t-il dans ses autres poches?

— Une paire de petits pistolets. Il y en a un de brisé; il
l'aura été probablement dans la chute; trois pierres à feu,
un briquet et un morceau de punk; je ne connais rien de
pareil pour allumer du feu. Voici une poire à poudre apla-
tie comme une punaise, un petit sac rempli de balles et un
couteau-poignard; c'est une terrible arme à enfoncer dans
le corps d'un homme. Voilà quelque chose dans un sac:
c'est du thé. Nous allons probablement trouver la théière.
Voici une jolie provision de tabac et une pipe en bois pres-

que neuve. Tu ne la fumeras plus mon vieux... Voilà tout
ce que je puis trouver.

— Tournez-le sens dessus dessous. J'entends sonner
quelque chose ; tâtez-le partout, dit le caporal.

— Il est dans un état trop dégoûtant ; il est tout en mar-
melade ; attendez un peu que je le débarbouille avec de
l'eau. Voyons maintenant : Par Saint-Georges, il a une
montre en or, une chaîne, des breloques ! Ce n'est pas
tout, voilà sur sa poitrine quelque chose de cousu dans la
doublure de son habit. Il faut voir ce que c'est. Donnez-
moi son couteau que je découse cela. Qu'est-ce que cela
peut être ? Autant que le tact permet d'en juger, ce sont
des papiers.

Cette découverte reporta ma pensée vers la fille du
Bush-ranger. Je me figurai que ce paquet de papiers devait
renfermer des renseignements propres à jeter du jour sur
l'origine et la vie de cet homme.

— Je vous supplie, Messieurs, m'écriai-je, de respecter
ces papiers et de les remettre aux mains de l'autorité. Son-
gez que vous compromettriez votre responsabilité, s'il y
avait quelque chose de perdu ou d'altéré.

Cette remarque me valut, de la part du caporal, un regard où se peignaient tous les soupçons que je lui inspirais.

— Donnez-moi le paquet, dit-il à Steadman, nous l'exa-
minerons plus tard. Il n'est pas nécessaire que tout le
monde sache ce qu'il renferme, ajouta-t-il en me lançant
un regard pénétrant. Maintenant, qu'allons-nous faire de
ces deux corps-là ? Nos ordres portent que nous devons
nous emparer du Bush-ranger, mort ou vif.

Ce que vous auriez de mieux à faire, interrompis-je, ce
serait de consulter le magistrat du district. L'identité du
Bohémien est, je le pense, suffisamment constatée ; dans
ce cas, la décence veut que vous enterriez les deux victimes à l'endroit même où elles sont.

— Oh ! pour ce qui est de l'identité, personne n'est plus

en état de la constater que vous, monsieur le Bush-ranger.
Après tout, il n'y a pas loin d'ici chez le magistrat : ren-
dons-nous auprès de lui. Si le magistrat le juge convenable, nous reviendrons ici chercher les corps.

Nous partîmes donc; moi, en grand cérémonial, monté
à cheval, les bras attachés derrière le dos et précédé de
deux soldats, qui tenaient la bride à droite et à gauche. Le
caporal suivait derrière. Avant de se mettre en marche, il
avait eu soin de placer une cartouche à balle dans le canon
de son fusil.

Nous fûmes en moins d'une couple d'heures à la maison
du magistrat, à qui j'expliquai mon aventure. Le caporal
consentit, sur son témoignage, à me relâcher. Tous les papiers et autres objets saisis, furent déposés comme pièces
de conviction aux mains du magistrat. J'attirai plus par-
ticulièrement son attention sur le paquet de papiers. Ensuite, je me hâtai de me rendre à mon habitation, où le
bruit s'était déjà répandu que j'avais été arrêté par un
détachement de soldats, d'où Crab avait conclu que j'avais
été probablement fusillé sans autre forme de procès. Je
trouvai ma femme et ma famille en proie à la plus vive
inquiétude; je les eus bientôt rassurés sur mon sort, en
demandant que l'on me servît au plus vite un plat de côtelettes. Aussitôt que j'eus calmé mon appétit, je racontai
mon aventure avec le Bohémien. Lorsque j'en vins à la
partie de mon histoire qui concernait la fille du brigand,
ma femme témoigna par un mouvement de tête qu'elle
était peu satisfaite de la responsabilité que j'avais prise.
Quant à Crab, assis dans un coin, il avait l'air morose. On
m'avait prévenu qu'il avait eu un terrible accès de mauvaise humeur, lorsqu'il avait appris la mort de son bœuf
favori; aussi fit-il la plus horrible grimace, quand je parlai
de la promesse que j'avais faite.

— Sur ma parole, s'écria-t-il, voilà un joli pays à habiter!
S'il n'y pousse pas grand'chose, au moins les Bush-rangers

y pullulent; et c'est sur les honnêtes gens que retombe le soin d'élever leurs enfants. Il est heureux pour vous, notre maître, qu'il n'ait pas pris à votre ami, le Bush-ranger, la fantaisie de vous embrasser aussi tendrement que le constable. Sur ma vie, c'est drôle, tout à fait drôle! Et puis voilà, d'un autre côté, un nouveau venu qui s'avise de fusiller mon pauvre bœuf! comme s'il avait jamais fait de mal à personne; il ne faisait pas partie de la bande des Bush-rangers, je suppose.

— Comment! monsieur Crab, il n'a fait de mal à personne? reprit Betsy avec vivacité. Il a cruellement maltraité ce pauvre M. Beresford; il m'aurait foul'e aux pieds, s'il n'eût pas été tué si à propos.

— Et pourquoi ne vous êtes-vous pas sauvée? Est-ce que vous ne pouviez pas faire un saut de côté et le prendre par la queue? En vérité, dit Crab, je ne reviens pas de la manière dont certaines gens se conduisent; mais, allons nous coucher.

En s'en allant, il fronça le sourcil et lança sur la pauvre Betsy un regard aussi courroucé que celui du terrible animal dont il regrettait la mort; puis il ajouta:

— Traiter de la sorte un animal si doux, si gentil, d'une si bonne nature, quand on ne le provoquait pas!

C'était au mois de juillet, par une belle matinée d'hiver; je m'étais levé de bonne heure, pour surveiller la construction de ma nouvelle maison en pierre. Le froid était vif; il y avait de la glace dans un bas-fond, qui se trouvait près d'un ruisseau dont les eaux se jetaient dans la Clyde. La gelée blanche répandait ses teintes argentées sur les longues touffes de gazon sauvage, qu'elle crispait; on les entendait, en marchant, craquer sous les pieds. Le soleil était brillant et radieux; la nuance foncée des arbres verts et des buissons formait, avec celle de la gelée, un contraste qui me frappait singulièrement, quoique j'en eusse déjà plus d'une fois admiré les effets.

J'avais beaucoup à faire pour réparer les désastres de
l'incendie; mais je me sentais du cœur à l'ouvrage. Le feu
n'avait endommagé ni mes terres, ni mes moutons, ni
mes bestiaux, et je sentais bien que tant que tout cela serait intact, le besoin ne nous atteindrait jamais. En outre,
je ne me trouvais nullement contrarié d'avoir tout à re-
construire à neuf. L'exercice que j'avais été obligé de prendre m'avait mis en bonne disposition quand on m'appela
pour déjeûner.

Au moment où j'arrivais devant la porte de notre habitation provisoire, un chariot traîné par des bœufs s'y arrêta. Il renfermait une dame, deux enfants, une femme de
service, un ou deux hommes du gouvernement, et enfin
le chef de la famille, dans lequel il me fut aisé de reconnaître un nouveau colon.

Le bruit d'un fouet qui se faisait entendre à quelque
distance, et qu'accompagnaient les cris ordinaires d'un
conducteur de bœufs, m'avertit que le chariot des bagages
n'était pas loin. Je donnai l'ordre à mes gens d'aller à sa
rencontre, et de prêter toute l'assistance dont on pourrait
avoir besoin.

Nous accueillîmes les étrangers avec la cordialité en
usage dans la colonie. Ils paraissaient fatigués de leur
voyage; c'était une raison de plus pour leur prodiguer
nos soins et nos encouragements. Ils se rendaient sur les
bords du Shanon, et se montraient très impatients d'arriver sur leur terres. Je n'eus cependant pas de peine à leur
persuader de s'arrêter un ou deux jours chez moi, pendant
qu'ils enverraient en avant leurs gens pour construire la
hutte grossière qui sert de premier asile à tout colon nouvellement débarqué.

Cette adjonction forma une table nombreuse. Nous
étions neuf de notre côté : ma femme, nos six enfants,
Crab et moi; nos hôtes étaient quatre. C'était donc treize
en tout.

Je remarquai que Crab jetait sur les nouveaux venus des regards pleins de la plus sombre tristesse. J'étais accoutumé à interpréter ces marques de commisération que lui inspirait toujours l'aspect d'étrangers, dans lesquels il ne voyait que de nouvelles victimes. Il était facile de s'apercevoir qu'il épiait l'occasion de faire à nos convives quelque horrible tableau du pays. Une fois ou deux il avait essayé de commencer une de ses lamentables harangues ; mais Betsy qui prenait un malin plaisir à le taquiner avait toujours coupé court à ses doléances. Toutes les fois qu'il avait voulu ouvrir la bouche, elle l'avait interrompu par quelque nouvelle invitation de boire ou de manger. Nous regardions ces agaceries de Betsy comme un des motifs de l'affection toute particulière que le vieux grondeur lui portait.

— Monsieur Crab, vous prendrez probablement un peu de cette soupe à la queue de kanguroo ? Je l'ait fait réchauffer à votre intention.

— Non, c'est un mets à garder pour les jours de fête. Il faut de la modération dans le boire et le manger, miss Betsy : « prodigalité engendre misère. »

Je dois dire ici, par parenthèse, que M⁰ Crab avait pris un goût très prononcé pour les proverbes.

— Mais vous ne pouvez pas dire que vous ayez déjeuné. C'est tout au plus si vous avez mangé une demi douzaine de côtelettes. Vous êtes donc indisposé, ce matin ?

— Je ne suis pas un grand mangeur. Je crois que c'est le chocolat qui me rassasie si promptement. Je ne conçois pas, mistress Thornley, la prédilection que vous avez pour le chocolat. Du chocolat au milieu du désert et des bois ! Il est vrai qu'il faut bien boire quelque chose, et qu'il n'y a pas moyen de se procurer de la bière dans ce maudit pays.

— Ma foi, dit l'étranger, qui s'appelait Marsh, je ne vois pas qu'il y ait tant à se plaindre de l'ordinaire de ce pays. On y prend du thé, du café, du chocolat ; voici du pain, du beurre, des œufs en quantité, des côtelettes de mouton plus qu'on n'en voit dans aucun pays du monde ; ajoutez-y encore du canard, de la soupe à la queue de kanguroo, qui ressemble beaucoup, il faut en convenir, à un plat de colle.

— Ah ! dit William, il faut une certaine habitude pour manger de la soupe à la queue de kanguroo, autrement c'est un mets dangereux.

— Comment, dangereux ?

— Oui ; l'autre jour, un colon nouvellement débarqué...

— Taisez-vous, William, interrompit ma femme ; ne répétez pas de pareilles folies.

— Un colon nouvellement débarqué prit une cuillerée de ce potage, et la mit sans défiance dans sa bouche.

— Et il s'est brûlé ? dit Crab.

— Pas du tout ; mais comme le potage était un peu plus épais que de raison, et très gluant, il colla si bien les lèvres de notre homme, qu'il fallut les humecter pendant un quart-d'heure, avec de l'eau chaude, avant qu'il pût parvenir à les ouvrir... Eh ! qu'est-ce qui nous arrive donc ? Ah ! c'est le chirurgien avec M. Beresford.

— Qu'est-ce qui vous amène, mon cher ami, dis-je au chirurgien ? Vous avez un air méloncolique qui n'est pas en harmonie avec l'éclat de cette belle matinée. Il n'est plus question, j'espère, de Bush-rangers, ni d'indigènes ?

— Non ; ce qui m'inquiète, c'est la nécessité où je me vois réduit d'abandonner mes amis de la Clyde. Il n'y a rien à faire pour moi dans un pays comme celui-ci.

Les étrangers prêtèrent l'oreille à ces paroles, et M. Marsh s'écria :

— En vérité, Monsieur, je suis désolé de vous entendre parler ainsi. Je ne fais que d'arriver dans ce pays, et il m'est pénible d'apprendre qu'un honnête homme n'y puisse pas gagner sa vie.

Crab avait déjà pris son chapeau pour retourner à sa

charrue bien-aimée ; mais à ce plaintif langage, il s'arrêta, son chapeau à la main.

— Oui, monsieur Thornley, il faut que je vous quitte ; et je ne sais de quel côté m'établir pour être mieux.

— Pour être mieux ! s'écria Crab dans un véritable transport de joie ; pour être mieux ! Mais vous ne serez jamais mieux, tant que vous resterez dans ce pays-ci ! Qui est-ce qui a jamais pu trouver moyen d'y être bien ?

— Juste Ciel ! dit M. Marsh à sa femme, voilà de tristes pronostics. On nous avait dit que cette colonie était florissante !

— On peut dire qu'elle est florissante pour les colons ordinaires, reprit le chirurgien ; mais elle ne l'est pas pour moi. Voici trois ans que j'habite sur les bords de la Clyde, et je ne crois pas vraiment que ma clientèle m'ait rapporté une livre sterling.

— Cela ne m'étonne pas, dit Crab, en se frottant les mains avec satisfaction et, dans l'excès de sa préoccupation, en posant son chapeau dans le plat où se trouvait la soupe à la queue de kanguroo, cela ne m'étonne pas. Qui est-ce qui a jamais gagné et qui est-ce qui gagnera jamais une guinée dans ce misérable et horrible pays ?

— Je ne le sais que trop bien, reprit le chirurgien. Et pourtant si je ne parviens pas à en gagner quelques-unes, que deviendront ma femme et mes enfants ?

— Puis-je vous demander, Monsieur, qui est-ce qui vous a empêché de réussir ?

— Je vais vous le dire, mon cher Monsieur, répliqua le chirurgien. Je crois que j'aurais réussi tout aussi bien qu'un autre, si j'avais eu l'occasion de faire quelque chose ; mais, dans ce pays-ci, il n'y a pas de maladies.

— Comment ! il n'y a pas de maladies, s'écria M. Marsh ; ce n'est pas possible.

— Rien n'est plus vrai cependant, Monsieur ; depuis que je suis dans ce pays, c'est-à-dire, depuis trois ans, il n'y a pas eu de maladies dans le district de la Clyde.

— Quoi! interrompit mistress Marsh; il n'y en a pas même parmi les enfants? Pas de rougeoles? Pas de coqueluches? pas de fièvres scarlatines?

— Non, Madame, il n'y a rien de tout cela dans ce pays-ci. La seule chance que l'on ait de travailler un peu, c'est lorsque quelque gardien de troupeaux fait une chute de cheval ou lorsqu'il y a quelqu'escarmouche avec les Bushrangers ou les indigènes; mais les blessures se guérissent si vite ici que les malades sont sur pied avant qu'on ait eu le temps d'en tirer quelque profit. Oui, Monsieur, un médecin n'a pas d'autre ressource ici que de mourir de faim.

— C'est épouvantable, s'écria Crab, dans l'aveuglement de ses préventions, c'est épouvantable!

— En effet, dit en riant le nouveau venu, c'est un étrange pays. J'avais bien entendu dire, que c'était un vrai monde renversé : mais je ne m'attendais pas à entendre les habitants se plaindre qu'il n'y eût pas de maladies.

— Entendons-nous, dit le chirurgien : je ne me plains pas de ce qu'il n'y a pas de maladies dans le pays. Je dis seulement que je n'y peux pas trouver à vivre. C'est M⁰ Crab qui se plaint de cela; mais lui il trouve tout mal.

Crab parut illuminé d'un trait soudain de lumière. Se plaindre d'un pays par ce qu'il était exempt de maladies, lui semblait un peu trop fort. L'opiniâtreté de ses préjugés finit néanmoins par l'emporter. Il frappa sur la table de sa main dure et osseuse, et il s'écria :

— Je vais vous faire comprendre la chose : si les habitants de ce pays-ci ne sont pas malades, comme ceux de notre vieux continent, je prétends que cela vient de ce qu'ils ne se portent jamais tout à fait bien; ajoutez à cela qu'il n'y a pas moyen pour eux de gagner un seul dollar pour se faire soigner. Je dis donc que s'ils ne vivaient pas dans un état de langueur perpétuel, ils seraient malades quelquefois. Dans ce cas, le docteur pourrait les ramener à la santé, alors ils vivraient mieux et feraient vivre les autres; telle est mon opinion.

En achevant cette belle tirade, il enfonça son chapeau sur sa tête d'un air triomphant, en se disposant à sortir de la maison : mais comme il n'était pas très convaincu, au fond, d'avoir employé des raisonnements bien concluants, il chercha un prétexte pour remettre la question sur le tapis et il adressa aux étrangers, avec une gravité tout à fait magistrale, l'allocution suivante :

— Au nom du Ciel, Monsieur et Madame, ne vous laissez pas leurrer au point de semer votre argent dans ce pays. Vous n'y trouverez rien de bon. Il y a à peine quelques jours que M. Thornley a failli être fusillé par les Bush-rangers et brûlé vif par les indigènes. Vous ne savez probablement pas qu'il n'y a pas un arbre derrière lequel on ne trouve ici ou un Bush-ranger pour vous dépouiller, ou un indigène pour vous dévorer. Chaque soir, quand vous allez vous coucher, il y a dix à parier contre un que vous aurez la gorge coupée avant le lendemain matin. Une nuit, mon troupeau... — Vous avez donc des moutons, monsieur Crab, dit M. Marsh? En avez-vous beaucoup? — Je puis en avoir deux mille à peu près. Vous n'avez pas d'idée quel embarras cela donne! — Comment vous êtes-vous décidé à les acheter, puisque vous avez une si mauvaise opinion de la colonie. — C'est M. Thorneley qui m'a persuadé d'acheter cent moutons, il y a sept ans environ. Ils se sont multipliés, et maintenant j'en ai deux mille, pour mon malheur. Ils me causent de mortels tourments. J'ai en magasin, un lot de laine, dont je ne sais que faire. Les moyens de transport manquent, et d'ailleurs, où l'envoyer? Personne ne veut m'en donner plus de six pences par livre, en la prenant sur la place. — Je vous demande pardon, monsieur Crab, interrompit M. Marsh; mais il me semble que vous vous écartez un peu de la question. Vous disiez tout à l'heure que vous aviez acheté cent moutons, il y a sept ans, et que vous en aviez aujourd'hui deux mille. Ce résultat me paraît assez encourageant.

Le singulier personnage battit en retraite, et ne tarda pas à oublier, dans la compagnie de Bob, le mécontentement que lui avaient fait éprouver les objections malsonnantes à ses oreilles que l'étranger lui avait soumises.

— Si j'ose dire toute ma pensée, s'écria mistress Marsh, voilà un original réellement bien extraordinaire. Il ne semble pas avoir une opinion très favorable de ce pays-ci ; puisqu'il le trouve si désagréable, pourquoi donc y est-il resté si longtemps ? — Mᵉ Crab, répondit ma femme, est un homme qui a une manière de voir qui n'appartient qu'à lui. Je puis vous assurer que vous trouverez le pays fort agréable, si vous ne vous en faites pas, dans le principe une, idée trop séduisante. — Un point, auquel je ne comprends rien, dit M. Marsh, c'est de savoir comment vous pouvez vivre au milieu d'une population de condamnés. Cela doit faire, je le suppose, de singuliers domestiques. — Il en résulte des rapports sociaux fort curieux, lui répondis-je. Si mon expérience à cet égard peut vous être de quelque utilité, je vous en ferai avec plaisir partager les fruits.

Je commençai alors, avec mon hôte, un long entretien dans lequel il me prouva qu'il avait autant d'instruction que d'intelligence.

Le pauvre diable était plus mort que vif; car, c'est un horrible supplice (page 229)

CHAPITRE XIX

En ce moment le magistrat dont j'ai parlé précédemment, et qui avait été le chef de l'expédition contre les Bush-rangers, arriva à cheval devant la maison. Il mit pied à terre, ouvrit la porte et entra, sans autre formalité, selon l'usage de la colonie.

— Eh bien! me dit-il, j'ai des nouvelles à vous donner de la fille du Bohémien. Le paquet de papiers, que l'on a trouvé si soigneusement caché sur lui, renferme une histoire des plus intéressantes. Je pense y avoir trouvé des renseignements qui pourront être de la plus haute importance pour l'enfant. Mais où la trouverons-nous?

— Je ne m'en suis pas encore enquis, lui répondis-je; vous pouvez être certain cependant que je n'entends pas l'abandonner, après la promesse que j'ai faite. Nous étions en train, lorsque vous êtes arrivé, de parler sur l'organisation du travail des condamnés dans la colonie. Monsieur

désirerait connaître le système suivi à cet égard. Vous avez
une longue expérience de la matière, et je disais à M. Marsh
que vous seriez bien plus en état que moi de lui donner des
informations sur beaucoup de points.

— Eh bien! reprit le magistrat, en se tournant vers moi,
faites mettre mon cheval à l'écurie et nous pourrons causer
à notre aise.

La conversation dura plus longtemps que ne l'avait
pensé le magistrat.

--Si vous désirez, dit-il, de plus amples détails, vous
viendrez jusque chez moi, où nous dînerons ensemble.
J'engage le docteur à être des nôtres. J'ai quelques visites
à faire de l'autre côté de la rivière; je vous rejoindrai
au lieu du rendez-vous.

A ces mots, nous nous séparâmes, et, quelques instants
après, M. Marsh et moi nous nous dirigions à pied vers
la maison du magistrat. A peine y étions-nous arrivés que
notre attention fut attirée par une réunion de personnes
qui paraissaient dans un état extrême d'agitation. Dans le
centre de ce groupe se trouvait un colon qui s'agitait et vo-
ciférait au milieu des personnes qui l'entouraient.

— Si je ne me trompe pas, dis-je à M. Marsh, vous allez
avoir l'occasion de voir comment on maintient les condamnés dans le devoir. Voilà qui m'a l'air d'un recours en
justice.

Pendant que je parlais encore, le magistrat arriva, et le
colon, qui se plaignait avec tant d'éclat, réclama son in-
tervention.

— Il faut que cet homme soit puni, s'écria-t-il. C'est un
misérable! Mais je vais enfin lui apprendre qu'il n'a pas
la permission de faire tout ce que bon lui semble. Je viens
de douze milles d'ici, pour lui faire infliger un châtiment.
J'ai interrompu tous mes travaux... Il faut absolument
qu'il soit puni ; il faut...

— Allons, allons, dit le magistrat, calmez-vous. On vous

rendra justice; mais il faut qu'on vous la rende dans les formes. J'ignore encore si cet homme a commis une faute qui mérite châtiment.

— Vous ne savez s'il doit être puni! s'écria le maître, dont le courroux allait toujours croissant. Est-ce que vous croiriez à sa parole plutôt qu'à la mienne?

— Assez, reprit le magistrat; n'allons pas si vite. Entrez et asseyez-vous. Reprenez d'abord vos sens; ensuite nous verrons de quoi il s'agit.

Nous entrâmes tous dans la maison du magistrat, qui se mit immédiatement en devoir d'écouter la plainte qu'on lui adressait.

La séance fut longue; plusieurs causes furent appelées, et le juge s'acquitta de ses délicates et difficiles fonctions à la satisfaction générale.

— Je ne sais trop que dire sur la manière dont on rend la justice dans ce pays, dit M. Marsh. Les magistrats semblent agir avec une sorte d'arbitraire.

— Ils s'affranchissent souvent des formes dans leurs procédures, lui répondis-je; mais, en général, leurs jugements produisent les plus heureux résultats.

— Il y a pourtant une chose qui sonne fort désagréablement à mes oreilles : c'est la peine du fouet. Je ne saurais m'accoutumer à entendre condamner un homme à ce genre de châtiment; mais je suppose que dans une colonie pénitentiaire, on ne saurait faire autrement. Néanmoins, je crois qu'il est fort douteux que le résultat de cette punition soit efficace.

— Messieurs, dit le magistrat, qui était descendu de son siège, trève de philosophie et allons dîner.

— Voilà une journée bien fatigante pour vous, dit M. Marsh au magistrat, en se mettant à table. Avez-vous à prononcer souvent sur de semblables plaintes?

— J'ai bien rarement autant d'affaires à décider en un jour. La plupart du temps c'est sur place, en faisant ma

15

tournée, que je prononce sur tous les petits différents qui s'élèvent entre les maîtres et les domestiques ; mais ce que je trouve le plus pénible dans mes fonctions, c'est d'être obligé de condamner souvent les hommes à la peine du fouet. J'avoue que, dans l'état actuel de la colonie, j'en suis à me demander quel autre mode de châtiment pourrait être aussi efficace que celui-ci ? Il est incontestable que c'est un moyen puissant de mettre un frein à l'insubordi-nation ; aussi, mon objection porte-t-elle plutôt sur le principe du châtiment que sur le châtiment même. Un homme qui a été fouetté perd l'estime de lui-même. L'effet produit par les verges ne se borne pas aux traces qu'elles laissent sur les épaules, il pénètre jusqu'à l'âme.

— Mais quel autre châtiment voulez-vous substituer à celui-ci, dit le chirurgien ? Il ne faut pas perdre de vue que nous vivons au milieu d'une population de condamnés, qu'il est absolument nécessaire de maintenir dans le de-voir. On peut dire aussi, en faveur de ce genre de châti-ment, qu'il offre sur l'emprisonnement l'avantage de ne pas priver la colonie du travail du coupable. Un homme est fouetté, et tout est dit.

— Si tout était dit, reprit le magistrat, une partie des ob-jections que je fais, — au moins quant à la pratique, — tom-beraient d'elles-mêmes ; mais, dans beaucoup de cas, tout n'est pas fini, car il n'y a que trop d'exemples qui prouvent qu'un homme, dont le fonds était encore bon, est devenu tout à fait incorrigible sous la funeste influence de ce châ-timent dégradant.

« Ceci me rappelle une anecdote, qui m'est arrivée il y a environ deux ans. Il s'était manifesté à cette époque, un esprit d'insubordination marqué parmi les prisonniers de ce district. Il était indispensable de recourir à quelque mesure énergique pour l'arrêter. Je me consultai avec un de mes collègues sur la marche que nous devions suivre. Nous convînmes que la première fois que nous aurions à prononcer dans l'affaire de quelque mauvais sujet, nous le ferions de manière à ôter aux autres la tentation de courir la même chance ; car, en pareil cas, une prompte sévérité est de l'indulgence bien entendue.

» Il faut que M. Marsh sache qu'un magistrat, quand il juge seul, n'a pas le droit de condamner un homme à plus de cinquante coups de fouet à la fois. Il fallait donc que nous nous réunissions, mon collègue et moi, pour mettre notre projet à exécution. Je ne tardai pas à trouver l'occasion de le prier de venir siéger avec moi.

» Comme le plus ancien, c'était à moi de présider et de diriger les débats. Nous avions à juger un grand et beau garçon, accusé d'insolence et d'insubordination ; nous nous étions arrangés pour avoir un nombreux auditoire, afin de donner le plus de publicité possible au résultat de notre affaire. La culpabilité était évidente et ne pouvait faire aucun doute. L'accusé n'avait à alléguer aucun moyen de défense ; il était en même temps trop fier pour demander grâce.

» Je présentai l'affaire sur toutes ses faces ; mais je ne pus trouver aucun biais qui permît à l'accusé d'échapper avec une légère punition. Je fis un discours approprié à la circonstance, dans lequel j'insistai sur la nécessité de maintenir la discipline et la subordination parmi les prisonniers. Je terminai en exprimant tous mes regrets d'avoir à appliquer une punition aussi dégradante pour l'homme que le fouet ; et j'étais sincère en parlant ainsi, car tout le monde connaissait mon antipathie pour ce genre de châtiment.

» Mes paroles produisirent l'effet que je désirais, tant sur l'accusé que sur le public ; mais quand j'en vins au prononcé du jugement, et qu'au nom de mon collègue et au mien, je déclarai que l'accusé était condamné à recevoir CENT COUPS DE FOUET, le pauvre diable sembla se demander s'il devait en croire ses oreilles. J'étais moi-même tellement

ému qu'il n'y eut personne qui ne pût s'en apercevoir.
Cependant je demeurai inébranlable dans l'accomplissement de mon devoir. Je répétai la sentence d'un ton ferme;
et quand j'ajoutai qu'aucune considération ne l'empêche-
rait de sortir son plein et entier effet, je pus m'apercevoir
que nous avions atteint le but que nous nous étions proposé.

» — Et qu'advint-il ensuite du condamné, dit M. Marsh?

» — Vous allez le savoir. La contrariété et le trouble que
j'avais éprouvés en ayant à prononcer une condamnation
pareille, m'avaient tellement ému que, dans mon agitation,
je fis une erreur dans le dispositif du jugement. Nous n'a-
vions pas ici, et nous n'avons pas encore de place convenable pour l'exécution des jugements de ce genre, de façon
que je dus envoyer le condamné à Jéricho. C'est le nom de
l'endroit le plus voisin où je pusse le faire fouetter. Il y a
là une espèce de prison, et il s'y trouve en garnison un détachement de soldats, sous les ordres d'un sergent. C'est à
peu près à seize milles d'ici. Je vous ai dit que j'avais fait
une erreur dans la dispositif du jugement; j'avais oublié
d'y transcrire le nombre des coups de fouet que le condamné devait recevoir. Le constable avait pris l'expédition
du jugement et l'avait mise dans son portefeuille, sans la
lire; et, on s'était mis en route. Un constable, armé d'un
fusil bien chargé, ouvrait la marche; un autre constable,
armé de même, la fermait; et le condamné, les mains
prises dans des menottes, s'avançait entre deux.

» Je dois vous dire encore que ceci se passait en février,
au beau milieu de l'été, quand le soleil a assez de force ici
pour déranger le cerveau d'un homme. C'était dans ce pitoyable équipage que le malheureux prisonnier avait à
faire un voyage de seize milles, mais quand on gagna Jéricho, il était trop tard pour que l'exécution eût lieu, et le
condamné dût passer la nuit en prison.

» Vous concevrez sans peine que le malheureux n'avait
guère envie de dormir. Il m'a dit depuis que c'était la plus

horrible nuit qu'il eût jamais passée de sa vie ; et je le crois
sans peine. Enfin le matin arriva, trop tôt encore pour lui.
On se mit en devoir de faire tous les préparatifs nécessaires
pour la flagellation. Le pauvre diable était plus mort que
vif ; car c'est un horrible supplice que cent coups de fouet.
Les soldats étaient en rang, les autorités réunies, le bourreau s'occupait déjà de démêler les nœuds du redoutable
chat à neuf queues ; un sombre silence régnait dans l'assemblée quand on procéda à la lecture de la sentence.
Mais, ô surprise ! lorsqu'on arriva au nombre des coups
de fouet, on ne l'y trouva pas spécifié ! En vain le constable affirme qu'il est sûr que le prisonnier doit recevoir
cent coups de fouet, qu'il était présent quand le magistrat
a prononcé la sentence. Une affirmation verbale n'est
point regardée comme suffisante en pareille matière ; et
on signifia aux constables qu'ils avaient à reconduire leur
prisonnier sur les bords de la Clyde pour y faire rectifier
la sentence.

» Les voilà donc en route pour revenir ; le pauvre prisonnier toujours avec la certitude de finir par être fouetté. S'il
est vrai que l'attente d'un plaisir est plus grande que le
plaisir lui-même, on peut dire avec non moins de vérité
que la crainte d'un mal est aussi plus grande que le mal
lui-même ; car le malheureux patient a déclaré à ses camarades qu'il avait autant souffert de la crainte d'être
fouetté une seule fois, que si on l'eût fouetté réellement
cent fois.

» J'étais assis dans cette même salle, l'après-midi, quand
j'aperçus le piteux trio qui revenait le long de cette route.
Ils avaient tous l'air si consterné que je crus qu'ils avaient
été fouettés ensemble depuis leur départ ; un des constables vint me faire part de l'omission que j'avais faite dans
le jugement. Jamais je ne me suis senti délivré d'un plus
grand poids dans ma vie. Je donnai ordre de faire entrer la
bande et de placer le prisonnier en face de moi. Ensuite, je

dis aux constables de se retirer, parce que je voulais avoir une conversation sérieuse et particulière avec lui.

» Dans ce tête-à-tête, je lui dis qu'il me semblait que les tribulations qu'il avait éprouvées jusque-là, étaient une punition suffisante de sa faute ; et que s'il voulait me donner l'assurance positive qu'il reconnaîtrait d'une manière convenable la faveur que je lui ferais, je prendrais sur moi la responsabilité de lui pardonner la faute qu'il avait commise. Le prisonnier me répondit comme je pouvais le désirer, et l'événement a prouvé qu'il était sincère dans ses promesses. Je déchirai alors le jugement, et je lui dis de retourner chez son maître et de faire la paix avec lui.

» Vous pouvez vous rappeler, Thornley, que cet homme est devenu le modèle des domestiques de ce district. La sévérité du jugement et l'indulgence dont j'usai dans l'application, portèrent des fruits également heureux. Les prisonniers furent convaincus que si, d'un côté, on était dans la ferme résolution de maintenir la discipline par une application rigoureuse de la loi, de l'autre on était enclin à la douceur et à l'indulgence, toutes les fois que les circonstances le permettaient. »

— Je vous remercie de votre anecdote, dit M. Marsh, et je crois que je me serais conduit exactement comme vous l'avez fait vous-même.

Après dîner nous prîmes congé de notre hôte et nous retournâmes chez moi. M. Marsh avait résolu de continuer sa route, le lendemain matin, jusque sur ses terres, et de laisser dans ma famille sa femme et ses enfants jusqu'à ce qu'il eût bâti la maison de bois où il devait les installer d'abord.

Nous fûmes réveillés le lendemain matin de très bonne heure, par l'arrivée d'ingénieurs de la colonie, qui venaient mesurer des terres dans notre district. Nous ne fûmes pas médiocrement surpris de recevoir en même temps une lettre d'une dimension officielle, portant un énorme cachet et adressée à M. Samuel Crab, *sur la rivière de la Clyde*. Aussitôt que ce digne et plaisant original se fut arraché aux douceurs du sommeil, je lui remis la lettre. J'étais curieux de savoir à quelle occasion il avait pu s'établir une correspondance entre lui et le gouverneur de la colonie. Cependant le bruit produit par la nouvelle de l'arrivée d'une missive aussi extraordinaire, avait fait sortir chacun de sa chambre ; en sorte que toute la famille se trouva réunie pour assister à l'ouverture du message.

J'ai souvent regretté qu'il ne se soit pas trouvé un peintre parmi nous pour faire un croquis du tableau que présentait notre réunion. Il était de bonne heure : les contrevents n'étaient qu'à moitié ouverts. Le ciel nébuleux répandait, à travers les fenêtres, une lumière grisâtre, tandis qu'une flamme pétillante, nourrie par un bois sec, jaillissait de notre large foyer, et projetait sur les murs grossiers de la salle de magiques effets de clair et d'ombre. Les dames étaient groupées autour de Crab, à qui elles exprimaient naïvement leur impatiente curiosité. Quant à ce personnage, c'était sur lui que se concentrait tout l'intérêt. D'une main il tenait son chapeau ; dans l'autre main était le mystérieux message, à travers les plis duquel il plongeait un regard investigateur.

— A Monsieur Samuel Crab, dit-il en jetant les yeux sur l'adresse !... C'est bien pour moi ! J'en suis vraiment à savoir ce que le gouverneur peut avoir à me dire. A Monsieur Samuel Crab ! répéta-t-il ; ce ne peut être que pour moi. Mais à quel propos cette lettre ? C'est là l'énigme.

— Si vous vous donniez la peine de l'ouvrir, s'écria Betsy d'un ton un peu impatient, peut-être le contenu vous apprendrait-il de quoi il est question ?

— L'ouvrir !.. vous pouvez l'ouvrir vous-même, miss Betsy, si vous êtes si curieuse ; mais tâchez de sauver le cachet, il y a là assez d'ocre rouge pour faire la marque d'un mouton. Eh bien ! qu'est-ce qu'elle dit, cette lettre ?

— Juste Ciel, maître Crab, c'est une concession de terres pour vous !

— Une concession de terres pour moi ? Ce n'est pas possible. Qu'est-ce que j'ai besoin de terres, moi ? Je quitterai
la colonie la semaine prochaine peut-être, à moins que
mes maudits moutons ne m'en empêchent ; allons, ça ne
peut pas être pour moi ; il y a quelque méprise.

— Il n'y en a pas du tout, repris-je. L'ordre est positif.
Quatre cents acres de terre !... Eh bien ! mon vieux camarade, voilà donc enfin votre vœu accompli. Vous allez
pouvoir cultiver une terre qui vous appartiendra en toute
propriété. Voyons, que vous proposez-vous d'en faire ?

— Des terres qui sont à moi en toute propriété ! Ce que
je me propose d'en faire ?... Que diable voulez-vous que
j'en fasse ? A quoi cela peut-il me servir, à moi, des terres ?
Est-ce que je ne quitte pas la colonie au premier jour ?

Pendant que le bon Crab s'exprimait ainsi, je crus remarquer dans sa manière d'être une émotion et un embarras qui semblaient trahir une satisfaction secrète. Certains
faits relatifs à cette concession, qui étaient parvenus à ma
connaissance et que Crab croyait que j'ignorais complètement, ne me permettaient pas d'en douter.

— Vous avez été au Camp, lui dis-je, il y a environ deux
mois, Crab ; n'est-il pas vrai ?

— Oui, certainement.

— N'y avez-vous vu personne au sujet de vos affaires ?

— Ah ! j'y ai vu une bande de courtiers qui mangeraient
les yeux de la tête d'un homme, si on ne faisait pas attention à soi. J'étais à causer sur la jetée avec un de ces gail-
lards-là. Je regardais s'il n'y avait pas quelque bâtiment
en partance pour l'Angleterre ; c'était précisément celui à
qui j'achète les habillements dont j'ai besoin pour mes
gardiens de troupeaux. « Vous devriez, me dit-il, faire
une demande au gouvernement ; je ne doute pas que vous
n'en obteniez une concession de terres. Vous possédez

deux mille moutons! Le gouvernement aime à encoura-
ger les hommes qui sont réellement agriculteurs. »

— Et vous avez adressé une demande au gouverneur?

— Non, pas moi, mais le courtier. C'est lui qui a écrit la
lettre. Il est vrai que je l'ai signée par plaisanterie; j'étais
loin de penser qu'on y répondrait. Le gouverneur sera
dans une belle colère s'il vient à savoir qu'au moment où
je lui faisais la demande d'une concession, je cherchais
un bâtiment pour quitter la colonie.

— Mais, mon cher Crab, voilà sept ans que vous devez
quitter la colonie. Je ne serais pas surpris quand vous y
resteriez sept ans encore; pendant ce temps-là, vos terres
pourront vous être de quelque utilité. D'ailleurs, à votre
âge...

— Comment, à mon âge? Et quel âge croyez-vous donc
que j'aie? je n'ai que soixante-dix-huit ans, et je n'ai pas
été malade un jour depuis sept ans.

— Tout cela n'a rien de commun avec votre concession.
Si vous voulez m'en croire, je vous indiquerai un joli
morceau de terre, avec un excellent parcours pour un troupeau, qui n'est pas à plus de six milles d'ici.

— Dans le Val-des-Cerisiers, peut-être? oui, il y a là un
beau morceau de terre. Il me semble qu'on en dit quelque
chose dans la lettre. Regardez-y, vous verrez qu'il en est
question. Le Val-des-Cerisiers est certes un des plus agréables morceaux de terre qu'on puisse trouver dans ce pays;
mais, en vérité, c'est le perdre que de me le donner, car je
ne resterai pas dans la colonie assez de temps pour la mettre en valeur.

— Vous ne le détériorerez pas, je suppose, et vous n'avez
pas la prétention de l'emporter quand vous vous en irez?

— Non, il n'y a pas de danger. Il faut convenir que c'est
un joli morceau de terre. Ne pensez-vous pas que du houblon viendrait bien dans ce vallon-là. J'y ai enfoncé un
jour ma bêche; et aussi loin que j'ai pu aller, je n'ai trouvé

que de la terre végétale, noire comme votre chapeau.

— Je vois, lui répliquai-je, que vous avez du faible pour cette terre-là ; ce que vous pouvez faire de mieux, c'est donc de la faire arpenter pendant que les ingénieurs sont dans le district.

— Comme vous voudrez. Arpentez-là si cela vous fait plaisir ; mais si vous vous imaginez qu'on me ferait rester ici, quand même on me donnerait toute la colonie.

— Eh bien! si cette terre ne vous convient pas, lui répondis-je, vous pourrez la vendre. Je vous l'achèterai, moi.

— Vous auriez cette bonté-là, dit Crab. C'est bien aimable de votre part ; mais ça ne vaut absolument rien.

— Enfin cette terre vaut bien un dollar l'acre, au plus bas mot ; mais quelle que soit sa valeur, je prends l'engagement de vous l'acheter. Je pense qu'actuellement elle ne vaut pas moins de deux cents livres sterling.

— Au reste, il est inutile de parler d'achat maintenant. Je ne puis pas songer à vendre cette terre d'ici à trois ans ; il faut que je la mette en culture. Voilà un jeune drôle, continua-t-il en regardant à travers la croisée, à qui ma terre conviendrait bien. Je sais qu'il en a besoin ; mais il a tué mon bœuf et il ne l'aura pas. J'aimerais mieux être pendu que de la lui céder. D'abord c'est ma propriété ; je suis le premier occupant et je la garderai. J'ai mes raisons.

Et ce fut un point résolu. Le plaisir d'empêcher le jeune Beresford de devenir propriétaire de cette portion de terre eut plus de poids dans l'esprit de Crab que tous les raisonnements que nous avions pu lui faire, tant était vive la rancune qu'il avait conservée contre celui qui avait tué son bœuf favori. Je ferai connaître plus tard comment Crab échoua dans ses projets de vengeance.

Une vieille-femme, d'un aspect repoussant, se présenta devant moi (page 218)

CHAPITRE XX

Le sous-inspecteur, chargé de l'arpentage, était plein de complaisance ; les personnes sous ses ordres avaient tout ce qu'il leur fallait pour opérer ; en sorte qu'après le déjeûner, nous partîmes pour le Val-des-Cerisiers. Je pris avec moi deux de mes gens, armés de haches, pour marquer les arbres. Quand nous fûmes arrivés sur la place :

— Voyez-vous bien, dit Crab, voilà le morceau que je veux avoir, à partir de cet arbre à gomme, en allant gagner le sommet de cette hauteur et en traversant ce petit ruisseau.

— Je vais voir, dit le sous-inspecteur, si cela peut s'accommoder avec mes lignes.

— Je ne m'embarrasse pas mal de vos lignes, dit Crab. Voilà ce que je veux, et c'est cela qu'il faut mesurer.

— Il faut que les lignes latérales de votre propriété soient tracées conformément aux réglements de la colonie,

235

dit le sous-inspecteur; autrement ce serait entre toutes les propriétés un dédale sans fin d'angles sortants et rentrants. Tenez, voyez, voici la direction de votre ligne latérale ! Où voulez-vous qu'elle soit assise?

— Il n'y a pas de ligne à tracer pour moi, dit Crab d'un ton de mauvaise humeur, si je ne puis pas avoir le val. Il n'y a que cela de bon, tout le reste n'est que broussailles.

— Voyons, lui dis-je, s'il n'y aurait pas moyen de vous satisfaire. Si nous partions de ce mimosa qui est là à gauche, la ligne qui vous servirait de base se dirigerait vers ce petit coteau émaillé de verdure ; vous auriez ainsi la meilleure part du cours du ruisseau et tout le vallon.

— Eh bien, mesurez, dit Crab. Après tout, que m'importe; je ne tarderai pas à en avoir assez, de vos angles et de vos lignes ! Allons, mesurez, et que cela finisse, car ce serait vraiment un crime de perdre une si belle journée, quand on peut si bien l'employer à labourer.

L'arpentage fut bientôt terminé. Crab jeta alors un regard de complaisance sur sa propriété et dit au sous-inspecteur:

— Mon cher monsieur, ayez l'obligeance de ne pas parler au gouverneur de l'intention où je suis de retourner en Angleterre par un des premiers bâtiments qui feront voile.

— Soyez sans inquiétude, dit le sous-inspecteur, je garderai votre secret, vous y pouvez compter. Et maintenant, Messieurs, je vous présente mes adieux, car la besogne m'appelle d'un autre côté.

A ces mots, il nous quitta, et nous reprîmes le chemin de la maison.

Crab parla peu pendant la route; il semblait absorbé par les soucis que lui imposait sa nouvelle position de propriétaire. A la fin, cependant, se retournant vers ses terres et les montrant de la main, il s'écria :

— Quatre cents acres !... Cela ferait une jolie ferme en Angleterre ; mais il n'en est pas de même ici. Ce n'est pour ce pays-ci qu'un malheureux morceau de terre qui vaut à

peine qu'on en parle ; et, s'il n'y avait pas le parcours aux
environs, je ne sais pas qui voudrait l'occuper.

Notre conversation nous conduisit jusqu'au logis, où je
trouvai mon ami le magistrat qui venait me communiquer
quelques renseignements sur la fille de ce même Bush-
ranger dont j'ai rapporté la fin tragique.

Je résolus de partir immédiatement pour Hobart-Town,
afin de prendre quelques informations et de faire quelques
démarches, qui me missent en possession de mes fonctions de tuteur et qui ne permissent pas de discuter plus
tard mes droits à cette qualité.

C'était par une belle matinée d'hiver, au mois de juillet, que je sellai mon cheval pour me rendre à Hobart-
Town, afin d'y prendre des renseignements sur la fille du
Bush-ranger. Il était tombé un peu de neige pendant la nuit;
il y en avait à peu près un pouce d'épaisseur sur la terre.
L'air était piquant sans être dur ni désagréable; il avait
même cette pureté et cette fraîcheur qui dispose à la gaieté
et qui est un caractère spécial de la température de l'île.
Crab, une main appuyée sur une des fontes de mes pistolets, avait l'air pensif; sa nouvelle qualité de propriétaire
semblait lui imposer une certaine contrainte.

— Je me trouve, dit-il, dans la nécessité de bâtir une
espèce de hutte sur ma terre, quand ce ne serait que pour
faire acte de propriété. Mais enfin, il faut à tout événement
que je me procure quelque argent pour faire face à cette
dépense, si tant est que l'on puisse ramasser un dollar dans
toute la colonie. Vos pistolets sont-ils chargés? ajouta-t-il,
en soulevant le dessus d'une de mes fontes.

— Certainement, Crab. Il faut toujours être sur ses gardes; je porte des pistolets pour en faire usage au besoin et
non par une vaine parade.

— Vous avez raison; mais vous conviendrez qu'il est
épouvantable de penser à l'horrible nécessité, où l'on est
dans ce pays-ci, de ne pouvoir faire un pas hors de chez soi

sans pistolets et sans espingoles. Il faut pourtant que je me résigne à aller dans l'autre district, pour voir si je ne trouverai pas à vendre deux cents moutons au moins, afin d'avoir un peu d'argent pour être en état de bien faire les choses dans le petit val. Il est trop tard maintenant pour songer à abattre les bois; mais je pense que nous pourrions y établir un excellent jardin; dans deux ou trois ans j'aurais le plaisir de cueillir des pommes sur des arbres de mon crû. Quand je dis moi, c'est une façon de parler; car ce sera probablement un autre que moi qui les cueillera. On pourrait aussi y récolter de vraies cerises, au lieu de ces vilains petits fruits, qui ressemblent à des baies d'épine blanche et dont le noyau est en dehors. Je veux voir encore si le houblon n'y pourrait pas venir; je vous réponds qu'il y en viendra, ou je saurai pourquoi. Outre le plaisir que j'aurais à faire ma bière avec du houblon venu sur mon fonds, ce serait vraiment un acte de charité que d'enseigner la manière de brasser à tous les pauvres diables qui sont exilés dans ce pays.

Je ne pouvais m'empêcher de remarquer les mouvements contradictoires qui se succédaient dans l'esprit du vieux compagnon de mes travaux; mais je me donnai bien de garde de contrecarrer ses projets. Je l'engageai au contraire à aller visiter les troupeaux qu'il avait en parcours et de disposer de quelques bêtes pour faire face aux dépenses indispensables.

J'avais déjà en main la bride de mon cheval et j'allais partir, quand je fus arrêté par ma femme, qui me remit une note de divers articles, dont elle avait, disait-elle, un pressant besoin pour la famille. J'y jetai un regard à la hâte, et je ne saurais dire quelle fut ma surprise en lisant : Un chapeau pour Betsy, un chapeau pour Mary, un chapeau pour Lucy : trois chapeaux!... Du « stuff » pour robes d'été, des gants, des souliers de peau de chèvres!

— Mais, ma chère amie, m'écriai-je, voilà un luxe à

nous ruiner! C'est une vraie révolution que tout cela.

— Certainement, mon ami, c'est une révolution; mais aujourd'hui nous sommes entourés de nouveaux colons, et vous ne voudriez pas que vos filles fussent ridicules? William, vous n'oublierez pas, non plus, que j'ai moi-même besoin d'un chapeau. J'ai vu, dans les annonces de la gazette d'Hobart Town, qu'une célèbre marchande de modes de Paris venait d'y envoyer en consignation une cargaison d'articles du meilleur goût. Il faut acheter tout ce dont nous avons besoin pendant que vous serez en ville.

— Au diable les journaux! m'écriai-je, pour venir mettre dans la tête des femmes des idées qu'elles n'auraient pas sans cela. Je m'étonne que vous ne demandiez pas aussi des ombrelles pour conserver le teint de vos filles?

— Je suis enchantée que vous m'y fassiez penser, mon ami; je savais bien que j'avais oublié quelque chose; ce sont précisément des ombrelles. Vous en achèterez quatre.

— D'honneur, c'est trop fort, repartis-je! des ombrelles pour se promener dans les bois de Van Diémen; mais les kanguroos se moqueront de vous!

— Les kanguroos se moqueront de nous si cela les amuse; mais vous ne voudriez pas que nous eussions le teint brûlé du soleil. Betsy est maintenant une grande personne, et il faut qu'elle commence à soigner sa toilette.

— J'entends : mais l'heure avance! Vous n'avez plus besoin de rien, j'espère?

— Il nous faut une caisse de thé; la dernière est presque finie. Vous demanderez cette fois qu'on mêle un peu de thé vert avec le noir; il faudra aussi deux sacs de sucre et un sac de riz.

— Allons, est-ce tout? Si cela continue je n'arriverai pas de bonne heure à la ville.

— Attendez un instant, je vous prie, cria Beresford, qui arrivait hors d'haleine. J'ai une commission à vous donner; j'espère que vous serez assez bon pour vous en charger.

— Avec plaisir, lui dis-je, de quoi s'agit-il?

— Il m'est impossible, voyez-vous, d'aller dans ce moment-ci à la ville. Je ne me soucie pas non plus d'écrire. A proprement parler, il n'y a rien à faire; ce sont seulement quelques informations à prendre.

— Mais sur qui ces informations doivent-elles porter?

— Eh! mon Dieu! sur personne en particulier. Il s'agit tout simplement de faire à Hobart-Town toutes les démarches nécessaires pour que mon mariage avec Lucy Moss puisse être célébré le 24 du mois prochain. C'est une grande incommodité, Monsieur Thornley, de n'avoir pas une église dans le district de la Clyde; et le moment de penser à combler cette lacune ne saurait être éloigné.

Je me chargeai volontiers de toutes les commissions de mon jeune ami; et muni de tous les renseignements nécessaires, je me mis en route. Je cheminai paisiblement jusqu'à la ville, après avoir fait une halte de deux heures aux Marais-Verts. Aussitôt que je me fus assuré que mon cheval était pansé, je dirigeai mes pas vers le quartier de la ville où demeurait la personne chargée de la fille du Bushranger. Je frappai à la porte, mais à ma grande surprise, je ne reçus pas de réponse. Je levai la clanche; la porte s'ouvrit: l'aspect de la maison n'offrait rien de particulier, seulement il n'y avait personne, et il me sembla très extraordinaire qu'on laissât ainsi une maison à l'abandon.

Pendant que j'étais devant la porte, à réfléchir sur le parti que je devais prendre, je jetai par hasard les yeux du côté de la rivière de Derwent. La maison, devant laquelle j'étais, se trouvait dans la partie haute de la ville. De là je dominais entièrement la rivière et le port; il me sembla remarquer du tumulte sur la jetée, et je distinguai dans la foule un détachement de soldats qui monta sur une chaloupe qu'on paraissait vouloir diriger sur un vaisseau stationné à un quart de mille de la jetée. Le vaisseau avait toutes les voiles dehors et semblait prêt à partir.

Comme personne ne se présentait, j'en conclus que les habitants de la maison étaient sortis pour affaires. Je fermai donc la porte, et, poussé par la curiosité, je descendis vers la jetée, où je vis une réunion assez nombreuse de personnes dont l'intérêt semblait vivement excité. La chaloupe qui portait les soldats était déjà loin du rivage et se dirigeait vers le vaisseau.

Je ne tardai pas à me trouver au milieu d'une foule composée de gens de toute espèce. Les prisonniers étaient en majorité dans les groupes ; on distinguait ceux qui travaillaient pour le compte du gouvernement à leurs vestes jaunes. Les remarques que j'entendis faire autour de moi m'eurent bientôt mis au courant de l'affaire dont on s'occupait.

— L'ont-ils trouvé ? dit quelqu'un.

— Non, ils ne l'ont pas trouvé. Vous voyez bien que voilà les soldats qui vont le chercher.

— Ils ne le trouveront jamais, interrompit un troisième.

— Les constables ont fureté dans tous les coins du bâtiment.

— Oui, mais on dit qu'on va enfumer le vaisseau.

— Il n'y a rien de tel pour faire déguerpir un évadé.

— Sait-on qui est-ce qui s'est sauvé ? dit un autre.

— C'est Jack Lenoir, répondit un individu en jaquette jaune dont la physionomie annonçait un mauvais garnement. On dit qu'ils l'ont emballé dans un tonneau.

— Jack a de l'argent, reprit celui qui avait parlé le premier ; mais, comment l'a-t-il gagné ? c'est ce dont je n'ai jamais pu me rendre compte.

— Je m'en rends encore bien moins compte que vous, répliqua l'interlocuteur à la veste jaune.

— Est-ce un prisonnier du gouvernement ? demanda un homme en redingote.

— Oui, c'est un condamné à vie ; mais il avait obtenu un billet de congé, personne ne sait comment. Mais avec

16

de l'argent on vient à bout de tout. On dit qu'il était employé dans le cabinet d'un avocat avant de venir ici. Son affaire sera bientôt finie, si on le trouve.

— Que lui fera-t-on, si on l'attrape? dit le fermier.

— On l'allongera répondit l'homme à la jaquette jaune.

— Oh! on ne le pendra pas, interrompit un homme d'un extérieur décent, on se contentera de l'envoyer au Port de Macquarie.

— Seulement que cela! continua le porteur de la veste jaune. Il paraît que vous regardez comme une bagatelle d'être envoyé au Port de Macquarie. Il vaut mieux battre un entrechat sur les hustings que d'aller à ce maudit port, où l'on vous tue en détail... Ah! voici les soldats qui abordent, çà va devenir amusant.

Je m'avançai à travers la foule jusqu'à l'extrémité de la jetée, où je rencontrai deux ou trois personnes de ma connaissance. Nous restâmes les yeux attachés sur le vaisseau pendant environ un quart d'heure, au bout duquel nous vîmes un peu de fumée sortir de l'avant; après quoi on fit à bord du bâtiment un signal auquel on répondit de dessus le rivage. Nous remarquâmes ensuite un peu de mouvement sur le pont, tandis qu'un détachement de soldats qui se trouvait au pied de la jetée, s'avança vers le rivage pour empêcher la foule d'approcher. Une ou deux minutes après, un individu tout empaqueté fut jeté dans la chaloupe que des rameurs poussèrent rapidement vers la jetée.

— C'est bien Jack Lenoir, s'écria une voix, que je reconnus aussitôt pour être celle de l'homme à la veste jaune! ils l'ont enfumé dans son trou. Ils le tiennent.

En achevant ces mots, il s'avança tout près de la place où la chaloupe allait aborder.

— Arrière! dit le sergent qui commandait le détachement de soldats chargé de protéger le débarquement. A quoi cela vous sert-il de nous pousser ainsi?

— Je ne pousse pas, dit le porteur de la jaquette jaune;

seulement je voudrais voir quelle mine fait un homme qui a été enfumé. Ah ! c'est bien Jack Lenoir, il n'y a pas à en douter.

Deux constables s'emparèrent du pauvre prisonnier et le prirent chacun sous un bras. Il semblait réduit au dernier degré d'épuisement, et son état paraissait si désespéré qu'on avait pas même pris la précaution de lui mettre des menottes. Cependant, au moment où il passait, en trébuchant, devant la place où se trouvait l'homme à la veste jaune, il lui lança un regard d'intelligence. Aussitôt après, il se laissa choir et échappa des mains des constables. L'homme jaune s'avança officieusement et lui donna la main pour l'aider à se relever, service auquel Jack Lenoir répondit par un nouveau coup d'œil. Cette double circonstance me frappa, et j'en conclus que le prisonnier jouait le premier rôle dans quelque complot dont l'autre était le complice.

J'attachai mes regards sur l'homme à la veste jaune ; mais il s'échappa le plus vite qu'il put en traversant la foule. Je ne sais quel pressentiment avait fait naître en moi l'idée vague qu'il y avait quelque connivence entre ces deux hommes, et je me sentis instinctivement poussé à surveiller celui-ci. Il parvint à se faire jour à travers la foule. Je suivis de près ses traces ; il marcha droit vers la ville haute, sans tourner une seule fois la tête. Arrivé au coin d'une rue il s'arrêta, regarda un papier qu'il avait dans la main et le lut très attentivement. Il se mettait en devoir de reprendre sa marche quand il m'aperçut ; il parut à la fois surpris et contrarié ; il sembla hésiter, puis comme un homme qui aurait tout à coup changé d'avis, il revint sur ses pas, ôta son chapeau en passant à côté de moi, et s'éloigna dans une autre direction.

Je restai une minute déconcerté et contrarié de n'avoir pas eu la présence d'esprit de questionner cet homme. Je le cherchai des yeux : il avait disparu.

Le jour tirait à sa fin ; je pensai qu'avant de retourner à
mon hôtel, il serait convenable de me présenter une seconde fois dans la maison où j'avais tout lieu de croire que
demeurait la fille du Bush-ranger. Je continuai donc de
monter la colline, et je frappai à la porte avec mon bâton ;
je n'obtins pas plus de réponse que la première fois. J'ouvris la porte ; il n'y avait personne et il ne paraissait pas
qu'on fût entré dans la maison depuis ma première visite ;
cette circonstance redoubla ma surprise.

J'étais fatigué de la course que j'avais faite pour aller
dans la ville et en revenir, de sorte que je m'assis devant
la croisée.

Comme j'étais là à regarder une route qui se dirigeait
dans un sens opposé à celle par laquelle j'étais venu, j'a-
perçus à quelque distance mon homme à la veste jaune,
qui semblait s'avancer vers la maison où j'étais. Cette nouvelle apparition me surprit et réveilla dans mon esprit les
vagues soupçons qui l'avaient déjà traversé. Il était seul
dans la rue ; il jeta autour de lui un regard scrutateur ; et,
après avoir acquis la certitude qu'il n'était épié par personne, il vint droit à la maison où je me trouvais. Il posa
la main sur le loquet ; puis il s'arrêta tout à coup et je l'entendis qui faisait, à pas de loup, le tour de la maison.

Il me vint de suite à la pensée que son intention était de
s'assurer qu'il n'y avait personne ni derrière ni autour de
la maison, et au même instant je formai le projet de contrecarrer son plan.

Il faisait alors presque nuit ; j'ouvris la porte sans être
entendu et j'allai m'installer derrière la maison ; je restai
collé contre le mur ; ma curiosité était excitée au dernier
point. J'avais un pressentiment secret que tout ce qui se
passait autour de moi se rattachait d'une manière quelconque à l'absence de l'enfant que j'étais venu chercher à
la ville. Une ou deux minutes après, j'entendis les pas de
quelqu'un qui s'approchait avec précaution. Heureuse-

ment le nouveau venu crut devoir, par excès de précaution, sauter dans la maison par la fenêtre ou plutôt par l'ouverture de derrière; car il n'y avait point de vitrage et la baie n'était fermée, comme je l'ai dit, que par un simple contrevent. Poussé par le désir d'intercepter, si je le pouvais, la conversation de ces deux personnages, je vins me blottir sous la fenêtre par laquelle l'individu s'était introduit lui-même. Je n'aperçus pas de lumière, ce qui me fit supposer qu'on avait éteint la chandelle.

Les premiers mots que je pus saisir furent ceux-ci :

— Eh bien! Jack Lenoir est pris! c'était pourtant bien imaginé de se faire mettre en futaille, dans un tonneau à double fond, avec de l'eau en dessus et en dessous.

— Oui, répliqua l'homme à la jaquette jaune, mais la fumée l'a fait déloger. Il a perdu connaissance dans l'obscurité. Maintenant tout est dit pour lui.

— Penses-tu qu'il soit allongé?

— Qu'il le soit ou qu'il ne le soit pas, c'est tout un. Il ne peut plus nous être bon à rien; mais occupons-nous de notre besogne : Quel parti prendre?

— A quoi sert de tenir l'enfant en lieu de sûreté, à présent que Jack n'y est plus?

— Oh! Jack n'est pas tout seul dans cette affaire, dit l'homme à la jaquette jaune, et on n'épargne pas l'argent, tu sais.

— Mais quel gibier chassons-nous? Je n'aime pas à travailler ainsi en aveugle. Ils veulent éloigner l'enfant : dans quel but, à quelle fin?

— Il y a quelque chose comme cela sous jeu, dit l'homme à la jaquette jaune. Vois-tu, la jeune fille forme un obstacle. Il paraît qu'il y a des biens en Angleterre sur lesquels elle a des droits; mais Jack ne m'a pas révélé tout le secret. Nous serons bien payés, voilà tout ce que nous avons besoin de savoir.

— Oui, mais je sais que je suis noté pour être envoyé au

Port de Macquarie, si je suis pris. Laissons-là cette affaire. D'ailleurs le Bohémien a été un bon camarade pour les prisonniers; il est mort en brave, et je ne me sens pas le courage de porter préjudice à sa fille. La tenir quelque temps en lieu de sûreté, ça n'est rien; mais encore je veux savoir pourquoi. Il faut que je sache aussi pourquoi Jack Lenoir a essayé de s'échapper.

— C'est plus que je ne puis t'en dire; mais Jack m'a remis un billet et une lettre.

— Ah! ah! où est-il ce billet? que dit-il?

— Il est là; mais il ne dit pas grand'chose.

— Il nous faudrait une chandelle pour le lire.

Je redoublai d'attention, et grâce à la lumière qui s'é-chappait à travers les fentes du contrevent, je pus entrevoir qu'ils parcouraient la lettre.

— Eh bien! interrompit l'homme à la jaquette jaune, qu'en penses-tu?

— Cela ne signifie pas grand'chose: « Si je suis pris, por-tez cette lettre à la Maison-Rouge, Emu-Street; le porteur, recevra une bonne récompense. »

— Tu n'as pas envie de l'aller chercher, je suppose?

— Non, le pavé de la ville est trop glissant pour moi. Tu iras toi-même. Quant à la récompense, je m'en rapporte à toi pour la part qui doit me revenir.

— N'aie pas d'inquiétude, je ne te ferai pas de tort, dit l'homme à la jaquette jaune; mais il faut que je m'en aille, voilà sept heures; il faut que je réponde à l'appel.

— En ce cas, je m'en vais aussi. Quand nous reverrons-nous?

— Demain, ici, à la même heure; je ferai le même signal.

— J'y serai.

J'entendis alors ouvrir le contrevent. Je me hâtai de tourner l'encoignure et de me cacher contre le pignon de la maison. L'étranger ne s'amusa point à regarder derrière lui et il battit promptement en retraite dans la direction du

fourré. Aussitôt que je présumai qu'il était à une distance
suffisante, je repris mon poste au pied du contrevent, qui
était presque fermé, et je regardai par l'intervalle qui se
trouvait entre le mur et le contrevent. Je vis alors l'homme
à la veste jaune soulever une pierre du pavage, sous laquelle il déposa une lettre. Ensuite, il replaça la pierre et
marcha dessus pour qu'on ne s'aperçût pas qu'elle avait
été levée ; puis il sortit de la maison, prit sur la droite et
rentra en ville.

J'attendis quelque temps pour m'assurer qu'il ne lui
prendrait pas fantaisie de revenir sur ses pas, et j'entrai
dans la maison. Il faisait nuit ; mais j'avais si bien remar-
qué la place de la pierre qu'il ne me fut pas difficile de la
retrouver. Je la soulevai avec mes doigts, et, à ma grande
satisfaction, je m'emparai de la lettre ; puis je pris la route
à gauche et en rentrant en ville je me mis à réfléchir.

Mon premier mouvement fut de tout découvrir aux
autorités compétentes ; mais je pensai ensuite qu'il valait
mieux essayer l'effet que produirait le billet sur le mystérieux habitant de la Maison-Rouge. J'examinai la lettre,
elle n'avait pas d'adresse ; elle était scellée avec un pain à
cacheter. Par dessus on avait mis de la cire, sur laquelle
on voyait grossièrement empreintes les initiales I. S.

Je me demandai si je poursuivrais ma démarche ou si
j'ouvrirais la lettre ; mais je réfléchis qu'elle était probablement conçue en termes intelligibles seulement pour la
personne à laquelle elle était destinée ; qu'en brisant le
cachet j'éveillerais les soupçons, et que je ne parviendrais
pas à la connaissance des faits qui me seraient probablement communiqués si on me prenait pour un des affiliés
du complot. Je pensai donc qu'il valait mieux remettre la
lettre sans l'ouvrir, sauf à agir suivant les circonstances.

Mon plan ainsi arrêté, je me rendis chez un ami auquel
je dis que je me trouvais engagé dans une affaire qui m'o-
bligeait à venir lui demander des vêtements pour me dé-

guiser. Je ne saurais dire quelle fut sa surprise à une pareille ouverture. Cependant il me procura un habillement de matelot, qui eut bientôt métamorphosé le grave et respectable colon en une espèce de marin d'eau douce.

Devenu plus entreprenant sous mes habits d'emprunt, je me rendis en toute hâte à la Maison-Rouge. C'était une habitation d'une dimension assez étendue, et dont la porte était garnie d'une sonnette et d'un marteau aristocratique. J'usai de la sonnette que je tirai vigoureusement, en vrai marin. Après quoi j'attendis avec anxiété que l'on vînt répondre à mon appel.

Il était environ neuf heures du soir. La nuit était froide. Quelques flocons de neige avaient déjà répandu sur la terre une légère teinte blanche. Une pensée me vint tout à coup et ma présence d'esprit en reçut un choc violent. J'avais négligé de m'informer du nom du propriétaire de la Maison Rouge. Que répondre quand on me demanderait à qui je voulais parler? Il ne me restait plus même le temps de réfléchir, car j'entendis au même instant le bruit de la clef dans la serrure, et la porte s'ouvrit! Une vieille femme d'un aspect repoussant se présenta devant moi et m'adressa la fatale question que je redoutais :

— Qui demandez-vous?

Heureusement je me rappelai la tactique d'un avocat de ma connaissance, à qui j'avais entendu dire que, quand on ne pouvait pas répondre à une question, le seul moyen de sortir d'embarras, c'était de riposter par une autre. Je dis donc à mi-voix à la vieille :

— Est-il au logis?

— Qui, lui? répliqua l'horrible mégère. Vous ne savez donc pas à qui vous avez affaire?

J'eus bientôt enlevé assez de briques pour m'ouvrir un passage suffisant (page 251)

CHAPITRE XXI

Je cherchai à couvrir le vague de ma réponse par quelques phrases de matelot; mais quand il se serait agi de ma tête, je ne crois pas qu'il m'eût été possible de me rappeler autre chose que des phrases assez peu applicables à la circonstance. En sorte que je me contentai de dire :

— J'ai une lettre pour lui! — Une lettre! donnez. — Un moment, répliquai-je; au large, ma chère dame. J'ai ordre de la remettre en main propre; de façon que j'ai tourné le gouvernail à tribord et me voilà dans le port.

La vieille femme parut toute stupéfaite et se mit à m'apostropher tout en battant en retraite dans le corridor.

— Comment, dit-elle, osez-vous vous moquer ainsi des honnêtes gens?

— Qu'y a-t-il donc? s'écria une voix qui sortit du fond de la salle voisine, dont la porte s'ouvrit.

— C'est un vilain matelot qui se moque de moi et qui dit qu'il a une lettre à vous remettre.

— Oui, Monsieur, ajoutai-je, on m'a chargé d'une lettre pour vous, c'est-à-dire, si c'est vous qui êtes le particulier à qui elle est adressée.

— Fermez la porte, dit vivement la voix à la vieille femme. Donnez un tour de clef et tirez les verrous.

Puis la voix ajouta en s'adressant à moi : — Entrez, entrez.

Je fus alors introduit dans une pièce proprement meublée. Il y avait une autre porte en face de celle par laquelle j'étais entré ; mais je n'y fis aucune attention.

— Eh bien ! dit le maître de la maison d'un ton assez brusque, où est cette lettre ?

Je le toisai des yeux pour voir à quelle espèce d'homme j'avais affaire : c'était un individu d'environ quarante ans. Il portait une redingote et un gilet noir assez sales.

L'ensemble de son habillement me frappa au point qu'il me vint à la pensée que ce devait être un déguisement. La rudesse de son ton était visiblement simulée ; enfin, j'observai que la main qu'il avança pour recevoir la lettre était délicate et blanche. Ses manières n'étaient point celles d'un homme ordinaire, et ses traits réveillèrent en moi le souvenir confus d'une physionomie qui ne m'était point inconnue.

— Donnez-moi donc la lettre, reprit-il d'un ton bref.

— Pardonnez, lui dis-je, ce que ma demande peut avoir de désobligeant ; mais j'ai besoin d'acquérir l'assurance que vous êtes bien la personne à qui la lettre est destinée. Voudriez-vous bien me dire votre nom, que je sache si c'est bien celui qui se trouve sur l'adresse ?

Pendant que je prononçais ces mots, il porta les yeux sur la porte qui faisait face à celle par laquelle j'étais entré, puis se tournant vers moi, il me dit :

— Vous me demandez mon nom ? mais il n'y a pas de raison pour que je ne vous le dise pas, mon nom ! D'ailleurs, vous devez le connaître.

— Vous pensez bien, lui répondis-je, qu'on ne m'aurait pas remis cette lettre si je n'avais pas été dans le secret ; mais vous devez savoir aussi que le risque est trop grand pour qu'aucun de nous se hasarde à commettre la moindre imprudence. Ainsi, continuai-je d'un ton toujours plus ferme, si vous voulez avoir la lettre, il faut me prouver que vous êtes bien celui à qui elle s'adresse.

— Mais vous-même, reprit-il, quel est votre nom ?

La demande était étourdissante ; néanmoins, je ne trouvai rien de mieux à dire que mon véritable nom.

— William Thornley, lui répondis-je.

— Est-ce un nom de guerre ou votre vrai nom ?

— C'est mon vrai nom, lui dis-je, et si je vous le livre, c'est pour vous prouver que ce qu'il y a de plus sûr, c'est d'avoir confiance les uns aux autres.

— Vous avez raison, répondit-il, il faut toujours en venir là. D'ailleurs... nous avons besoin d'une confiance réciproque. Je m'appelle John Wolsey. Cela vous suffit-il ?

— Il le faut bien, me dis-je en moi-même. Et je lui remis la lettre.

Il regarda précipitamment à l'endroit où aurait dû être l'adresse ; il n'y en avait pas.

— Comment, s'écria-t-il, il n'y a pas de nom sur l'adresse et vous avez exigé que je vous dise le mien ?

— Regardez le cachet, lui répondis-je.

Il l'approcha de la chandelle.

— C'est bien, dit-il ; asseyez-vous jusqu'à ce que j'aie lu la lettre.

Il l'ouvrit, la lut et parut satisfait du contenu.

— Vous savez ce que renferme cette lettre ? me dit-il. — Sans doute. — Vous connaissez bien l'intérieur du pays, à ce qu'elle m'apprend ? — Parfaitement, répliquai-je, sans comprendre la portée de la question. — Et vous êtes sûr de pouvoir me mener cette nuit à l'endroit où ELLE est ?

— Rien n'est plus facile, répliquai-je au hasard. — A la hutte ruinée, qui est sur la plage de Seven-Mile ?

Puis il ajouta négligemment : — Vous savez monter à cheval ?

— Je n'ai fait que cela toute ma vie, lui répliquai-je.

Ma réponse m'avait à peine échappé que j'en sentis toutes les conséquences ; mais il était trop tard.

— Vous n'avez fait qu'aller à cheval, toute votre vie ! Comment cela, s'il vous plaît ?... Montrez-moi vos mains ? Ah !... vous n'êtes pas matelot ! Il y a une trahison là-dessous. Qui êtes-vous ?... D'où venez-vous ?... Parlez... Qui est-ce qui vous a remis cette lettre ?...

Pendant qu'il multipliait ainsi ses apostrophes, il ouvrit la porte qui était derrière lui et appela. Je sentis que le moment décisif était arrivé, et que tout ce qui me restait à faire, c'était de m'emparer de la lettre qui était demeurée ouverte sur la table. Je m'élançai dessus et je parvins à la saisir ; mais au même instant, deux hommes parurent. Je me précipitai sur la porte qui conduisait dans le corridor, je l'ouvris et je gagnai la porte de la rue. Malheureusement il me fut impossible de tirer les verrous. Au même instant, les deux hommes se jetèrent sur moi. Je me cramponnai à la chaîne de sûreté de la porte, et je résistai vigoureusement, en frappant et en appelant au secours.

— Frappez sur la tête, dit le maître de la Maison-Rouge. Dans cette extrémité, je tirai un des pistolets que j'avais sur moi ; mais avant que j'en pusse faire usage, je sentis un coup violent à la tête. Je tombai étourdi sur la place.

Lorsque je repris connaissance, j'étais dans les ténèbres ; mais dans quel lieu ? J'éprouvais un violent mal de tête ; j'étais souffrant et glacé. Je voulus me dresser sur les pieds ; en me levant, je donnai de la tête contre une maçonnerie et je retombai en perdant de nouveau l'usage de mes sens. Quand je revins à moi, je tâtai tout autour sans chercher à me lever. Je ne rencontrai de tous côtés que des briques

humides et froides, qui formaient un cintre sur ma tête;
j'en conclus que je devais être sous une voûte.

Ma première pensée fut que l'ami qui m'avait prêté mes
habits de matelot serait poussé par un sentiment de curiosité ou par un motif quelconque à s'informer de moi,
s'il ne me voyait pas revenir en temps convenable. Mais je
ne devais pas supposer qu'il concevrait la moindre inquiétude avant le lendemain matin. Que deviendrais-je jusque-là? Je calculai que mon évanouissement avait duré
une demi-heure au plus. Il devait donc s'écouler encore
cinq à six heures jusqu'au matin; et quand le matin viendrait, je ne pouvais espérer qu'il ramènerait le jour dans
l'horrible caveau où j'étais enseveli.

Ces réflexions répandirent une sombre tristesse dans
mon esprit. Je souffrais cruellement d'une énorme con-
tusion que j'avais à la tête; mais mon sang n'avait point
coulé et mes mains étaient libres.

— Tant qu'il y a de la vie, il y a de l'espoir, me dis-je à
moi-même.

J'acquis la certitude que j'étais enfermé dans une cave.
Je tâtai avec mes mains le fond, les côtés, et le dessus de
ma prison sans parvenir à découvrir la moindre issue, ce
qui me surprit au plus haut point. Je ne revenais pas de
mon étonnement, et je ne pouvais concevoir comment
je m'étais trouvé jeté dans un semblable lieu.

Je restai quelque temps accablé par la pensée d'une situation si désespérée; mais je sentis que c'était en moi-
même qu'il fallait chercher des moyens de salut. Je recueillis toutes mes facultés, et je finis par m'arrêter à un
plan.

— Si les misérables au pouvoir desquels je suis, me dis-
je, ont muré tout récemment le trou par lequel ils m'ont
précipité dans cet abîme, le mortier doit être encore frais;
et, avec un peu de travail, il me sera facile de dégarnir
les joints et de faire tomber les briques.

Préoccupé de cette pensée, je fouillai dans ma poche et j'y trouvai mon couteau de voyage. En atteignant ce couteau, ma main rencontra la lettre fatale qui était l'occasion de ma mésaventure. Cette découverte me causa la plus vive satisfaction. Je me sentais intéressé à un point que je ne saurais dire au sort de cette jeune fille, occasion innocente du cruel embarras dans lequel je me trouvais. En outre, je sentis renaître ma confiance en songeant que j'avais été assez heureux pour me tirer jusque-là des plus mauvais pas. Je me mis donc en devoir de travailler à ma délivrance.

Le caveau était trop bas pour que je pusse m'y tenir debout. Je fus obigé de travailler à genoux dans une position tout à fait gênante. Je parvins bien à dégager le mortier d'entre les joints de quelques briques, mais il me fut impossible d'en détacher une seule.

J'étais dans la plus cruelle perplexité sur ce que je devais faire. Tout à coup, une réflexion me frappa. Le poids de la voûte exerçait son action de haut en bas. Il me sembla donc que si je pouvais faire agir une force quelconque dans un sens opposé, je devais venir facilement à bout de soulever les briques; mais comment produire cette force répulsive ? c'était là la question.

Je me plaçai donc sous le centre de la portion de la voûte nouvellement bouchée, et je fis avec mon dos un effort si énergique que la maçonnerie céda. Cette première secousse une fois donnée, j'eus bientôt enlevé assez de briques pour m'ouvrir un passage suffisant. L'obscurité était des plus profondes; je n'avais pas la moindre idée de l'endroit où j'étais. Je sortis du caveau et je pus enfin me tenir debout. Je tâtai autour de moi et je trouvai une muraille dont la hauteur excédait le point le plus élevé auquel je pouvais atteindre. Il me sembla que je devais me trouver dans une espèce de magasin; car, si j'avais été en plein air, j'aurais vu le ciel.

En continuant mon chemin, le long du mur, à tâtons et avec toute la précaution nécessaire, j'en gagnai l'extrémité; puis j'arrivai à une porte large et massive, qui était fermée. J'en eus bientôt trouvé la serrure. Mon couteau n'était pas assez solide pour la forcer; j'aurais pu en briser la lame dans cette opération. Je me mis donc à tâter sur le plancher et je cherchai s'il ne me tomberait pas sous la main quelque chose avec quoi je pourrais forcer la serrure. Je trouvai à l'écart, dans un coin, un monceau de toutes sortes d'objets. Il y avait des morceaux de fer, des clous brisés, de vieux crochets qui semblaient annoncer que cette étrange pièce était un magasin de revendeur. Je choisis, au milieu de tous ces débris, ce qui, au toucher, me parut le plus propre à remplir mon but. Je revins à la serrure; j'en eus bientôt forcé le pène : la porte s'ouvrit!

— Voilà le moment du danger, me dis-je.

Je pris une barre de fer dans ma main droite; je plaçai mon pistolet à portée pour m'en servir au besoin, et je franchis avec précaution la porte que je venais d'ouvrir. Je me sentis en plein air. J'étendis le bras gauche; j'avançai d'un ou deux pas, et je rencontrai un mur que je supposai être un de ceux de la Maison-Rouge. Il faisait aussi noir que dans un four; mais la neige avait tombé avec abondance, et la blancheur de ses teintes me permit de distinguer la forme de la maison qui s'élevait en face de moi.

La fraîcheur de l'air extérieur me ranima. Je marchai, en tâtonnant, le long de la maison, et j'y trouvai une porte qui faisait face à celle que j'avais forcée. Je prêtai l'oreille; je continuai mes recherches; mais il me fut impossible de trouver d'autre issue que celle que j'avais découverte d'abord. Je pensai donc que ce que j'avais de mieux à faire, c'était de me tenir tranquille jusqu'au point du jour.

Force me fut de retourner dans mon magasin, où je tombai dans une sorte d'assoupissement. Je me réveillai bientôt en sursaut, agité par la crainte de me laisser sur-

prendre dans une situation désavantageuse. A la fin, je
m'aperçus que les premières lueurs du jour, si longtemps
désiré, commençaient à poindre. Je reconnus que le caveau,
dans lequel j'avais été précipité, occupait le milieu du
magasin, lequel n'avait point de fenêtre et où il ne se trouvait d'autre ouverture que la porte dont j'avais forcé la
serrure.

Le jour, qui augmentait avec rapidité, me permit bientôt
de distinguer les divers objets et tous les vieux débris qui
étaient entassés dans un des coins du magasin. J'y pris
quelques barils vides et plusieurs pièces de bois que je
plaçai en arc-boutant entre les deux bâtiments et la porte
que je parvins ainsi à fixer d'une manière solide. Enfin, à
l'aide de la grosse serrure, sur laquelle je parvins à poser
mon pied, je gagnai le haut de la porte et je montai sur
le toit du magasin. De là, j'atteignis le mur et je me
disposai à me laisser tomber en plein champ, lorsque je
laissai échapper sur le toit la barre de fer que je tenais; son
poids l'entraîna sur le plan incliné que la neige rendait
plus glissant encore, et elle alla tomber lourdement sur
l'échafaudage que j'avais dressé pour arrêter la porte.

Cet accident me fit précipiter ma retraite. J'étais encore sur les mains et sur les genoux, quand la porte de la
Maison-Rouge s'ouvrit, et quand l'homme à la veste jaune,
—celui que j'avais vu sur la jetée,— parut sur le seuil. Il fit
un mouvement comme pour me poursuivre; mais je saisis
mon pistolet et je le lui présentai. Fût-ce la vue du pistolet
ou la mienne qui l'effraya? j'ignore lequel des deux. Tout
ce que je sais, c'est qu'il disparut en toute hâte derrière la
porte, qu'il ferma vivement sur lui.

Quelques secondes après, j'étais en bas du mur et je me
dirigeai vers le centre de la ville, en courant à toutes jambes. Je me rendis droit à mon hôtel, dont je tirai la sonnette de toute la force de mon bras. Le garçon fut bientôt

sur pied; enfin, je me trouvai heureux d'être sain et sauf,
dans une maison sûre.

— Quelle heure est-il? m'écriai-je.

— Cinq heures précises, Monsieur. Nous avons été bien
surpris de ne pas vous voir rentrer hier au soir. Le magistrat de la Clyde vous a demandé; il est arrivé hier vers
dix heures; il vous a attendu fort tard.

— Menez-moi à sa chambre, répondis-je, et ne dites à
personne que je ne suis pas rentré. Faites un bon feu et pré-
parez-moi quelque chose à manger. J'ai des affaires qui
vont m'obliger à sortir de suite.

Aussitôt ces ordres donnés, je me rendis dans la chambre de mon ami.

— Oh! oh! me dit-il, dans quel pitoyable état vous voilà!
Où avez-vous donc passé la nuit?

Je lui expliquai en deux mots ce qui m'était arrivé.

— Et où est cette lettre mystérieuse? — Ici, sur moi, lui
répondis-je. Je ne l'ai pas encore lue. Voulez-vous la lire
vous-même, car je n'ai pas la vue bien nette?

Il prit la lettre et lut ce qui suit: « L'affaire est faite. La
» jeune fille est cachée dans la hutte de Jim Burke, sur la
» plage de Seven-Mile. Il sera facile de l'embarquer de là
» sur le shooner. Il n'y a pas de temps à perdre, car on ne
» peut se fier à personne dans ce pays-ci. Mike vous con-
» duira à la place. Votre dévoué, J. S. »

— Cela ne nous apprend pas grand'chose, reprit-il.
Quel est ce Mike? — Je l'ignore; à moins que ce ne soit
l'homme à la jaquette jaune. — Ou son camarade, celui
qui a regagné le fourré. — Peut-être; mais, cependant, il
avait encore un rendez-vous avec l'homme à la jaquette
jaune, pour ce soir à sept heures. — Nous nous occuperons
de tous les deux; il faut, avant tout, nous assurer des habitants de la Maison-Rouge. Vous sentez-vous assez de force
pour porter un billet jusqu'au bureau de police? Dans le
cas de l'affirmative, vous me rejoindrez, avec le consta-

17

ble que vous y prendrez, auprès du bureau de la poste aux lettres.

Je pris une tasse de thé et je m'acheminai immédiatement vers le bureau de police. Sur la demande du magistrat, on mit à ma disposition quatre constables. Un d'eux m'accompagna au lieu du rendez-vous, tandis que les trois autres, pour n'être pas remarqués, me suivirent isolément et à distance. Je trouvai le magistrat au rendez-vous, et nous marchâmes de suite vers la Maison-Rouge.

— Cernez la maison par derrière, dit le magistrat.

Un des deux autres constables frappa alors à la porte.

— Croyez-vous que nous ayons assez de monde? dis-je au magistrat. — Oh! bien assez pour une expédition en plein jour. D'ailleurs, nous sommes à portée des secours, si nous en avons besoin... On ne répond pas. Frappez encore... Voyez si la porte est fermée? — Elle paraît l'être; mais si Votre Honneur veut qu'elle soit ouverte, vous n'avez qu'un mot à dire? — Frappez et sonnez encore une fois... pas de réponse! Allons, mes amis, ne perdons pas notre temps; ce serait une folie de rester là.

— Un moment, dit un des constables à son camarade, qui allait appliquer contre la porte un levier en fer pour l'enfoncer, peut-être se sont-ils barricadés dans l'intérieur et n'y a-t-il que la serrure de fermée.

Au même instant, il tira de sa poche un trousseau de crochets, parmi lesquels il en choisit un qui s'adapta à la serrure : elle céda et la porte s'ouvrit.

— C'est comme je le supposais, dit le constable; ils se sont barricadés dans la maison. — Maintenant faites votre perquisition, dit le magistrat. De la prudence! mais dépêchez-vous. — Nous allons la faire, reprit l'autre constable; mais nous ne trouverons personne, je vous en réponds.

En effet, on fouilla la maison de la cave au grenier et on ne trouva personne.

Cette minutieuse opération nous conduisit jusqu'à huit heures. Il y avait un nécessaire à écrire dans la salle où j'avais eu mon entrevue avec la personne qui s'était donnée à moi pour John Wolsey. Ce nécessaire, ouvert et en désordre, semblait indiquer que l'on en avait enlevé à la hâte quelques papiers. Le magistrat y jeta un coup d'œil rapide, y apposa son sceau et le remit à l'un des constables; divers vêtements étaient aussi épars çà et là dans la principale chambre de la maison. Je remarquai entre autres les pantalons et les guêtres qui, la veille, avaient attiré mon attention dans le costume du maître du logis. Je les fis remarquer aux constables, et celui qui avait ouvert la porte extérieure, avec un crochet, les examina attentivement.

— Ce n'est pas de l'ouvrage de ville, dit-il. Peut-être le tailleur a-t-il mis sa marque sur les pièces, comme cela se pratique assez souvent en Angleterre.

En achevant ces mots, il détourna la ceinture et nous montra un morceau de doublure sur lequel étaient écrit ces mots : « Thomas Sparks, York. »

— Il faut, s'écria le constable, qu'un homme engagé dans des affaires de la nature de celle-ci, ait bien peu de précaution pour porter des culottes marquées de cette manière-là. Il faudra bien maintenant que nous sachions pour qui ces habits ont été faits.

— York!... s'écria le magistrat. Cela a un rapport singulier avec les renseignements contenus dans les papiers du Bohémien. Ramassez tous ces habits, faites-en un paquet que je le mette sous le scellé.

— Eh bien! qu'allons-nous faire à présent? lui dis-je.

— Les misérables ont pris l'avance sur nous, me répondit-il. Il faut nous mettre à leurs trousses. Cependant, il y a d'abord quelques dispositions à prendre. Allez, dit-il à l'un des constables, faites disposer le bac; qu'il soit prêt à nous passer à Pitt-Water. Nous ferons bien de prendre nos chevaux. Deux d'entre vous se tiendront prêts à m'accompagner dans une expédition secrète.

A la suite de ces dispositions, nous retournâmes à notre hôtel où nous déjeunâmes promptement Puis nous nous rendîmes sur la jetée; le bac nous y attendait. Nous nous embarquâmes avec nos chevaux et nous eûmes bientôt quitté le rivage.

Nous engageâmes les bateliers à redoubler d'efforts pour nous déposer sur la rive de Pitt-Water. Grâce à l'assistance des constables, nous y eûmes bientôt pris terre.

— La neige est bien épaisse, dit le magistrat. — Elle ne tardera pas à fondre, répondit un des bateliers : aussitôt que le soleil va se montrer, la neige disparaîtra. — A-t-il passé beaucoup de monde, ce matin? reprit mon ami. — Une demi-douzaine de personnes à peu près; mais il y a eu, un peu avant six heures, quelques passagers qui paraissaient terriblement pressés; car ils ont pris une petite embarcation pour se faire conduire à la pointe des Kanguroos. Il y avait dans la bande un grand homme, à figure blême et en redingote noire, qui n'aurait pas eu un autre air quand tous les baillis de la colonie auraient été à ses trousses.

— Et savez-vous quelle route ils ont pris? ajoutai-je.

— Oh! il n'y a pas moyen de voir de dessus la jetée la route qu'ils ont pu prendre; mais on m'a dit qu'ils s'étaient dirigés sur la ferme de Knopwood. Le batelier inclina le gouvernail, de manière à amener le flanc du bateau le long de la plage. Nous nous acheminâmes dans la direction de la ferme de Knopwood, et nous ne tardâmes pas à trouver des traces sur la neige : c'était l'empreinte des pas de deux des personnes qui avaient traversé la rivière le matin. Une des deux empreintes provenait d'un pied long et large; l'autre d'un pied petit et étroit.

— Voici la piste de notre gibier, dit un des constables; ils ont arpenté le terrain en toute hâte. Voyez-vous comme la pointe des pieds est enfoncée dans la neige?

—Votre observation est fort juste, dit le magistrat. Vous êtes capable de suivre une trace aussi bien qu'un indigène.

— Un peu mieux, je l'espère, répliqua le constable. Voyez-vous cela? c'est un soulier que j'ai trouvé dans la Maison-Rouge! Un indigène n'aurait pas pensé à le ramasser. Regardez, comme il s'adapte exactement sur la plus petite des deux empreintes que voilà dans la neige. Nous sommes sur la voie; mais il n'y a pas de temps à perdre.

— Maintenant, reprit le magistrat, nous pouvons monter à cheval, Thornley.

— Vous êtes sur la voie, ajouta le constable, tâchez de la suivre si vous pouvez; mais je ne crois pas que vous nous devanciez beaucoup.

Nous partîmes au trot et nous suivîmes facilement les pas jusqu'aux bords de la plage de Seven-Mile, où ils se perdaient dans la mer. Nous attachâmes nos chevaux à un arbre, et nous nous mîmes à chercher attentivement sur le rivage, sans pouvoir y découvrir la moindre empreinte. La marée montait ; cependant la mer n'était pas encore haute. Nous promenâmes nos regards sur les bords enchanteurs de la plage qui se déploie en croissant. Ce tableau, plein d'animation, respirait le mouvement et la gaieté ; mais on n'y voyait pas la moindre trace d'un être vivant. Seulement un bâtiment, bas mâté, disparaissait à l'horizon.

Nous cherchions encore, quand les constables arrivèrent à grands pas. Sanders s'assit sur une des pierres larges et minces du rivage.

— Pardonnez-moi, Monsieur, dit-il au magistrat, mais voilà une étape qui m'a mis un peu hors d'haleine. Eh bien! Messieurs, vous voilà tout déconcertés! L'eau ne garde pas de trace, n'est-ce pas?

— Nous n'avons rien trouvé, dit le magistrat. Il faut qu'ils aient pris quelque embarcation, car les pas sont bien marqués jusqu'au bord de la mer.

— Permettez que je réfléchisse un peu, dit Sanders. La hutte de Jim Burke doit être à un mille dans les terres à peu près. Je ne serais pas surpris qu'ils aient pris le long des sables, et qu'arrivés en vue de la hutte, ils aient tourné court. Nous saurons, sous peu, à quoi nous en tenir.

Nous nous mîmes en marche le long des pierres qui bordaient la plage, sauf un des constables qui prit un peu au-dessus dans les terres. Nous continuâmes notre chemin pendant une lieue et demie sans rien découvrir; mais à la fin, le constable, qui s'était détaché de nous et qui avait gagné quelque avance, nous fit signe de la main.

— Voici la route que nous avons à prendre, dit Sanders.

— Je crois qu'il a trouvé une trace, lui dis-je. — Certainement, et nous aussi, ajouta-t-il. Regardez, essayons mon soulier; voyez-vous comme il s'y adapte bien ? — Suivez-nous le plus vite que vous pourrez, dit le magistrat; nous allons pousser en avant. — Vous verrez la hutte en face de vous, au détour de cette petite colline, dit Sanders. Si l'on vous montre des intentions hostiles, vous attendrez.

Nous nous dirigeâmes au galop vers la petite colline; et, au bout de quelques minutes, nous étions en face de la hutte. Elle offrait un véritable tableau de désolation. Le toit, couvert de gazon indigène jeté au hasard, tombait de toutes parts en lambeaux ; quelques planches clouées ensemble formaient la porte, qui était assujettie à un bout d'arbre fendu par le milieu, à l'aide de charnières faites en peau de bœuf. Une peau de kanguroo servait à la fois de rideau et de contrevent à une ouverture dont on avait voulu faire une croisée. De grands morceaux de roches plates, ramassés sur la plage et entremêlés avec des plaques de pierre, formaient une espèce de cheminée. Un coup d'œil nous suffit pour voir que ce repaire était vide.

— Encore un effort, dit le magistrat, et ils sont à nous!... *(page 272)*

CHAPITRE XXII

— Voilà une triste maison de campagne, dit Sanders. Ah! qu'il a dû y avoir de moutons dépecés et des côtelettes taillées dans cette hutte-là, sans qu'on ait dérangé le boucher! — Ne perdons pas de temps en plaisanteries, Sanders, dit le magistrat. Vous serez un habile homme, si vous parvenez à découvrir quelque chose qui puisse nous mettre sur la trace des gens que nous poursuivons. — Permettez que Scroggs y essaye le premier, répondit Sanders. Cela me donnera le temps de me reposer un peu.

L'autre constable se mit en devoir de faire une rigoureuse perquisition; mais il ne trouva rien.

— Allons, Sanders, dit le magistrat, à votre tour! Regardez attentivement, car voici le soleil qui commence à faire fondre la neige. — Oh! je ne pensais pas à cela, dit Sanders. Scroggs, avez-vous visité la couverture, là, à la place où le chaume est un peu dérangé?

— C'est le vent qui l'a dérangé, répondit son compagnon; voyez plutôt, il a été détaché du foin tout autour de la couverture.

— Oui, répliqua Sanders, mais ce côté-ci est à l'abri du vent. Ce chaume a été dérangé tout récemment.

En achevant ces mots, l'expérimenté constable monta sur les épaules de son camarade et enfonça son bras dans l'ouverture qu'il avait remarquée dans le chaume, et qui avait excité ses soupçons.

— Ah! ah! s'écria-t-il, voilà quelque chose! Une boîte à amadou! ce n'est pas une fameuse découverte. De l'amadou, une pierre à feu, un briquet; rien n'y manque.

— Attendez que je regarde, dit le magistrat; ôtez l'amadou. N'y a-t-il point quelque marque sur la boîte?

— Pas la moindre, Monsieur, répondit Sanders, excepté celle du fabricant... Ah! ah!... voici un nom sur un des chiffons qui se trouvent dans la boîte; c'est le reste d'un vieux bas, sur lequel est écrit : « *John Shirley*. » Je voudrais bien savoir quel peut être ce John Shirley?

Le magistrat prit la boîte; et, me tirant à l'écart, nous causâmes quelques minutes ensemble.

— Si les papiers trouvés sur le Bohémien sont exacts, me dit-il, il s'appellerait Georges Shirley. Ne serions-nous pas sur la voie d'un de ses proches parents?

— Je pénètre maintenant tout le mystère, lui dis-je. Ce prétendu John Wolsey, dont la figure m'a rappelé, cette nuit, des traits qui ne m'étaient pas inconnus, c'est au Bush-ranger qu'il ressemble. C'est le frère du Bohémien, son plus proche héritier, si la jeune fille disparaît. Il n'y a pas à en douter, c'est là le mot de l'énigme.

— Je pense comme vous, me répondit le magistrat, mais il y a encore bien des choses à débrouiller dans cette intrigue. Pourvu que la pauvre petite fille ne soit pas assassinée avant que nous ayons pu la rejoindre. Ce shooner, que nous avons vu, ne m'annonce rien de bon. Notre monde s'est reposé pendant que nous causions; marchons.

— Il devrait y avoir une troisième trace à partir d'ici, dit Sanders ; mais je n'en vois pas. Voici les deux pieds que nous connaissons déjà, et un nouveau qui semble se diriger vers la crique où ils auront pris sans doute un bateau ; mais je ne vois pas de petit pied. Ah ! voici le grand pied, dont les marques sont plus profondes qu'auparavant. Le grand pied aura porté l'enfant pour qu'il n'y ait pas de trace de son enlèvement. Ils poursuivent leur marche!... Il paraît que le grand pied ne s'accommode pas trop de sa charge. Il s'est assis là... allons, les voilà repartis ! Par saint Georges ! voici la trace du petit pied de l'enfant. Celui qui la portait a fait une chute. Vivat, mes amis, nous les tenons ! La crique n'est pas à plus de trois milles d'ici ; nous allons savoir ce qu'ils sont devenus.

Un peu plus d'une demi-heure après, nous étions sur les bords de la crique. L'œil investigateur de Sanders eut bientôt avisé un sillon qui avait été tout récemment tracé contre la rive par la proue d'un bateau qui y avait abordé. Nous acquîmes dont la pénible certitude que ceux à la poursuite desquels nous étions, aidés par ce moyen de transport, étaient hors de notre atteinte. La neige disparaissait à chaque instant davantage. Nous restâmes, quelques minutes, auprès de l'endroit où le bateau avait imprimé sa marque. Le magistrat rompit à la fin le silence.

— Quel est, dit-il, l'endroit le plus voisin où l'on puisse se procurer un bateau ? — Il n'y en a pas de plus voisin que Pitt-Water, répondit Sanders. Mais quand même nous aurions un bateau, que voulez-vous que nous en fassions? Comment deviner la route qu'ils ont prise ? — Il est probable, répliqua le magistrat, qu'ils se sont servis d'un bateau pour passer sur la rive opposée, afin qu'on ne pût pas suivre leur trace, et dans ce cas nous devrions la retrouver vis-à-vis. — Vous avez raison, dit Sanders ; comment n'ai-je pas pensé à cela ? — Alors il ne faut pas perdre de temps. Pouvez-vous me montrer le chemin le plus court d'ici à

Pitt-Water? — Laissez-moi faire cette course-là tout seul,
dit Sanders. Il n'y a pas un coin dans la contrée, où je ne
puisse aller par le chemin le plus court. — Alors venez
avec moi. M. Thornley aura peut-être la complaisance de
vous prêter son cheval pour que nous fassions la route
plus promptement. — Fort bien, lui dis-je! mais je suis
fatigué de semblables expéditions, et tout ce que je
souhaite, c'est de retourner au sein de ma famille.

En achevant ces mots, je m'assis sur le bord de l'eau avec
l'autre constable, pendant que le magistrat et Sanders partirent au galop dans la direction de Sorell-Town.

J'éprouvais une fatigue extrême; malheureusement, je
ne restai pas longtemps en repos. Un cri, parti de la rive
opposée du détroit, me remit bientôt sur pied. J'aperçus
le magistrat, à cheval, qui avait gagné une éminence;
il tenait son chapeau et l'agitait comme pour nous annoncer une bonne nouvelle; et nous vîmes bientôt un bateau, qui s'avançait malgré la marée basse. Pendant que
nous traversions, je demandai à l'homme qui conduisait
le bateau quelles nouvelles il nous apportait.

—Aucune, me répondit-il; j'ai seulement entendu dire
que vous étiez à la poursuite de deux hommes et d'une
petite fille, qui on passé par ici ce matin. — Et comment
est-elle, cette petite fille? demandai-je avec empressement.
— Oh! elle m'a paru comme toutes les autres petites filles.
Elle semblait fatiguée et souffrante, la pauvre petite! Un
des hommes la portait dans ses bras. Je crois qu'elle avait
pleuré. C'est une enfant d'environ six à sept ans. Si vous
n'avez pas peur de grimper, messieurs, continua-t-il, je
puis vous conduire au pied de ce rocher qui est là-bas, et
vous gagnerez facilement le bord à pied sec.

Nous trouvâmes le magistrat et Sanders sur la place
pour nous recevoir. Il y avait avec eux un autre homme à
cheval, et par terre, un énorme panier. Tout près, pétillait un bon feu qu'ils avaient fait avec du bois mort. Il

restait encore assez de neige pour qu'un œil exercé pût distinguer la trace des gens que nous poursuivions.

—Voyez-vous, dit le magistrat, en me montrant quelques empreintes, nous sommes sur la piste; mais ils ont de
l'avance sur nous. — En vérité, lui répondis-je, je suis bien
tenté de ne pas vous suivre plus loin. Je me sens faible, fatigué; et puis, je dois vous avouer que j'ai grand besoin de
manger. — Nous avons pensé à cela, dit Sanders, voici des
provisions; nous n'avons pas voulu les attaquer avant que
vous fussiez avec nous; mais je serais bien aise, auparavant, d'avaler quelques huîtres. — Des huîtres! l'appétit a probablement creusé le cerveau de ce brave constable. Qui diable vous met des huîtres dans la tête, Sanders?
— Des huîtres! répartit le constable; mais je vais en avoir
dans cinq minutes. Cette petite baie est pleine d'huîtres.

Sans autre discours, les deux constables délièrent leurs
souliers et leurs bas, retroussèrent leurs pantalons jusqu'au jarret, se munirent du panier qui avait servi à apporter les provisions et s'avancèrent dans l'eau. Puis, tâtant
avec leurs mains, ils l'eurent bientôt rempli d'huîtres qu'ils
nous apportèrent. Ils les jetèrent en tas devant nous, et
retournèrent faire une nouvelle pêche.

— Eh bien! qu'y a-t-il donc? s'écria le magistrat. Ils ont
l'air de regarder quelque chose avec stupéfaction. Voyez-
vous. Thornley?... Je tournai la tête, et je vis, en effet, les
deux constables qui examinaient avec une expression
d'effroi quelque chose qu'ils avaient aperçu sur le rivage.
Nous courûmes sur la place, et Sanders s'écria avec un
ton de sensibilité dont je ne l'aurais pas cru capable :

—Ah! Monsieur, j'ai bien peur que c'en soit fait de la
malheureuse petite fille! Voici des indices qui doivent inspirer d'affreuses conjectures!

Nous regardâmes, et au pied d'un rocher qui semblait
suspendu sur le rivage, nous remarquâmes des traces de
pas, et nous vîmes sur la neige de larges gouttes de sang.

La vue de ce sang nous remplit des plus cruelles inquiétudes. Il n'y avait pas jusqu'au flegmatique Scroggs qui ne
fût, lui-même, profondément ému.

— Ces taches de sang sont d'un mauvais présage, dit le
magistrat ; cependant, elles peuvent être le résultat de bien
des causes. Les nombreuses empreintes qui les entourent
m'en font cependant assez mal augurer. Voyez-vous ces
traînées qui annoncent une lutte ? Elles sont trop profondes pour avoir été faites par un enfant.

En nous livrant à une investigation plus attentive, nous
observâmes la marque d'un talon de soulier d'homme qui
paraissait avoir été vigoureusement enfoncé dans la terre.

Au-delà du cercle que nos pas avaient imprimé dans la
neige, nous aperçûmes une trace qui nous parut produite
par un corps pesant qui aurait été traîné jusqu'à quelques
rochers au pied desquels il y avait un trou profond. Quelques cailloux, que nous jetâmes dans ce trou, ne nous laissèrent pas de doute sur sa profondeur. En regardant aux
abords de cet abîme, notre intelligent constable nous fit
remarquer qu'on y avait récemment levé une pierre d'une
dimension considérable. A peu de distance, nous trouvâmes deux autres indices du même genre.

— Je parierais qu'il y a un cadavre là au fond, dit Sanders ; mais c'est un secret qu'il n'est pas facile pour le
moment d'y aller chercher.

Il nous fut impossible, malgré les plus minutieuses recherches, de trouver d'autres taches de sang. Il était évident qu'il y avait eu là une lutte désespérée ; mais quelle
en était la victime ?

Je me trouvais bien remis des souffrances de la nuit précédente, et mon avis était de voler sans retard au secours
de l'enfant. Nous nous remîmes donc à grands pas sur la
trace. Sanders était à notre tête. Le jour commençait à
décliner, et le soleil descendait à l'horizon.

— Ah! voici du nouveau, dit-il, l'empreinte du pied

d'un cheval. Nos gens sont dans l'intention de pousser les choses jusqu'au bout. Je parierais qu'ils auront pris une mauvaise rosse, chez un colon. — Je n'en doute pas, dit le magistrat ; leur intention doit être de sortir de l'île. Je ne m'étonnerais pas qu'après s'être vus contrariés à Hobart Town, ils ne fissent une tentative sur Launceston. — Dans ce cas, ils vont nous faire marcher ! m'écriai-je. C'est une petite promenade de cent vingt milles au moins.

Sanders remarqua que le cheval avait le pied de devant, hors montoir, plus large que l'autre ; il releva la mesure exacte de chaque pied, et la nota au crayon sur son carnet.

Quelques flocons de neige commencèrent alors à tomber ; l'obscurité devenait à chaque instant plus profonde. Cependant, nous persistâmes à continuer notre route tant qu'il nous fut possible de suivre la trace ; mais enfin, la neige tomba avec une telle abondance et la nuit devint si sombre, que force nous fut de faire une halte, et de délibérer sur le parti que nous avions à prendre.

— Avec votre permission, dit Sanders au magistrat, je vous ferai observer qu'il ne sert à rien de suivre une trace pendant la nuit. On perd plus de temps qu'on n'en gagne. Si la neige continue à tomber, ceux que nous poursuivons ne pourront pas nous dérober leurs traces. Il faut, de toute nécessité, qu'ils passent entre la rivière et le pied des collines qui la longent, de manière qu'en coupant leur ligne en travers, nous ne pouvons manquer de nous retrouver sur leurs pas. Si nous parvenons à nous procurer une paire de chevaux, dans les environs, tout sera pour le mieux, et demain matin nous gagnerons du terrain.

Nous nous rangeâmes à l'avis du constable, et, nous suivîmes ses pas. Au bout d'une demi-heure, nous étions à la porte de la hutte d'un colon, à qui nous demandâmes l'hospitalité pour la nuit. Il se trouva précisément que c'était l'habitation d'un ancien prisonnier à qui le magistrat avait fait obtenir, deux ans auparavant, un billet de congé en récompense de sa bonne conduite. Nous soupâmes chez cet ancien condamné, devenu fermier d'une bonne propriété de trois cents acres; et nous y passâmes la nuit pour prendre un repos dont nous avions grand besoin.

Aussitôt que les premiers rayons du jour commencèrent à poindre, nous fûmes sur nos jambes; et, après avoir déjeûné, nous nous disposâmes à nous remettre en marche.

— Je vous remercie, Richard, dit le magistrat, de l'obligeante hospitalité que vous nous avez donnée; et je vous prie d'offrir ce petit souvenir de ma part à votre femme. Cela l'aidera à faire bouillir la marmite.

En même temps, il lui présenta un billet de banque de quatre dollars.

— Non, répliqua notre hôte. Après toutes les bontés que vous avez eues pour moi, permettez-moi de ne rien accepter. Vous savez que tout ce que j'ai ici est à vous.

Mais le magistrat insista, et trouva moyen de faire accepter à la maîtresse de maison ce que son mari avait refusé.

Nous nous retirâmes avec la satisfaction de savoir que notre visite n'avait point été à charge à ces braves gens.

Il était tombé de la neige en abondance pendant la nuit; les nuages gris en annonçaient encore. Nous recommençâmes notre poursuite avec une perspective peu agréable.

— Nous allons voir, Sanders, dit le magistrat, si vous êtes homme à vous tirer d'embarras. Quelle route faut-il que nous suivions? La neige a tout couvert. — N'ayez point d'inquiétude, dit le constable; si la neige nous dérobe quelques traces, elle en rendra d'autres plus visibles.

Encouragés par une assurance aussi positive, nous nous mîmes activement en devoir de retrouver la trace perdue.

Nous étions dans la partie la plus fertile du pays, dans un district agricole où l'on cultive la presque totalité du froment récolté dans la colonie. La richesse du fonds, les transports par eau qui offrent un si grand avantage pour le commerce des grains, y ont fait établir, en peu de temps, une quantité considérable de petites fermes. Il était encore de bon matin, en sorte que nous ne rencontrâmes personne sur notre route. Nous continuâmes donc sans dévier, pendant cinq à six milles. Nous avions calculé que c'était sur ce point que nous devions croiser la trace de ceux que nous poursuivions ; mais ce ne fut que dans les plaines de Brighton que nous retrouvâmes leurs pas.

— Vous le voyez, dit Sanders, nous les tenons! Mais vous pouvez juger, par le peu de profondeur des empreintes, qu'ils ont dû faire un bon emploi de leur temps. — La pauvre petite aura dû souffrir cruellement du froid, dit le magistrat. — Pauvre créature! s'écria Scroggs d'un ton lamentable. La vue de ce sang ne me quitte pas. — Ouvrez bien les yeux, Scroggs, dit le magistrat, et il y aura une bouteille de rhum pour vous, si vous parvenez à découvrir quelque chose qui mène à bien nos recherches.

Scroggs ne tarda pas à découvrir les pas d'un second cheval, en addition à la trace que nous n'avions pas quittée. Il était évident que Wolsey poussait en avant avec toute la rapidité possible.

Dès que nous eûmes acquis cette certitude, le magistrat écrivit, sur une des feuilles de son carnet, une sommation par laquelle il requérait chacun, pour les besoins de la justice, de louer ou de vendre des chevaux aux constables.

— Maintenant, Sanders, dit-il, il n'y a pas un moment à perdre. Monsieur Thornley et moi nous allons poursuivre les fugitifs. Il faut les rejoindre, à quelque prix que ce soit. Ne négligez rien pour vous procurer des chevaux et pour nous suivre en toute hâte. Et nous partîmes au galop.

Il fallait que John Shirley fût guidé, dans sa marche, par quelqu'un qui eût une connaissance parfaite du pays, car la trace traversait l'île en ligne directe. Dans une île où le bois abonde, l'aspect d'un pays spacieux et sans arbres ne manque jamais d'inspirer un sentiment agréable. A l'est de ces plaines, dans lesquelles nous avions cheminé de lon-

gues heures, sont les vastes marais salins, où les colons des
environs viennent, en été. recueillir leur provision de sel.
En face nous avions la superbe montagne de Ben-Lomond.

— Encore un effort, dit le magistrat, et ils sont à nous!

Mais nos chevaux étaient exténués de fatigue et de faim.
Nous mîmes pied à terre et nous les bouchonnâmes avec
nos mouchoirs de poche.

— Ne laissons pas nos chevaux s'engourdir, me dit mon
ami, tant qu'ils seront échauffés, ils iront; mais si le froid
les prend, ils ne seront plus en état de mettre un pied
devant l'autre. Allons, un dernier effort!

Malheureusement, les pauvres bêtes nous donnèrent à
la fin des signes évidents d'épuisement. Il fallut donc
nous résigner à tourner à gauche du côté du front de
Blackman, auprès duquel nous savions que nous trouve-
rions la table et le couvert. Poussés par cet instinct que
j'ai souvent observé chez les animaux, nos chevaux dressèrent leurs oreilles, et ils nous portèrent grand train
jusqu'à l'endroit où nous devions nous reposer. Notre
premier soin fut de les voir bien pansés.

Il est à peu près inutile de dire que pendant que nous
nous occupions de nos montures, on préparait pour nous,
le repas ordinaire de la colonie, les éternelles côtelettes de
mouton, auxquelles on joignit une soupe à la queue de
kanguroo! Une bouteille de bière de Barclay, ajouta un
attrait nouveau à notre souper. Enfin, grâce à d'excellente
eau-de-vie, nous nous trouvâmes bientôt dans l'état le
plus satisfaisant. Nous discutions sur les avantages d'un
second verre, quand le bruit des pas d'un cheval nous annonça la présence d'un nouveau venu. L'auberge ne renfermait qu'une seule pièce destinée à la réception des voyageurs; notre hôte y introduisit le nouvel arrivant.Celui-ci
entra sans cérémonie et secoua l'épaisse couche de neige
qui couvrait son ample redingote en s'écriant:

— Garçon!... garçon!... J'espère, Messieurs, que je ne

vous dérange pas?... Garçon!... y a-t-il quelque chose à
manger? Je viens de faire une fameuse trotte sur cette
vieille frégate démâtée! Il y a je ne sais combien de temps
que je suis dessus, et le froid m'a aiguisé l'appétit.

L'étranger était un marin, à en juger par son habit et par
son langage; mais comme j'avais eu moi-même tout récemment la prétention de m'arroger cette qualité, je ne me
sentais pas disposé à la reconnaître chez le nouveau venu,
sans un examen plus approfondi.

— C'est fort bien, dis-je en moi-même; mais tout cela ne
me dit pas que cet original-là soit un vrai marin?

Je lançai au magistrat un regard qui lui dévoila toute
ma pensée.

— Vous ne paraissez pas enchanté de votre voyage,
Monsieur? lui dit mon ami. — Enchanté!... Il n'y a, parbleu! rien de bien enchanteur à avoir entre les jambes, une
vieille brute pareille à celle que je montais!... Je croyais
qu'il ne neigeait jamais dans ce pays-ci? — Quelquefois,
lui répondis-je; mais c'est rare. On dirait, Monsieur, que
vous avez un plumage de cygne. — C'est bien cela. Mais
je vous assure que la neige est un lit de plumes que je n'aime pas trop. J'ai chaviré trois fois, depuis ma dernière
relâche. Ah! heureusement, voici mon souper. Des
côtelettes de mouton, sans doute? que Dieu me bénisse! si
j'ai mangé autre chose que des côtelettes de mouton, depuis que je suis dans ce pays-ci. Enfin, un enfant du Yorkshire ne s'inquiète pas de si peu. — Vous êtes du Yorkshire? répliquai-je vivement; et de quelle partie? — De
Whitby; mais je suis né sur les terres de sir Shirley, près
de Limedale. Tout le monde connaît cela dans le Yorkshire.
Mon père était fermier de sir Shirley; mais, moi, je suis
allé à la mer presque dès mon enfance. — Alors, vous connaissez sir Shirley? — Certainement! Sir William Shirley?
C'est-à-dire que je l'ai connu; car il est mort, maintenant.
— Y a-t-il longtemps? — Deux ans, à peu près. — Avait-

18

il des enfants! — Non, il n'avait pas d'enfants; mais il avait deux frères. — Que sont-ils devenus? — L'aîné, Georges, a quitté le pays, il y a déjà bien longtemps. C'était un terrible mauvais sujet dans sa jeunesse. Quant au plus jeune, John, il est encore à l'abbaye. Comme on ne sait ce qu'est devenu Georges, c'est à John que reviennent tous les biens.

En écoutant ces précieux renseignements, j'avais échangé plus d'un regard d'intelligence avec mon ami, le magistrat. Nous saisîmes le prétexte d'aller voir nos chevaux afin de causer ensemble en gagnant l'écurie.

La neige couvrait la terre; mais le ciel était clair et brillant. Nous regrettions vivement le temps que nous étions obligés de perdre. L'obscurité de la nuit, —qui favorise celui qui se sauve, —est, au contraire, une barrière insurmontable pour celui qui poursuit. Il fallut donc nous résigner à ce retard. Nous souhaitâmes une bonne nuit à notre nouvelle connaissance. Pour nous, nous allâmes nous coucher, après avoir pris toutes les dispositions nécessaires pour continuer notre voyage le lendemain matin. Mais des événements que nous n'avions pas prévus ne tardèrent pas à interrompre notre repos. Un peu après minuit, nous fûmes réveillés par de vigoureux coups appliqués contre la porte de l'auberge.

— Il n'y a pas besoin de défoncer la porte! s'écria le maître de l'hôtel. On donne au moins aux gens le temps de mettre leurs habits. Qui êtes-vous et que demandez-vous à pareille heure? — Il est bon là, avec ses questions! Tu ne reconnais pas la voix de Charley Chaffem? — Le jockey de la baie des Sables! Par saint Georges! voilà une surprise! Qui est-ce qui t'amène ici? — Parbleu! c'est mon cheval qui m'amène... ou plutôt ce sont deux chevaux qui me font voyager: un qui me porte, et l'autre qu'on m'emporte. — Enfin, d'où viens-tu? — J'ai quitté la rivière du Charbon ce matin. Ce n'est pas mal, n'est-ce pas? Un gentleman,

qui était sans doute pressé, m'a emprunté mon cheval
bai sans m'en prévenir. Quand j'ai vu que la bête ne
revenait pas, j'ai soupçonné quelque chose qui n'était pas
dans l'ordre ; mais il n'y avait rien à faire avant le point
du jour. Je me suis mis alors sur les traces de mon voleur,
à travers champs ! Il faut qu'il y en ait deux autres avec
lui, car j'ai trouvé les pas de trois chevaux, et ensuite de
quatre. Ils sont probablement une troupe ! Mais sais-tu
bien que cela ne m'amuse pas à rester là à causer ! Ouvre
donc la porte et dépêche-toi !

Convaincu que l'arrivée du propriétaire du cheval volé
amènerait nécessairement quelques explications, je me
levai, et je rentrai dans la salle des voyageurs. Pendant ce
temps-là, le vigilant Charley Chaffem avait déjà visité l'é-
curie, et examiné nos chevaux.

— Mon voleur ne doit pas être loin, dit-il au maître de
l'hôtel, car tu as deux de ses acolytes paisiblement logés
dans ta maison. J'ai reconnu cela aux fers de leurs chevaux. Mais je ferai danser ces gueux-là au bout d'une
corde. — Voici un joli compliment pour mon ami et pour
moi ! me dis-je tout bas... Mon cher monsieur, repris-je à
haute voix, je suis propriétaire d'un des deux chevaux que
vous venez de voir, et l'autre est à mon ami. J'ai entendu
ce que vous avez dit en entrant ici ; mais je vous assure
qu'il me serait facile de vous détromper. — Vous n'avez
qu'à l'écouter ! s'écria notre homme de la veille au soir, qui
s'était levé d'un sofa sur lequel il était couché, avec la pres-
tesse habituelle aux marins. Vous n'avez qu'à l'écouter ! Il
était marin hier au soir, et maintenant le voilà jouant de la
langue comme un avocat ! Allons ! mon ami, ajouta-t-il en
s'adressant à moi, vous voilà battu ! — Le malheur s'en
mêle ! pensai-je en moi-même. Si je n'y prends garde, je
vais tomber encore dans quelque nouvelle mésaventure.
En deux mots, lui dis-je en élevant la voix, le fait est que
je ne sais pas plus que vous où est votre cheval, et que je

l'ai suivi comme vous pendant toute la journée. — En
deux mots, repartit le jockey avec aigreur, vous aurez à
répondre de votre conduite devant le juge. — Qu'y a-t-il
donc? dit le magistrat, qui entra dans le moment. Qu'y
a-t-il Charley? Qui vous amène ici ? — Bravo! s'écria
Charley. Voilà précisément le magistrat de la Clyde. J'ac-
cuse ce fripon-là d'avoir volé mon cheval, et je demande
qu'il soit arrêté ! — Qui? mon ami Thornley? Ah ! ça,
Charley, vous avez quelque chose de dérangé dans le cerveau ! Oh! je vois ce que c'est ! C'est votre cheval que ces
scélérats ont volé la nuit dernière. Nous leur avons donné
une terrible chasse, hier, toute la journée ! — En vérité!
dit le jockey, stupéfait. Excusez-moi , M. Thornley !...
Vous avez poursuivi pendant toute la journée le misérable
qui a enlevé mon cheval ? Cela explique tout.

Le bruit, occasionné par des pas redoublés de chevaux
qui s'approchaient avec rapidité, attira tout à coup notre
attention. Une demi-minute après deux cavaliers mettaient pied à terre. Le jockey reconnut aussitôt en eux le
pénétrant Sanders et le flegmatique Scroggs.

— Ah ! c'est vous, dit le jockey ! Venez-vous vous mettre de la partie ?... — Nous sommes en expédition secrète,
dit Sanders, prenant tout à coup un air important. Je vois
avec plaisir, ajouta-t-il en apercevant le magistrat, que le
hasard nous a bien conduits. Nous avons eu le bonheur de
nous procurer des chevaux, et d'assez bons, vraiment. —
Hâtez-vous de prendre toutes vos dispositions, dit le magistrat, car voilà trois heures, et nous partirons à cinq....

L'Indigène tomba; et le reste de la bande battit en retraite (page 287)

CHAPITRE XXIII

Nous partîmes à cinq heures précises. Le jockey ouvrait la marche. Le marin qui devait suivre la grande route, voulut partir en même temps que nous. Mais nous étions trop pressés pour attendre qu'il eût accompli la tâche difficile de mettre à flot sa vieille frégate.

— Ne les avez-vous pas suivis hier, dit le jockey, jusqu'à la vallée qui est au pied de ces collines en pain de sucre, entre deux rangés de mimosas? Nous devons être très près de l'endroit où vous avez tourné. — C'était ici près?... — Vous avez raison, voici vos traces. Tenez voici la trace du cheval de M. Thornley. Voici la trace de Roderick ! voyez quels pas! Vous ne trouverez pas un cheval sur cent qui en ait un pareil.

La trace tourna sur la gauche et nous conduisit à une hutte en ruines, où les fugitifs devaient avoir passé la nuit. Le sol portait les traces d'un feu récemment allumé.

— Les oiseaux sont envolés, dit Chaffem; mais ils ne doivent pas être loin.

Nous abandonnâmes la hutte et nous suivîmes la trace dans la direction du pont de Ross sur la rivière de Mac-quarie. Les fugitifs s'étaient départis, en cet endroit, de la prudence qu'ils avaient eue jusque-là de ne pas suivre la grande route. Ils l'avaient traversée à un demi-mille du pont à peu près, et avaient fait un détour à droite.

— Ils ne paraissent pas se soucier de passer le pont, dit le constable. Si c'est à Launceston qu'ils veulent aller, il faut qu'ils traversent la rivière à la nage ou qu'ils passent un gué. Il y en a un, un peu au-dessous de la source; mais il y a loin d'ici. — Ils ne feront jamais un semblable détour, dit Charley. Ils passeront l'eau quand ils seront arrivés au coude que fait la rivière.

Le jockey se trompa, car la trace continuait au-delà du coude, jusqu'à un bouquet de mimosas, à peu de distance d'une forêt fort épaisse. Il était évident que les fugitifs avaient fait là une halte. Nous ne nous amusâmes pas à examiner les choses de plus près et nous poussâmes di-rectement vers le gué. Arrivés là, Sanders fut le premier à découvrir les traces de nombreux pieds nus.

— Halte-là, cria-t-il. Les indigènes ont rôdé dans ces environs. Ne marchez pas sur les empreintes.

Nous nous rangeâmes le long des traces des indigènes, qui tendaient vers le gué. Autant que nous en pûmes juger, ils devaient être une vingtaine.

— Je parierais une guinée, dit Sanders, que c'est là ce qui a forcé nos gens à se cacher dans les mimosas. — En avant! dit le magistrat : il me semble apercevoir quelque chose sur les bords de la rivière.

Il ne se trompait pas. Au bout de quelques minutes de trot, nous avions atteint le gué et découvert, gisant sur le rivage, un homme dont je crus me rappeler les traits. En le regardant de plus près, je reconnus l'homme à la veste

jaune. L'infortuné était encore en vie. Les indigènes lui
avaient enfoncé le crâne à coups de waddies.

— Si nous pouvions seulement en tirer quelques mots,
dit le constable, il nous donnerait sans doute de précieux
renseignements. Scroggs, où est votre bouteille?

Le prévoyant Scroggs répondit à cet appel en avançant
la bouteille de rhum.

— A quoi bon lui donner du rhum, s'il est mort, fit-il
observer. — Il n'est pas encore mort, repartit Sanders.
Tâchons de le faire parler. Eh!... c'est Bill Simmons,
un des plus effrontés coquins de toute la colonie.

Scroggs souleva la tête du malheureux blessé et Sanders
lui introduisit un peu de rhum dans la gorge, pendant que
le magistrat lui jetait sur la tête et sur la figure de l'eau
fraîche qu'il avait puisée à la rivière. Ce ne fut qu'au bout
de deux heures, qu'il put articuler quelques mots.

— Nous perdons le temps de la manière la plus fâcheuse,
s'écria le jockey. — Silence! dit le magistrat; le mourant
va parler... En effet, il murmura d'une voix affaiblie :

— Ils ont enlevé l'enfant! — Qui est-ce qui a enlevé l'enfant? — Les indigènes... Ils m'ont... attaqué... au passage
du gué. — Et votre compagnon, où est-il? — Il a traversé
la rivière... à la nage; mais, en fuyant, il a abandonné
l'enfant... Les indigènes ont pris l'enfant... La fille du Bohémien... du Bohémien. — Les indigènes l'ont-ils tuée?
lui dis-je, plein d'une horrible anxiété. — Non... c'est
moi... qu'ils ont attaqué... l'enfant... emporté. — Combien
y a-t-il de temps que vous les avez rencontrés? — Je ne
sais... au point du jour... je ne voulais pas passer le pont...
je suis venu au gué... les indigènes nous ont... attaqué,
et... ils ont enlevé l'enfant... Mus... qui... to!...

Et l'infortuné exhala son dernier soupir.

— Musquito! dit Sanders. Il n'y a pas de temps à perdre!

Le magistrat, guidé par Sanders, partit immédiatement
au galop. Son absence fut de courte durée; il revint chargé

de peaux de kanguroo et de tout ce qui était nécessaire pour une expédition dans les bois. Il était, en outre, accompagné de Tom, grand et bel indigène de l'Australie.

— Et moi, que vais-je devenir ? dit le jockey tout déconcerté. Et Roderick, que va-t-il devenir, de son côté ? Adieu, Messieurs ! Bonne chance.

En achevant ces mots, le jockey lança son cheval dans la rivière.

— L'indigène est à pied ! Ne va-t-il pas nous retarder ? dis-je à Sanders. — N'ayez pas d'inquiétude, dit le constable. Allons, Tom, mon garçon, êtes-vous prêt ?

Tom fit un signe de tête affirmatif.

— Quelle route allez-vous nous faire prendre ?

Tom regarda les traces, au milieu desquelles on distinguait un petit pied, et il nous montra les collines. Nous nous mîmes à marcher grand train et en peu de temps, nous fûmes ensevelis dans les profondeurs des bois.

Nous fûmes plus de deux heures à traverser la forêt, à la sortie de laquelle nous nous trouvâmes dans une vaste plaine. Ce jour et la nuit qui le suivit, se passèrent sans que nous pussions parvenir à rejoindre les indigènes. Mais notre guide ne paraissait pas du tout inquiet sur le résultat de sa poursuite.

Nous passâmes une nuit fort pénible au milieu de tous nos doutes et de toutes nos craintes. Un autre sujet d'inquiétude pour nous était l'épuisement de nos provisions.

Nous nous trouvâmes, le lendemain matin, beaucoup moins dispos que le jour précédent. Nous avions bivouaqué au pied d'une chaîne de collines, et ce ne fut pas sans une vive anxiété que nous nous partageâmes le reste de nos provisions avant de prendre nos dispositions pour gravir la hauteur. Mais à peine avions-nous fait quelques pas, que Tom nous indiqua l'empreinte du pied d'un indigène. Nous nous mîmes de suite à inspecter nos armes. L'approche possible du danger nous mettait tous en éveil.

Nous gravîmes avec précaution jusqu'au sommet de la colline ; là, le magistrat nous engagea à faire halte, et donna ordre à notre nègre d'aller reconnaître le pays.

Tom s'avança en se traînant. Il rampait comme un serpent entre les touffes de gazon. Quand il se fut suffisamment avancé, il resta immobile pendant quelques secondes, et ensuite il se replia sur nous par d'insensibles mouvements, et nous communiqua le résultat de sa découverte.

— Les noirs, être dans le vallon, nous dit Tom à voix basse, et Musquito avec eux. — Que font-ils ? demanda le constable. — Eux faire du feu... et manger. — La Piccaninny est-elle avec eux ? lui dis-je. — Moi, ne pouvoir pas voir. Eux être derrière les arbres, là, continua Tom en dirigeant mes regards sur la droite... Vous de là pouvez voir.

Il y avait sur la droite un massif de bois vers lequel nous dirigeâmes nos pas.

— Tom, dit le magistrat, voulez-vous aller voir si vous ne trouveriez pas la petite Piccaninny blanche, parmi ces noirs ? Une petite Piccaninny, haute comme cela.

Tom fixa quelque temps ses yeux sur la terre avec une expression pensive, puis il répondit : « Moi aller. » Il fit un grand détour et bientôt nous le perdîmes de vue. Nous restâmes à l'attendre dans les transes de la plus vive anxiété. Au bout d'une heure, il revint et nous communiqua les renseignements qu'il avait obtenus.

— La Piccaninny blanche être avec les noirs, dit-il.

— La petite est vivante, dit le magistrat, c'est là le point capital. Comment se trouve-t-elle, Tom ?

— La petite Piccaninny être dans une petite maison.

— Et que font-ils de la petite Piccaninny ? ajoutai-je.

— Je parierais qu'ils vont la manger, dit Scroggs ! Les monstres ! Il faut les fusiller jusqu'au dernier.

— Nous agirons suivant les circonstances, répliqua le magistrat.

Nous descendîmes donc la colline, afin de pouvoir gagner le terrain plat avant d'être aperçus par les indigènes. Nous avançâmes ensuite à un pas modéré et nous nous trouvâmes bientôt en face de leurs singulières habitations.

Le noir de Sydney nous précédait d'une vingtaine de pas. Aussitôt qu'il fût arrivé à portée de la voix, nous fîmes halte et nous attendîmes l'issue de sa conférence avec les indigènes. Tom vint bientôt nous communiquer le résultat de sa mission.

— Musquito dit : « Vous venir ! »

— Comptez qu'il médite quelque diablerie, dit Scroggs! Mais cependant, toute la bande m'a l'air, en ce moment, de préparer un grand festin.

— Musquito dit : « L'homme blanc avoir voulu tuer la Piccaninny, et Musquito avoir tué l'homme blanc. »

— Voici, dit le magistrat, qui est tout à fait extraordinaire. J'en suis à me demander quel peut être le but de Musquito. Au reste, puisqu'il paraît dans des dispositions pacifiques, avançons.

— Il vaut mieux, dit le constable, qu'il en reste deux d'entre nous sur le qui-vive.

— C'est une très sage précaution, Sanders. Restez avec Scroggs à garder les chevaux. Si M. Thornley y consent, nous irons ensemble à pied jusqu'au camp des indigènes.

Nous marchâmes droit à Musquito. Le farouche sauvage avait l'apparence stupide et indolente que j'avais remarquée en lui dans plusieurs occasions. Il était néanmoins facile de découvrir au fond de ses yeux à demi fermés, une vigilance inquiète qui ne laissait rien échapper.

Mon ami éprouvait la même difficulté que moi à trouver un sujet convenable de conversation. Heureusement le magistrat nous tira d'embarras en rompant le silence.

— Y a-t-il beaucoup de kanguroos dans cette partie du pays, Musquito?

— Un boomah... ici, lui répondit Musquito, en lui montrant du doigt un énorme kanguroo qui était suspendu dans le bois.

Mon ami, convaincu qu'il n'y avait rien de tel que de boire et de manger ensemble pour faciliter la conversation, demanda sans hésiter à sa nouvelle connaissance une tranche de kanguroo. Musquito dit quelques mots à l'un de ses aides de camp, et on nous apporta quelques tranches crues.

Il me parut alors que le moment était venu de nous rendre notre hôte favorable en lui offrant un verre de rhum.

Le magistrat versa dans l'écuelle du sauvage une certaine quantité de rhum. Celui-ci manifesta, en dégustant la liqueur, une vivacité de sensation qui triompha de sa réserve habituelle ; puis il frappa sa poitrine et présenta son écuelle pour provoquer une seconde libation. Nous pensâmes que c'était le moment d'entrer en négociation.

— Musquito a tué l'homme blanc ? lui dit le magistrat : Pourquoi Musquito l'a-t-il tué ?

— L'homme blanc être un grand coquin, répliqua Musquito. Lui avoir voulu tuer la Piccaninny ; Musquito l'avoir tué.

— Pourquoi Musquito a-t-il pris la Piccaninny ? poursuivit mon ami. Pourquoi l'a-t-il sauvée des coups du méchant homme blanc ?

La physionomie de Musquito prit une expression presque intelligente et il répliqua :

— La Piccaninny être la Piccaninny du Bohémien. Le Bohémien être mort. Le Bohémien avoir été bon pour Musquito ; Musquito n'avoir pas laissé le méchant homme blanc tuer la Piccaninny du Bohémien.

— Le Bohémien, lui dis-je, à mon tour, était frère de Musquito ?

— Oui, répéta le noir, le Bohémien avoir été frère de Musquito.

— Musquito, ajoutai-je, vous me connaissez ?

— Ah ! être vous, mossieu Thornley ?

— Oui, lui répondis-je; moi le frère du Bohémien!

Musquito jeta sur moi un de ces regards furtifs et péné-
trants, tels qu'il n'appartient qu'aux sauvages d'en lancer.
Je poursuivis néanmoins :

— Le Bohémien frère de Musquito; le Bohémien frère
de Thornley; Thornley et Musquito être frères aussi.

Je désirais, par cette explication, amener le sauvage à me
considérer comme un ami. Musquito resta quelque temps
à peser mes paroles, puis il me demanda :

— Comment, toi être frère du Bohémien ?

— Le Bohémien, lui répondis-je, quand un méchant
homme blanc l'a tué, m'a dit : « Tu donneras le pain et la
viande à ma Piccaninny. » Et moi j'ai dit au Bohémien :
« Oui, Thornley est ton frère. »

Aussitôt Musquito se leva, parla à une jeune sauvage
qui disparut un moment et revint en menant par la main
la fille du Bohémien qu'agitaient à la fois la crainte et la
timidité. L'enfant leva ses grands yeux noirs, dans lesquels je reconnus aussitôt la vivacité d'expression qui
étincelait dans ceux du Bohémien. Elle semblait chercher
parmi nous une figure de connaissance.

— Georgiana? lui dis-je d'un ton doux et rassurant.

En s'entendant appeler de ce nom intime, la pauvre enfant tressaillit, et, joignant ses petites mains, elle fit un
pas en avant; puis, toujours tremblante et troublée, elle
leva sur moi ses brillants regards, comme si elle eût cher-
ché à reconnaître les traits de quelque ancien ami. Je ne
crois pas avoir rencontré une plus charmante créature.
Je n'ai jamais vu porter à un plus haut point ce charme
ineffable de l'enfance et de l'innocence réunies. Frappé
par l'idée de l'état d'abandon auquel cette malheureuse
enfant se trouvait réduite, je lui tendis les bras et je m'é-
criai avec un accent qui émut les fibres de son cœur.

— Venez dans mes bras, pauvre petite orpheline, je vous
servirai de protecteur et de père.

L'enfant tressaillit de joie. Elle se précipita toute en larmes dans les bras que je lui tendais.

Les sauvages, eux-mêmes, furent émus de cette scène.

— Tenez-vous sur vos gardes, s'écria Sanders, qui s'était approché de nous avec Scroggs, en voyant que nous nous laissions aller à ce mouvement d'abandon.

— Il faut maintenant, me dit le magistrat, profiter de ce que tout le monde est en bonne disposition pour nous retirer. Il est facile d'emporter l'enfant à cheval avec nous...

— Mais je n'ai pas dîné, dit Scroggs, avec une figure toute décomposée.

— Il serait imprudent, dis-je, de nous mettre en route sans nous munir de provisions. Nous n'avons pas de chiens avec nous, et il n'y a pas moyen de songer à se procurer un kanguroo.

— Eh bien! dit le magistrat, voyons si les indigènes ne consentiront pas à nous céder quelques provisions?

— Musquito, dit-il au chef noir, ne pourriez-vous pas nous donner un kanguroo?

— Un kanguroo? oui!

Musquito dit quelques mots à ses compagnons, qui parurent se mettre en devoir d'exécuter ses ordres. Ils commencèrent immédiatement leurs préparatifs, en aiguisant leurs javelines et en s'armant de waddies.

— J'espère, dis-je au magistrat, que tout se passera bien; mais si ces sauvages allaient s'animer un peu trop à la chasse? il pourrait bien leur prendre la fantaisie de nous décocher quelques javelines!

— Surtout, ajouta le magistrat, si Musquito, ou quelqu'un des siens, venait à reconnaître en vous le héros qui a fait pleuvoir sur leurs têtes, il y a quelque temps, une grêle de gros plomb.

Et c'est précisément ce qui eut lieu vers la fin de cette chasse quand, pour abattre un monstrueux kanguroo, j'eus l'imprudence de faire usage de mon fusil.

Au bruit de la détonation, les cris des indigènes avaient cessé comme par enchantement. Je me mis à recharger mon arme; j'appelai alors Tom, et je lui dis d'expliquer aux sauvages que je regardais cette pièce de gibier comme leur propriété. Aussitôt qu'ils eurent compris mes intentions, ils s'avancèrent, mais avec réserve et à pas lents. Il ne fallut pas moins de quatre hommes pour porter le kanguroo jusqu'au camp. Le reste de la troupe se mit en devoir de faire les préparatifs d'un grand festin. Les deux constables, ayant conçu quelque inquiétude en entendant un coup de fusil, venaient au-devant de nous.

— Nous craignions que vous ne fussiez dans l'embarras, dit Sanders. Vous ferez bien de monter à cheval, Messieurs. Tous ces sauvages ont leurs javelines et leurs waddies à la main; on ne saurait prévoir quel usage ils peuvent en faire. Tenez, en voyez-vous trois qui causent là-bas, en montrant M. Thornley?

Nous pensâmes, en effet, qu'il fallait se tenir prêt à tout événement. Nous prîmes donc nos chevaux et nous les conduisîmes par la bride. Je fis monter la jeune fille sur le mien, en lui recommandant de n'avoir pas peur, et nous continuâmes à nous acheminer vers les feux. Les sauvages étaient divisés en plusieurs groupes, au milieu desquels on déposa les produits de la chasse.

Ils se mirent en devoir de dépecer le plus gros des kanguroos. Musquito lui coupa la tête, qu'il jeta de côté, sépara les épaules et le corps du train de derrière, et, avec une politesse dont je ne l'aurais pas cru capable, il poussa de notre côté, cette partie de l'animal, qui en est la meilleure.

Sanders mit pied à terre, et jeta le morceau de gibier sur son cheval, puis, il se remit en selle et nous engagea à nous éloigner sans perdre de temps. Nous allions monter à cheval lorsque les sauvages reconnurent mon fusil; et ils semblaient retrouver une ancienne connaissance.

— Thornley, me dit vivement le magistrat, vous êtes re-

connu ! Ouvrez la marche avec Georgiana. Les constables
et moi, nous formerons l'arrière-garde. Tom, pouvez-vous
faire une course ?

— Il suivra le galop de nos chevaux, dit Sanders.

— En avant donc, et ne perdons pas de temps !

Le magistrat et moi, nous montâmes à cheval. Au même
instant, un cri effroyable partit du milieu des sauvages.
Une javeline qui me fut lancée alla s'enfoncer dans le
flanc du cheval de Scroggs. Nous partîmes ensemble, au
galop, en tournant le pied de la colline. Tom ne tarda pas à
se trouver en arrière. Le magistrat s'en aperçut, nous cria
de nous arrêter, et il ordonna à Sanders de le prendre en
croupe jusqu'à ce que nous fussions à l'abri de l'atteinte
des indigènes. Ce retard leur permit de nous couper au
détour de la colline. Nous tînmes nos chevaux à distance
de la portée de leurs javelines ; mais un womera vint frapper le cheval de Scroggs à l'une des jambes de devant, et
nous fûmes obligés de faire halte un instant.

— Courage, cria le magistrat ; nous avons une plaine
devant nous et pas d'arbres.

Une grêle de javelines vint interrompre sa harangue.
Cependant il reprit :

— Sanders, tirez sur cet indigène qui est là sur votre
droite.

Le constable fit feu, et l'indigène tomba. A cet échec, le
reste de la bande battit en retraite.

— Maintenant, Scroggs, mon ami, il faut faire avancer
votre cheval à tout prix. La vie d'un homme est plus précieuse que celle d'un cheval. Si le vôtre peut tenir sur pied
nous sommes sauvés.

Tous réunis, nous continuâmes notre route. Il nous fallut passer la nuit dans les bois ; et, vers le soir du jour
suivant, nous atteignîmes une hutte de gardien de troupeaux, située à l'est des plaines de Salt-Pan. Là, nous

nous séparâmes de Tom. Le magistrat lui donna un ordre
sur un marchand de Launceston, l'autorisant à prendre
chez lui tout ce qui lui serait agréable, jusqu'à concur-
rence de cinq livres sterling. Nous coupâmes à travers terres pour gagner Oatlands, où nous fûmes bien aises de
pouvoir nous reposer dans une excellente auberge. Nous
y apprîmes que *le Jupiter* avait fait voile deux jours auparavant. Comme j'étais impatient de retourner chez moi
avec ma jeune pupille, je priai le magistrat de vouloir bien
aller jusqu'à Launceston pour s'informer de ce qu'était
devenu l'oncle de Georgiana. Mon ami y acquit la certitude qu'il avait quitté l'île à bord de ce bâtiment. Sur mon
invitation, les constables m'accompagnèrent jusqu'aux
bords de la Clyde. Je les récompensai largement, en reconnaissance de leur activité et de leur bonne conduite...

Ma femme et mes enfants accueillirent la petite étran-
gère avec une bonté et une sympathie, qui leur eurent
bientôt acquis toutes ses affections ; aussi ne tarda-t-elle
pas à se regarder comme un des enfants de la maison. Je
racontai à ma famille les aventures de mon voyage et ma
miraculeuse évasion du caveau de la Maison-Rouge. Je
donnai ensuite mes soins aux affaires de ma ferme, que
tous les événements qui m'avaient accablé, m'avaient fait
négliger pendant quelque temps.

J'appris que Crab s'était mis en route dans l'intention
de visiter son troupeau et qu'il n'avait pas reparu. Une
semaine s'étant encore passée sans qu'il revînt, je pris la
résolution d'envoyer à sa recherche.

Comme nous délibérions sur ce point, nous aperçûmes
notre vieil ami, qui s'acheminait vers la maison. Il semblait épuisé de lassitude. Il avait sur l'épaule un fardeau,
dont le poids semblait l'accabler, et, il aidait d'un bâton sa
marche chancelante. Je me hâtai de courir à sa rencontre.
A peine avait-il passé le seuil de la maison qu'il laissa
tomber par terre la charge qu'il portait, et qui fit entendre

un son argentin. Pour lui, il alla se jeter, en poussant un profond soupir, sur un vaste fauteuil.

— Grâce au ciel! s'écria-t-il, me voilà arrivé. J'ai bien cru que je ne vous reverrais plus! Quel abominable pays que celui-ci! Enfin, mon parti est pris, je m'embarque irrévocablement sur le premier vaisseau qui fera voile.

— Que vous est-il donc arrivé, mon cher Crab, interrompis-je?

— Ce qui m'est arrivé? Je vous conterai tout cela avec le temps, mais donnez-moi d'abord à manger. . . . . .

. . . .

— Je dois, voyez-vous, toutes mes mésaventures à ce mauvais coin de terre, dont j'ai, pour mon malheur, obtenu la concession dans le val des Cerisiers, s'écria Crab, en frappant la table de sa main calleuse. Je n'ai que ce que je mérite. Qu'avais-je à faire de terres dans un pays perdu comme celui-ci? Si je ne m'étais pas laissé donner cette terre, je n'aurais pas eu besoin d'y bâtir une maison. Et si je n'avais pas eu besoin de bâtir une maison, je n'aurais pas été obligé de vendre mon troupeau, et alors je n'aurais pas eu tous les tourments que m'ont causé ces maudits dollars. Betsy, ma chère amie, voulez-vous bien écrire une lettre pour moi?

— Avec plaisir, lui répondit Betsy, qui était toujours la préférée du vieillard. Et à qui faut-il écrire? — A mon commissionnaire d'Hobart Town, M. Stikitinem. — Quel singulier nom! — C'est, je crois, un Hollandais. C'est lui, ma chère amie, qui me vend tout ce dont j'ai besoin. — Mais, dit ma femme en l'interrompant, que prétendez-vous faire de ce mouchoir plein de dollars?... — J'espère, maître Crab, que vous n'allez pas nous laisser cela; c'est un objet de tentation trop dangereux. — C'est précisément ce que je viens d'apprendre à mes dépens, me répliqua Crab. J'ai eu assez de peine à me le procurer, pourtant. — Vous avez alors vendu quelques moutons? lui dis-je. Combien en avez-vous eu? — Rien que toutes sortes d'avanies... et ce mou-

choir de dollars... J'ai trouvé d'abord un malin, qui voulait
me les acheter à trois ans de crédit. « Je ne fais mes affaires
qu'argent comptant, lui ai-je dit. » J'ai ensuite rencontré,
à Launceston, un autre gaillard qui voulait les troquer
contre du gros bétail. « C'est probablement du bétail sauvage, lui ai-je dit. Où est-il ? — Il est dans les environs de
Circular-Head. — Eh bien ! lui ai-je répondu, il peut y rester. » Enfin, un nouveau colon est venu me trouver et m'a
offert de m'acheter quatre cents bêtes. « Comment les payez-
vous, lui ai-je dit ? — En billets de banque du Pays des
Kanguroos, m'a-t-il répondu. » Je ne sais comment cela
s'est fait, mais il a fini par me persuader. Nous sommes
donc allés à mon parcours et c'est alors que le débat du marché a commencé. Lorsque les moutons furent choisis, il les
marqua et il se disposait à les emmener, quand je lui dis :
« Et l'argent ? — Donnez-moi une plume et de l'encre, répliqua-t-il ; je vais vous donner mon billet. — Je n'ai pas
besoin de votre billet, c'est de l'argent qu'il me faut. —
Alors, venez à Launceston avec moi, me répondit-il, car je
ne suis pas assez fou pour porter de l'argent avec moi. — A
la bonne heure, ajoutai-je, car dans ce pays-ci, il ne faut
livrer les moutons que contre espèces. — Très volontiers,
dit-il. » — Et il vous a compté votre argent à Launceston,
je suppose ? — « Vous allez voir, poursuivit maître Crab ;
mais donnez-moi auparavant une tasse de thé. »   . . .

Il se met en route chargé de son argent, mais il n'en avait pas calculé le poids (page 292)

CHAPITRE XXIV

Après avoir soufflé un instant et bu, à petits coups, sa tasse de thé, Crab reprit :

« — Nous voilà donc partis ensemble pour Launceston. Alors, mon homme écrit son billet et dit au maître du logis de le porter chez un négociant de la ville. Au bout de quelque temps, l'hôte revint avec quatre cents livres sterling en billets de banque de quatre dollars chacun. Il écrivit ensuite un ordre que je signai, par lequel j'autorisais mon berger à lui livrer les moutons. Et il me laissa là avec les quatre cents morceaux de papier devant moi. L'hôte vint alors s'asseoir à mon côté. — Avez-vous entendu parler de la grande faillite d'Hobart Town, me dit-il? Voilà une escroquerie du grand genre. Le vent a manqué, et les cerfs-volants sont tombés. — De quels cerfs-volants voulez-vous parler? lui répondis-je. — Ah! je vois, me dit-il, que vous ne comprenez pas. Quand on met du papier

comme celui-là en circulation, me dit-il en montrant du
doigt mes billets, et qu'on ne le paie pas, cela s'appelle
lancer des cerfs-volants. — Cette explication de mon
hôte fit un effet terrible sur moi. Je sentis une sueur
froide me couler sur tout le corps... Monsieur, lui dis-je,
pouvez-vous me conduire chez le négociant qui vous
a donné ces billets? — Certainement, me répondit-il, c'est
à deux pas d'ici. — Arrivé chez le négociant, je lui dis :
Pourriez-vous me donner des dollars en échange de ces
billets? — Volontiers, me répondit-il, mais je n'aurais pas
cru qu'il eût pu vous convenir d'emporter de l'argent.
— Rien ne m'arrange mieux, lui répliquai-je. Au même
instant, il me compte mon argent, qu'il met dans un vieux
sac à poudre. J'enveloppe le vieux sac dans mon mouchoir;
je le place au bout de mon bâton, que je mets sur mon
épaule, et je m'achemine vers mon auberge. — Voilà une
somme bien considérable, me dit mon hôte, pour la porter
avec vous en espèce; j'espère que vous ne la garderez pas
dans mon hôtel? — Ce fut le début de mes tribulations.
Non, répondis-je, je me mets en route à l'instant pour retourner chez moi. »

Et Crab fait le récit de toutes les vicissitudes que lui ont
causées ses maudits dollars :

Il se met en route, chargé de son argent; mais il n'en avait
pas calculé le poids, de sorte que, pliant sous le faix, il est
obligé de se reposer dans la hutte d'un colon après avoir
parcouru dix mille, à peine. La femme du colon, informée
de ce que contient son paquet, refuse de le recevoir, et il
repart très mécontent pour aller réclamer un asile chez le
vieux Simon, une de ses connaissances.

Simon lui accorde l'hospitalité, mais dès qu'il sait que
Crab porte avec lui l'argent de ses moutons, il l'engage à
le bien cacher jusqu'au lendemain. Le malheureux, pour
soustraire les dollars aux regards indiscrets de différentes

personnes, n'a que le temps de renverser sur le sac une
vieille marmite sur laquelle il s'assied.

Différentes circonstances l'obligent à passer la nuit tout
entière dans cette position, rendue plus gênante encore par
la saillie des pieds de la marmite. Le lendemain, il avait
contracté une telle crampe et il s'était établi une telle co-
hésion entre la marmite et sa personne que Simon fut obligé
de l'aider à se mettre debout. Le brave homme, désireux de
se débarrasser au plus vite de son hôte dangereux, mit à sa
disposition ses bœufs et son chariot pour conduire, un bout
de chemin, le sac de dollars toujours dissimulé dans la ma-
lencontreuse marmite recouverte de criblures. Après avoir
parcouru une douzaine de milles, le domestique déposa au
bord de la route Crab, la marmite et le sac de dollars et revint tranquillement chez le vieux Simon.

Mais voilà qu'un troupeau de bœufs apparaît dans le
lointain. Crab, anxieux, s'assied encore une fois sur la
marmite. Les hommes poussent les bœufs à coups de fouets:
l'un des animaux renverse d'un coup de tête l'obstacle qui
se dresse devant lui; fort heureusement, les conducteurs
se contentèrent d'invectiver l'original qui leur barrait le
passage.

Ici, Crab fit une pause, et madame Thornley en profita
pour lui dire, avec toute la gravité possible :

« — En vérité, maître Crab, il est difficile d'être plus malheureux ; mais comment avez-vous eu l'idée de promener
une pareille somme d'argent dans tout le pays ? — Comment vouliez-vous que je fisse ? dit Crab avec aigreur. —
Pourquoi n'avez-vous pas pris des billets de banque ? —
On ne m'y attrapera pas, à accepter de leurs billets de banque. Non, non, je n'ai confiance qu'aux dollars, à l'argent.
— Il paraît pourtant, lui dis-je, que les dollars n'ont pas
laissé que de vous causer quelque embarras. Je suis curieux de savoir comment vous vous êtes tiré d'affaire. »

Alors Crab reprit son récit :

Plus embarrassé que jamais de la marmite et de l'argent, il se préparait à charger le tout sur son dos, lorsqu'il vit venir, dans sa direction, un monsieur et une dame montés dans un tandem attelé de deux chevaux. Il les prie de s'arrêter, et leur propose gravement de se charger de remettre, en passant, la marmite au vieux Simon. Sa proposition est accueillie par des éclats de rire, et il se remet en route pour se traîner l'espace de deux milles, après quoi il est forcé, — tant sa fatigue est grande, — de s'asseoir de nouveau au bord du chemin.

Comprenant, cette fois, qu'il lui serait impossible de porter plus loin son double fardeau, il chercha, dans le fourré, une place convenable pour enterrer la marmite et les dollars, quand une bande de prisonniers à la veste jaune s'avança le long de la route. Vite il mit de nouveau l'argent dans la marmite et s'assit dessus. Il prit un air insouciant, mais ne se serait peut-être pas facilement tiré de là si un chariot traîné par quatre bœufs n'était venu à passer. Ce chariot portait des fiancés qui allaient se marier à Hobart Town ; il était suivi de plusieurs autres véhicules du même genre dans lesquels avaient pris place les gens de la noce. En voyant la singulière position de maître Crab, le cortège s'arrêta ; et tout ce monde, en belle humeur, se mit à rire à se tordre les côtes. Profitant de leur bonne disposition, le pauvre Crab leur demanda de le prendre avec sa marmite…

« — Enfin, comment vous êtes-vous trouvé de cette nouvelle rencontre ? dit Betsy en suffoquant de rire. — Je vais vous le dire, mais donnez-moi le temps… Je n'aurais pas voulu que ces braves gens eussent pu croire que je promenais cette marmite avec moi sans motif. Au bout d'une douzaine de milles, je leur confiai donc que j'avais vendu quelques moutons, et que j'en portais la valeur chez moi, en dollars. — Ce sont des dollars que vous avez là ? s'écria la jeune fiancée. Dieu du ciel ! Mais vous allez nous faire assassiner !

» On me pria de descendre, et je me trouvai encore à
pied avec mes dollars et ma marmite. A la fin, je fus
obligé de me séparer de la marmite du vieux Simon. Je
me remis en marche, et je parvins à gagner la maison d'un
colon. J'eus beaucoup de peine à le déterminer à donner
asile, pour une nuit, à mes dollars et à moi. Le lendemain,
ravis de se débarrasser de ma personne, mes hôtes m'em-
ballèrent dans leur chariot, et me firent conduire à vingt
milles de distance. Je fis le reste du chemin à pied, et j'arrivai à Jéricho à la nuit tombante. Il y a là en garnison un
détachement de soldats. Je me rendis droit au corps de
garde, et je demandai la permission d'y passer la nuit. Je
m'y assis avec mon paquet sur mes genoux. Le sommeil
me fit plus d'une fois incliner la tête ; mais, l'inquiétude
me réveillait en sursaut, et je veillai encore là toute la nuit,
écrasé sous le poids de mon argent. Le lendemain matin,
je partis dès le point du jour ; enfin, me voilà, et les malheureux dollars avec moi ! Ils serviront à payer mon passage pour retourner en Angleterre... Eh bien ! Betsy, avez-
vous préparé votre plume ? — J'attends, depuis que vous
parlez, répliqua Betsy. Que faut-il dire ? — Vous allez
écrire ce que je vais vous dicter, s'écria Crab :

« A monsieur Stikitinem.

» Monsieur, ce maudit pays me donnerait la mort. Je suis
» résolu à retourner en Angleterre par le premier bâtiment
» qui fera voile. Retenez-moi une place, je vous prie. Dites
» au capitaine de me la choisir à l'endroit où on sent le
» moins de secousses. »

« — Je me rappelle avoir été terriblement malade quand
je suis venu ici, ajouta Crab. — Que faut-il dire encore ?
reprit Betsy. — Il n'y a pas autre chose à dire ; je vous remercie, ma chère amie... Ah ! qu'il tâche de me procurer
quelques plants de fraisiers... Il aura soin, de plus, de s'assurer que le lit qu'il me choisira dans le bâtiment soit as-

sez long... J'allais oublier de lui demander s'il ne pourrait
pas me procurer deux briquetiers ; il m'en faut absolument
pour cette méchante petite maison que j'ai à faire construire dans le val. Rien n'est plus agréable à l'œil qu'une
jolie petite maison en briques rouges, avec un petit étang
sur le devant. »

Crab s'interrompit ici quelques instants, puis il reprit :
« Il s'informera également si l'on pourra prendre sur le
vaisseau ma laine de l'an passé... J'ai besoin, en outre de
deux scieurs de long et d'un charpentier. Il faut que je fasse
scier... le vaisseau... Qu'est-ce que je dis donc ?... des
pieux... Ce voyage m'a tellement fatigué que je ne puis en
écrire plus long. Ecrivez le reste comme vous l'entendrez,
ma chère amie. Pour moi, je vais me coucher. — Et ce sac
de dollars, qu'en allez-vous faire ? dit ma femme. — Ce sac
de dollars, répondit Crab, dont l'intelligence était affaiblie
par la fatigue du voyage. Eh bien ! mettez-le... ma foi !
mettez-le... dans la marmite. »

Le lendemain, Crab se leva tourmenté par l'inquiétude
de conserver ses malheureux dollars dans la maison ; il alla
les enterrer dans le bois en grand mystère ; mais le même
jour, le prisonnier dont j'ai parlé précédemment, — celui
qui avait été condamné à cent coups de fouet et gracié, —
étant venu travailler dans le bois, s'aperçut que la terre
avait été nouvellement remuée ; il fouilla et trouva le sac
et les dollars. Il alla déposer sa trouvaille entre les mains
du magistrat qui fit faire une enquête dans tout le district.
Et, un beau jour, nous apprîmes que le sac de dollars avait
été rendu à Crab, sans qu'il en manquât un seul. En récompense de cet acte de probité, le magistrat demanda la ré-
habilitation du prisonnier : c'est maintenant un des plus
riches colons de l'île. Mais on ne parlait dans tout le district que de l'argent de Crab, de façon que nous fûmes
obligés d'envoyer son trésor à Hobart Town. . . . . .

Il y avait quatorze ans que les événements que j'ai ra-
contés étaient passés; assis à l'ombre d'un magnifique mimosa, je jouissais du calme d'une belle soirée. Mon fils
aîné, sa femme et ses enfants occupaient avec moi la
grande maison de pierre que j'avais bâtie après l'incendie.
Ma fille Betsy, qui avait épousé, en 1827, Georges Beresford, avait cinq enfants, et demeurait au Val des Cerisiers,
dans une maisonnette charmante, dont Crab, aujourd'hui
bien vieux, et tombé depuis quelque temps dans un état
extrême d'affaiblissement, était le propriétaire toujours
grondeur. Beresford aîné s'était marié, nous l'avons dit,
en 1824, à Lucy Moss.

Nous étions au mois de mars; l'été tirait à sa fin. Deux
de mes petits-enfants, frère et sœur, jouaient près de moi,
sur une pièce de gazon anglais. Des pommiers, des poi-
riers et des pêchers, entassés dans un étroit verger, confon-
daient ensemble leurs rameaux. A quelques pas de là, un
enfant de huit ans apprivoisait un jeune kanguroo en lui
donnant du sucre, tandis qu'un kakatoès blanc, perché
sur un mur, dressant sa jaune aigrette, criait et sifflait pour
attirer l'attention du jeune compagnon de ses jeux. Dans
une plaine qui s'étendait plus bas, et qui offrait l'aspect
d'un parc, paissaient quelques vaches à lait, deux ou trois
chevaux et un petit troupeau de mérinos.

J'étais absorbé par la lecture d'un ouvrage que j'avais
reçu récemment d'Angleterre. Mais, mon livre s'était
échappé de ma main, préoccupé que j'étais à repasser dans
mon souvenir les divers événements qui avaient traversé
ma vie active et aventureuse, quand ma femme parut. Sa
vieille mère s'appuyait sur son bras. Quoiqu'elle eût dé-
passé de beaucoup les limites ordinaires de la vie humaine,
elle pouvait encore, à l'aide d'une canne, se livrer au
plaisir de courtes promenades. Les traits de ma chère
Marie avaient subi quelques-unes des inévitables atteintes du temps; mais son cœur n'avait rien perdu de sa ten-

dresse. A la manière dont elle s'avançait vers moi, il ne me fut pas difficile de deviner qu'elle avait quelque bonne nouvelle à m'apprendre. Elle me présenta, en souriant, une lettre qui portait le timbre d'Angleterre, et sur le cachet de laquelle était empreint ce mot : « GEORGIANA. »

C'est ici le lieu de dire qu'aussitôt que la fille du Bohémien eut été reçue dans ma famille, je pris les mesures nécessaires pour assurer ses droits en Angleterre. A la suite d'une correspondance qui ne dura pas moins de quatre ans, ses tuteurs envoyèrent dans la colonie un mandataire, chargé d'emmener la jeune héritière. John Shirley, son oncle, nous dit cet agent, s'était d'abord emparé de tous les biens, comme héritier le plus proche ; mais son frère aîné, William, avait fait un testament par lequel il léguait la totalité de ses biens, à des fidéi-commissaires, pour être transmis à Georges Shirley ou à ses enfants. Il était impossible d'attaquer ce testament ; mais John Shirley contesta le mariage et l'identité de l'enfant. L'évidence de ces faits fut aisément établie dans la colonie. C'était pour mieux assurer le succès de la cause de leur pupille que les tuteurs de Georgiana désiraient sa présence en Angleterre. Le retour dans la mère-patrie d'un de nos amis et de sa femme nous avait offert l'occasion de répondre à ce désir. Elle s'était embarquée avec le mandataire de sa famille, dès 1828. Elle avait alors onze ans. C'était déjà une jeune fille de la plus rare beauté. En annonçant au magistrat son prochain départ, je manifestai l'espoir que notre jeune protégée n'aurait pas à courir en Angleterre des dangers pareils à ceux auxquels elle avait été exposée dans ce pays.

— Quelque grands qu'aient été ces dangers, me répondit mon digne ami, il lui arrivera pis encore ! — Que voulez-vous donc qu'il lui arrive de pis ? lui répondis-je. — Est-ce qu'elle ne va pas tomber dans les griffes de la chancellerie ? me répliqua mon ami.

Mes enfants, dans leurs folles imaginations, supposaient

qu'il ne s'agissait de rien moins que d'une horrible prison. Je leur expliquai donc que la chancellerie était une cour de justice, dans laquelle on avait ouvert un refuge tutélaire où l'on redressait les torts dont l'orphelin était victime; qu'en conséquence, dans vingt ans, trente ans, on pourrait peut-être songer à s'occuper de l'affaire de Georgiana. Cette explication, dont mes enfants n'étaient pas entièrement satisfaits, eut au moins pour résultat immédiat de couper court à leurs sinistres conjectures.

Nous avions reçu plusieurs lettres de miss Shirley depuis son arrivée en Angleterre. Dans les premières nouvelles qu'elle nous donna, elle nous annonçait qu'elle venait d'entrer en chancellerie. La justice de sa cause était si évidente que personne ne doutait de son succès, excepté peut-être le haut fonctionnaire à la décision duquel elle était remise. Nous étions néanmoins fort impatients de connaître les progrès de ce procès. Ce fut donc avec la plus vive anxiété que j'ouvris la lettre qui venait d'arriver.

Georgiana nous informait que toutes ses affaires étaient réglées au mieux de ses intérêts; elle nous faisait part de son mariage, et annonçait, à chacun de nous, l'envoi de quelques cadeaux.

« Quand je réfléchis à ma félicité présente, disait-elle, je sens, ma bonne et seconde mère, toute l'étendue de la dette que la reconnaissance m'impose envers vous pour les soins tutélaires dont vous avez comblé la fille du Bohémien, dans ses jours de mauvaise fortune. Comment payer toutes vos bontés et toutes celles de vos chers enfants?.. Je serais presque tentée de souhaiter que quelque revers de fortune vous réduisît à la pauvreté, pour avoir le plaisir de partager avec vous ce que nous possédons, car nous sommes fort riches; mais d'après ce que j'apprends, vos moutons et vos bestiaux menacent de couvrir bientôt l'île entière. Quand je songe à l'étendue de vos domaines, à vos voitures, à vos chevaux, à votre maison, et à l'abondance patriar-

cale au milieu de laquelle vous nagez, j'en suis à me demander ce que je puis vous envoyer. Je souhaiterais de
grand cœur qu'il vous fût possible de transporter vos
quinze mille acres de terre en Angleterre. Je bornerais
même mes souhaits à ce terrain que M. Thornley a acheté
à Hobart Town, il y a quelques années, et qui est devenu
une propriété d'une si grande valeur ; car, ainsi que le dit
mon mari, le prix des terrains convenables pour construire des maisons croît dans la même proportion que le
nombre des habitants, et c'est alors, au pied carré, qu'on
en estime la valeur. . . . .»

Nous nous entretenions de Georgiana lorsque Georges
Beresford arriva à cheval en toute hâte, pour nous apprendre que Crab était au plus mal et que Betsy désirait que
nous vinssions de suite. Nous partîmes aussitôt et nous
prîmes en passant le chirurgien avec nous.

— J'ai bien peur, me dit le chirurgien, que toutes les ressources de la médecine ne soient inutiles. Le pauvre Crab
meurt tout simplement de vieillesse.

Nous ne tardâmes pas à arriver au Val des Cerisiers. Crab
en avait fait le type d'une vraie ferme anglaise. On y voyait
un vaste hangar pour entasser les récoltes et plusieurs grosses meules de blé, couvertes en chaume et encore intactes.
Le jardin présentait cet aspect d'abondance et de maturité
qui caractérise ce pays, surtout en automne. Enfin, un vaste
verger, planté de cerisiers, témoignait que ce val délicieux
était digne du nom qu'on lui avait donné. En face de la
maison, un étang, creusé à force de bras, recevait les eaux
d'un petit ruisseau. Des oies et des canards, de race anglaise,
prenaient leurs ébats dans ce vaste réservoir, et égayaient
les regards du vieillard. Nous trouvâmes le bon Crab assis
dans un large fauteuil. Sa chevelure, d'un blanc argenté,
descendait sur ses épaules. Il était près d'une fenêtre ouverte, de laquelle il pouvait voir en même temps ses meules de blé, son étang et le champ en labour dans lequel tra-

vaillaient ses gens. Il s'était plaint, nous dit Betsy, de l'obscurité de l'atmosphère, quoique le ciel fût clair et pur. Je
compris ce que signifiait ce symptôme.

— C'est mon père, qui vient vous voir, dit Betsy en élevant la voix, car le vieillard avait un peu de surdité. — Ah!
c'est vous, Thornley, je suis bien aise de vous voir. Où êtes-
vous?... approchez-vous?... Il fait bien sombre?... Ce sont
probablement les indigènes qui ont mis le feu quelque part
dans le pays. Il y a de la fumée partout... C'est toujours
comme cela dans ce pays-ci. — Il y a longtemps qu'il n'est
plus question des indigènes, lui dit Betsy, et qu'ils ne mettent plus le feu nulle part. — Vraiment! ah! je me rappelle
les expéditions dans lesquelles nous leur donnions la
chasse. Ce n'était pas une plaisanterie! — Comment vous
trouvez-vous, mon vieil ami? lui dis-je. — Bien faible!...
bien faible!... mon cher. Voyez-vous, Thornley, ce maudit
pays a fini par me tuer. Je vous disais bien que ça arriverait; vous ne vouliez pas me croire... mais j'ai ce que je
mérite. Ah! oui, il y a longtemps que j'aurais dû le quitter.
Ce sont ces houblonnières qui m'ont retenu. — Vous avez
eu le mérite d'enseigner aux colons la culture du houblon,
lui répondis-je. — C'est vrai, me répliqua-t-il! je leur ai
appris aussi à faire de la bière... Betsy, ma chère amie,
dites qu'on apporte à votre père une pinte de notre dernière cuvée... Laissez-m'en goûter un peu.

Nous portâmes la coupe à ses lèvres.

— D'où vient donc qu'elle est si mauvaise? Qu'on en
prenne dans un autre cruchon... Ah! je vois que c'est fini!
je ne planterai plus de houblon. — Mon bon ami, lui dis-
je, vous avez parcouru une carrière plus longue que celle
accordée au commun des hommes. Espérons maintenant
que la Providence verra d'un œil équitable et indulgent
les peines que vous avez supportées dans ce monde. — Je
ne crois pas, dit d'une voix basse et affaiblie le mourant, je
ne crois pas avoir jamais fait de bien mauvaises actions, si

ce n'est pourtant d'être venu dans ce malheureux pays et
d'y être resté, ce qui est pis encore... mais je retournerai en
Angleterre par le prochain bâtiment... — Son esprit n'y est
plus, nous dit le respectable ecclésiastique qui desservait
l'église de la Clyde et qui était auprès de lui ; mais sa vie a
été si pure, ses intentions si droites, que cet homme, au
cœur simple, peut se reposer sur la miséricorde divine.

Ma femme arriva dans ce moment ; ce ne fut qu'avec une
extrême difficulté que l'agonisant la reconnut.

— Mistress Thornley, lui dit-il d'une voix lente et
éteinte, votre pauvre mari a été tué par les indigènes...
C'est un malheur qu'il faut supporter... Allons, du courage !... Où est Betsy ?...

Betsy prit la main du vieillard et lui adressa quelques
mots. L'ecclésiastique lui demanda s'il n'avait aucune volonté à exprimer. Ces questions rappelèrent le vieillard au
sentiment de sa situation. Son délire se dissipa et il recueil-
lit ses esprits, mais sa voix devint de plus en plus faible.
Ce n'était qu'avec une peine extrême que nous pouvions
comprendre le peu de mots qui lui échappaient.

— Je... m'en vais !... je m'en vais !... Betsy, prenez ma
main. Ah! mon Dieu ?... qu'est-ce que j'éprouve ?... Betsy... j'étouffe... Et il mourut !

Il n'y avait pas un œil sec dans toute la chambre. Pour
moi je sanglotais comme un enfant. Il était mort en paix,
plein de jours et de bonheur, avec toutes les espérances
que peut inspirer la vertu ; mais tout cela était impuissant
à me consoler de la perte de ce bon vieil ami, de ce premier
compagnon de mes travaux, de cet homme dont j'aimais
jusqu'aux excentricités.

— C'était bien un des meilleurs cœurs, logé dans une
des plus grossières enveloppes que l'on pût rencontrer, dit
le chirurgien.

J'ai peu de chose à ajouter à ces *Mémoires*. Je ne puis
cependant m'empêcher d'établir un parallèle entre ce

qu'était le Pays des Kanguroos en 1817 et ce qu'il est aujourd'hui, vingt-deux ans plus tard. A cette époque, 1817,
toute la colonie se réduisait à l'établissement pénitentiaire.
Aujourd'hui les fermes des émigrants s'élèvent sur presque
tous les points du territoire. En 1817, lorsque j'arrivai dans
la colonie, la population ne s'élevait pas à plus de deux
mille âmes, et encore sur ce nombre n'y avait-il que fort
peu d'habitants libres. Maintenant, la population est de
vingt-cinq mille âmes sur lesquelles il y a vingt-trois mille
personnes libres. La sécurité des personnes et le respect
des propriétés règnent dans tout le pays. Les habitants libres étant maintenant répandus partout, il est bien rare
que les Bush-rangers se hasardent à commettre quelques
méfaits. A Hobart Town, les changements et les améliorations ne sont pas moins grands. On a construit autour
de la ville de charmantes maisons de campagne. Les
rues et les ponts se sont embellis et multipliés. Des vais-
seaux de quatre cents tonneaux peuvent déposer leur
cargaison dans des bassins commodes.

En ce qui me concerne personnellement, je puis me
citer comme un exemple de ce que l'on fait avec de l'industrie, de la frugalité et de la persévérance.

Je suis sur le déclin de ma vie, mais ma santé est bonne
et j'ai encore toutes mes forces. Mon vieil ami, le magistrat,
intrigué de me voir écrire sans relâche, me demandait, il
y a quelques mois, quelle était la nature de mes occupations. L'autre jour, je lui ai montré une énorme pile de ca-
hiers manuscrits, en lui faisant confidence du sujet dont
ils traitaient.

— Et que ferez-vous de tout cela? me dit-il. — Si je ne me
fait pas illusion, lui répondis-je, c'est un ouvrage dont
l'impression pourrait être de quelque utilité.

Je lui offris alors de lui donner lecture de mon manuscrit. Mais à cette proposition, je le vis changer de visage,
et il se hâta de me répliquer :

— Dieu me garde de vous causer une pareille fatigue. Je
tiens la chose pour faite. Bornez-vous à me dire, en un mot,
de quoi il est question dans tout cela. Est-ce une histoire
de l'île que vous avez écrite ? — L'île, ou plutôt la colonie,
lui repartis-je, est encore de date trop récente pour qu'il y
ait lieu d'en écrire l'histoire. Je me suis borné à décrire, dans
le plus grand détail et d'après les événements de ma propre
vie, tout ce qui concerne l'émigration. Je me suis efforcé
de donner à mes descriptions un caractère de vérité assez
saisissant pour que ceux qui me liront se forment une idée
exacte de ce qu'est le Pays des Kanguroos.

— C'est fort bien, s'écria mon excellent ami ; et voilà
pourquoi vous vous êtes séquestré de ce monde pendant
si longtemps ? J'espère que votre tâche est achevée maintenant et que vous ne vous proposez pas d'en écrire plus
long sur vos aventures ?

— Non, lui répondis-je.

Ici finit le journal d'un Colon.

FIN

Limoges. — Imp. Eugène Ardant et Cie

www.ingramcontent.com/pod-product-compliance
Lightning Source LLC
Chambersburg PA
CBHW052002020726
47501CB00004B/964